26 Autorinnen und Autoren erzählen hier von Sinnen und nehmen die Herausforderung erotischen Schreibens an. Und es gelingt ihnen, lustvolles Erleben so in Texte zu überführen, dass die Worte schillern. Der Stoff ihres ganz persönlichen Begehrens bietet verführerische, freche, leidenschaftliche, böse und erregende Geschichten – und jede ist ein Genuss.

Die Herausgeberin

Bettina Hesse wurde 1952 in Düsseldorf geboren. Nach dem Studium lebte sie elf Jahre in Italien. Sie arbeitet als Autorin und Lektorin in Köln, wo sie mit ihren zwei Söhnen lebt. Als Herausgeberin betreute sie Werkausgaben von de Sade, Sacher-Masoch, Goethe und Dostojewskij sowie die erotischen Lesebücher *Heiß und innig* (rororo 22 557), *Feuer und Flamme* (rororo 22 823), das erotische Stellenbuch *Mehr Sex* (Wunderlich Taschenbuch 22 823) und *Lust und Genuss – Aphrodisiaka* (Eurobooks).

Bettina Hesse (Hg.)

VON SINNEN

Ein erotisches
Lesebuch

Rowohlt Taschenbuch Verlag

Originalausgabe
Veröffentlicht im Rowohlt Taschenbuch Verlag GmbH,
Reinbek bei Hamburg, Oktober 2001
Copyright © 2001 by Rowohlt Taschenbuch Verlag GmbH,
Reinbek bei Hamburg
Alle Rechte vorbehalten
Umschlaggestaltung: any.way, Cathrin Günther
(Foto: photonica / Paul Hampton)
Satz Bembo PostScript, PageOne
Gesamtherstellung Clausen & Bosse, Leck
Printed in Germany
ISBN 3 499 23037 2

Die Schreibweise entspricht den Regeln
der neuen Rechtschreibung.

Inhalt

Vorwort
Von Sinnen

Man berührt den Himmel, wenn man einen Menschen betastet, sagt Novalis. Dieser Himmel ist das Reich der Sinne. Und es erstreckt sich weit über die taktile Lust hinaus. Von Sinnen kann jeder erzählen, und wie oft ist es mit Vergnügen verbunden. Das ist gut so. Wir gewinnen doch unsere Eindrücke über die Sinne – sie sind der Zugang zur Welt. Auf dieser sensualistischen Fährte landet man schnell bei Erotik. Sinnlichkeit und Erotik liegen so dicht beieinander, dass sie immer mehr als dasselbe empfunden werden. Beide stehen hoch im Kurs. In ihrem Wechselverhältnis zum Erotischen spielt die Sinnlichkeit gleich mehrere Rollen: Sie ermöglicht die lustvollen Erfahrungen, reicht sie aber auch weiter, vermittelt sie. Auf diese Weise ist Sinnlichkeit Muse und Medium zugleich. Und dann hat sie noch ganz reale Reize zu bieten: sehen, hören, fühlen, riechen, schmecken ... Die Sinnlichkeit scheint die offene, die heitere Seite der Erotik zu sein, sie birgt keine dunklen Geheimnisse, verdeckt nicht die Obsession – sie schillert.

Von Sinnen sein ist wunderbar, gelegentlich gefährlich – aber kann man von Sinnen schreiben? Wie lässt man erlebte Reize in Sprache hinübergleiten, und ist die Sprache dann sinnlich oder verführerisch? Kann es einem Text gelingen zu erregen? Die Erinnerung an den Sinnen-Genuss beflügelt natürlich den Wunsch nach Wiederholung ... doch findet diese immer nur auf dem Papier statt. Wie ist die Brücke zu schlagen? Was darf ich überhaupt vom erotischen Erzählen erwarten? Wenn es für Autoren im erotischen Bereich tatsächlich Tabu ist, den Geschlechtsakt zu beschreiben – wie Sybille Berg findet – wo liegt dann das Terrain erotischen Erzählens? Der Grat wird schmal und die Herausforderung größer.

Dreizehn Frauen und dreizehn Männer haben sich in diesem Band daran gewagt. Sie wollen zeigen, was erotisches Erzählen für sie heißt und nähern sich dem so, wie der Titel des Lesebuchs programmatisch gemeint ist: von Sinnen und das in beiden Bedeutungen. Sechsundzwanzig sinnliche Geschichten sind das Ergebnis. Da begegnen uns die Sinne als Eingeborene im eigenen Körper, denen man sich sklavisch fügt. Oder als taktile Obsession – mal verzweifelt mit Ersatzobjekten, mal beglückend am Schoß der Chor-Kollegin. Ein schönes Geschenk und dringender Wunsch mancher Frau ist der Puff, in dem sich Männer für Liebesdienste anbieten. Und quer über den Atlantik unterhält sich ein Ex-Paar darüber, wie man eine Liebesschule einrichten würde. Auch die Farbe eines Anzugs kann zu einer eigenen aufreizenden Episode führen – ähnlich den Kapricen, die sich von Hitze und Bewegung berauschte Sinne leisten. Und welch wollüstige Erinnerung kann ein Duft aus der Kindheit, das Eintauchen in die Sinnlichkeit der Jugend auslösen. Frauen haben beim Zugfahren höchst anregende Phantasien, wenn sie ein plötzliches Verlangen spüren oder ein obszönes Angebot annehmen. Selbst ein überfahrenes Reh kann Anlass zu sexuellen Phantasien geben – und natürlich die Eifersucht.

Im Reich der Sinne gibt es keine Grenzen, aber Nachbarländer – sie heißen Liebe und Pornographie. Diese Nachbarschaft macht das gelungene erotische Erzählen noch wertvoller und erhebt es über die Grenze der Genre-Diskussion. Denn trotz herrschendem Boom und sex-sells-Mentalität haben sich die hier versammelten Erzählerinnen und Erzähler mit dem Stoff ihres ganz persönlichen Begehrens einen kleinen Platz im Reich der Sinne verschafft. Und für den Leser bedeutet dieser Platz, dass er sich in Ruhe niederlassen kann und genießen ... Viel Vergnügen.   *Bettina Hesse*

Hermann-Josef Schüren
Eingeborene

Ich erwachte mitten in der Nacht. Der Mond schien ins Zimmer, aber das hatte nichts zu bedeuten. Augenscheinlich hatte ich zu heftig an meinem Daumen gelutscht. Er schimmerte bläulich und sah so mitgenommen aus, dass ich mich schämte; und weil ich mich schämte, habe ich ihn abgebissen. Dann schlief ich wieder ein. Ich schlief, bis mich seltsame Geräusche weckten. Meine Zähne sollten gesprengt werden. Der Sprengmeister bohrte gerade ein Loch in meinen Backenzahn, um die Ladung zu deponieren. Ich biss zu und kaute, bis nichts von ihm und seinen Gerätschaften übrig blieb. Ich blieb wach.

Bald darauf sah ich die Eingeborenen. Ich konnte mir nicht erklären, wieso sie plötzlich da waren. Anscheinend waren sie aus meinem Innersten gekommen. Wildes Volk, das ungestüm tanzte und sich dabei die Hände in den Mund schob. So wollte sich die Horde das Lachen verbeißen.

Es war kalt. Winter vielleicht. Die Eingeborenen hatten genug getanzt. Jetzt froren sie. Natürlich wollten sie wieder in mich hinein, drängten sich an mich und kratzten an meinem Anus.

Ich stöhnte. Das muss auch dich geweckt haben, denn du hast sofort nach meinem Glied gegriffen. Das machst du stets beim Erwachen. Du befingerst mein Glied und wenn du keine Härte spürst, wirst du böse und stößt mir deinen spitzen Zeigefinger in den Arsch.

Ich liebe dich! Komm! Gib mir Fleisch. Ich fresse so gern an mir. Reiß mir die Haare vom Kopf und stopf mein gieriges Maul damit. Fütter mich! Bitte, fütter mich mit mir!

Du weißt: Habe ich erst einmal zu fressen begonnen, kommt der Hunger. Dann bin ich unersättlich. Ich kratze

Schorf von meinen Wunden und führe ihn unter dem Fingernagel zum Mund. Ich saufe Blut, sauge Eiter. Ich verschmähe
nichts, kaue an den Nägeln, beiße mir die Haut von den Fingerkuppen: Ich lecke meinen spermagefüllten Bauchnabel.

Wie schön du bist mit versenktem Finger!

Komm! Hilf mir, meine Eingeborenen zu verjagen. Lass die
Säue aus meinem Stall. Befrei sie aus der fetten Schwüle meiner
Wünsche. Trampeln werden sie auf dir, wälzen werden sie sich
über dich, die Borsten werden sie bohren in deine Haut.

Sei unbesorgt!

Hilf mir das Vieh treiben, das sich noch in mir versteckt. Das
Magentier will ich auskotzen. Die Zunge soll mir aus dem Hals
hängen. Den Galopp des Herzens will ich hecheln.

Komm. Küss mich endlich! Ich will fremdes Fleisch im Mund.
Ich möchte in frische Leber beißen, Innereien in mich schlingen.
Wo ist deine Zunge? Gib mir wenigstens deine Zunge!

Was hast du denn? Ist es der Mond? Oder stören dich die
Eingeborenen? Vergiss sie! Sieh doch, wie sie frieren. Sie ho-
cken auf der Bettkante und sehen uns an wie verlassene Kinder.
Ich schiebe mein Glied in deine feuchte Achselhöhle.

Du schlägst mich. Mit deinem Puls, deinem Atem. Mit den
Nackenhaaren, die sich aufgerichtet haben, schlägst du unerbittlich auf mich ein, so hart, dass die Eingeborenen bei jedem
Schlag zusammenzucken. Und nun beginnst du auch noch zu
schreien. Das steht dir gut, dieser offene Mund und die entsetz-
liche Lust in den Augen. Ich bin hingerissen.

Die Eingeborenen: Sieh nur. Am liebsten würden sie für
immer verschwinden. Aber so leicht stirbt sich nicht! Außerdem musst du aufstehen, dich anziehen, zur Arbeit. Ich will
mich schon auf die Seite drehen. Aber du hast deinen Finger
vergessen. Du ziehst ihn heraus, die Eingeborenen stürzen sofort in mich hinein und Ruhe kehrt ein.

Bevor du gehst, gibst du mir noch einen Kuss.

Ulrike Draesner
Short Cut

Aktenordner, Bücher, Papprollen, meine ganze Wohnung war voll gestopft. Auf dem Boden Papierhaufen, dicke Kunstgeschichtsbände, mit Einmerkern gespickt, ein Schreibtisch, der vor Büchern, Bildern, Blättern überquoll. Ich erzählte Leo, dass ich ein Sofa kaufen wollte, das habe ihm sofort gefallen, behauptete er später. Außerdem trug ich mein RIO-T-Shirt. Der Umweltgipfel war eben gescheitert, das Wetter machte dennoch Spaß. Kommentare von Männern, die mir sowieso auf die Brust starrten und jetzt, unterm Deckshirt der politischen Korrektheit, *Rio, ach Rio* nachflüsterten. *Political correct* wurde gerade importiert, *virtual reality* kam per Telefonsex in Altmans *Short Cuts* an: «virtual is a virgin before» erzählte die *hey-honey-come-on*-Sexblonde ihrer Freundin, während sie das Baby wickelte; was lachten wir.

Die meisten Daten fingen zwar gerade an, schlecht zu sein, doch das Wiedervereinigungseis MAGNUM glänzte innen umso unschuldiger weiß, die Schokolade drum herum gerade richtig dünn, Hauptkunden: Frauen, heimlich, nach der Arbeit auf dem Weg in den Singleküchenwohnraum. Es sah nach Phallus aus (aber was nicht), wir schoben uns nach der Altman-Vorstellung noch eines rein, *really not virtual and not before.*

Untergehakt über den Leopold-Bloom. Von den Unibrunnen aus Richtung Feldherrnhalle und Drückebergergasserl, wie Mutter die Viscardistraße nennt, durch die man in der Nazizeit ging, um nicht vor der Halle mit Hitlergruß vorbeizumüssen: Am Odeonplatz trennten wir uns. Vor einem großen Benettonplakat, das rote Auge einer ölverklebten Ente auf ölverklebtem Wasser, der Rest des Bildes weiß auf schwarz, oder umgekehrt, im Verhältnis 49,5 zu 50,5 gemischt; man wollte anscheinend wieder Düsternis, davon gab es genug. Mir war gerade andersherum zumute, obwohl wir uns trennten, wir hatten uns geküsst, natürlich, aber jetzt wusste ich nicht recht weiter, denn Leo wirkte so unentschieden, da ging er schon, drehte sich nicht noch einmal um. Tat, als habe er seine Tage und könne deswegen nicht. Vielleicht brauchte er das Gefühl, mich zu erobern? Konnte er haben.

Am nächsten Abend packte ich Patrizia unter den Arm. Wir kauften eine Tüte Popcorn, bohrten unsere großen weißen Zähne hinein. Der Duschskandal. Patrizia erzählte laut, während im Fernseher über der Kinobar der Marlboro-Cowboy-Ersatz (das Original war gerade an Krebs eingegangen) über die sonnenüberflutete, tief rot glühende Prärie ritt. So blöd stellen sich nur Didaktiker an: laden sich ein ganzes Seminar in ein Landschulheim ein. Teil des Programms: gemeinsam duschen gehen. Das Camel-Kamel stolperte noch über drei Pyramiden, dann setzte es sich.

Endlich: *Short Cuts* begann. Second go. Ich wollte testen, ob mir der Film auch ohne Leo gefiel.

Fall doch auf den nicht rein. Patrizia sah klar und sagte es auch.

«Das hast du doch nicht nötig», sagte Patrizia zu mir.

Die hatte es einfach, mit ihren langen Beinen. An denen klebten Männer wie Kaugummis an Schuhen. Patrizia «ertrug» das nicht, sie war auch nicht gleichgültig, sie war doch nicht blöd. Im Gegenteil: zog die kürzesten Röcke an, hielt die Beine überallhin, spielte damit. Ich schaute zu. Mein Gesicht war hübscher als Patrizias, meine Beine hässlicher. Es war einfacher, hübsche Beine zu haben als ein hübsches Gesicht. Beine zogen immer. Getauscht hätte ich dennoch nicht.

Auf der Toilette, am Handföhn, in der Filmpause, fragte ich mich, ob Patrizia mein Gefühl für Leo überhaupt verstand?

Sah Patrizias ironisches Lächeln. Als ich in den Spiegel über den Waschbecken schaute, waren es jedoch meine eigenen Lippen, die sich verzogen: zu einem Grinsen über das ganze Gesicht. Schnell streckte ich mir die Zunge heraus. In der Klotür rempelten zwei nach Escape duftende *girls*. Als ich wieder im Foyer stand, kamen in meinem Kopf nur noch zwei Wörter vor, genauer drei: ja ja unbedingt.

Am Abend zuvor hatte ich, kaum war der Film nach der Pause wieder angelaufen, immer wieder auf die kleine Riffelung von Leos Zähnen geschaut, beinahe durchsichtig – wie sie sich abhoben gegen das Dunkel des Gaumens, war mir mit der Zungenspitze über die Lippen gefahren, als fühle ich Leos Blick; Leo hatte sich nicht bewegt, doch ich hatte die Berührung seiner Hand auf meinem Bein genossen, mich gewundert, dabei starr dagesessen, um das Gefühl der Finger nicht zu verlieren, mich aber dennoch taub werden gefühlt, als zerschmelze ich oder sei mein Bein plötzlich eingeschlafen, da war der in der Reihe vor uns aufgestanden und der Film aus gewesen, mit einem Erdbeben.

Diesmal schaute Patrizia mich an.

«Alles klar?»

Süffisantes Lächeln. Nach dem Muster «kann in den besten Familien passieren».

Wir standen im Kinofoyer, noch blinzelnd. Die Musik dröhnte, das Licht blendete. Am liebsten hätte ich mich, jetzt, sofort, einen Bungeekran, Lastturm oder wenigstens einen Pfeiler hinabgestürzt. Aus purer Lust! Ich rief nur noch: «ciao Bella», und stürzte zum nächsten Telefon. Leo sagte etwas von Packen, aber ich achtete gar nicht darauf, erst später fiel es mir wieder ein, denn mir genügte, in diesem Augenblick, dass Leo ja sagte, morgen Abend komme er gern, ich rief noch: «Ich koche uns was», und hängte panisch ein. Auch die neuesten, allerkleinsten Telefonhörer hatten die magische Fähigkeit, plötzlich wie ein eben vom Grill genommenes Wiener Würstchen in der Hand zu glühen.

Am nächsten Morgen stand ich um 10.00 auf dem Markt. Ich, um 10.00! Lief zwischen Buden, Ständen, Körben und Preisschildern auf und ab, stakte herum unter dem Bilderbuchhimmel-blau-weiß, zwischen Brezeln und Weißwurst, Auberginenringen und Tsatsikiduft. Am Ende kaufte ich zwei Forellen, exakt gleich groß. Eleganter, schleimiger Fisch; silbrige, am Rücken dunklere Schuppen, die an den Rändern lila schimmerten. Als ich sie zu Hause überm Spülbecken aus dem Zeitungspapier schlug und unters kalte Wasser hielt, fiel mir endlich eine klare Lösung ein: Isst Leo den Fisch mit Zartgefühl, schlafe ich mit ihm. Sonst nicht.

Hungrig sah er aus, als er kam. Ich servierte die Forellen mit Thymian und Zitrone im eigenen Saft. Ihre Schwänze hingen über die Tischkante, es wirkte, als biege sich die «Tafel» – vor der Riesenbücherwand schwankte das Tischchen wie ein Nussschalenboot an steiler, kalkiger Klippe im Meer.

Zielsicher riss Leo seiner Forelle den Kopf ab. Kratzte die Haut weg. Schaute in den abgerissenen Kopf hinein. Sagte hmmm – und saugte die Bäckchen aus.

Er ziehe Innereien vor. Die finde er intim. Leider seien die Fische schon ausgenommen. Die Bäckchen kämen in solch einem Fall den Innereien am nächsten. Es schmecke hervorragend, was ich gekocht habe. Ihm schmecke es ganz besonders.

Ich nahm nur das pure weiße Fleisch. Trank einen Schluck Wein. Hohl und klein und blind lag der Kopf von Leos Fisch auf der Abfallplatte. Nein, mit dem wirklich nicht.

Patrizia hatte mir beigebracht, Männer immer so zu setzen, dass sie den ganzen Abend meine doppelreihig vollgestellte Bücherwand anstarren mussten. Sie dabei am besten in Diskussionen über Didier-Hubermans Hysteriestudien und Theweleits «Männerphantasien» verwickeln. Leo stand vor dem Regal, fragte nach, trank. Ich spürte, wie das T-Shirt mit den Papageien an meinen Brustwarzen rieb, als ich die Teller zusammenstellte. Vier Papageien, alles zwitscherte, was für ein Radau, die feurigen Schöpfe wippten, zirpten, schrien auch, da, tief im Gebüsch: Leo knöpfte meine Hose auf. Gut, dachte ich eine Stunde später, ich wollte nicht mit ihm ins Bett, aber gut war es doch. Sehr sogar.

Die ganze Erregungschemie, längst zerschmolzen in meinem Gehirn, spülte durch meine Adern, mein Mund roch danach, die Haut schwitzte davon. Leos Hemd lag plötzlich auf dem Boden, er hockte schon hinter mir, griff nach meinen nackten Brüsten, presste sie. Kleine Schlangen, eben erst geschlüpft, strichen mir zwischen Hüfte und Bauch, Bauch und Brust, die Brust in immer engeren Kreisen zurecht. Ich drehte mich, wollte diese Finger fangen, ihnen die Brust in den Weg schieben, bis sie die Warze wieder berührten. Doch sie waren schneller, geschickt wichen sie aus. Leo kommen lassen, dachte ich, aber als ich die Augen wieder öffnete, sah ich seine Zähne blitzen. Ich saß am Boden, er hockte vor mir, packte mich an beiden Brustwarzen und lachte dabei lauter als mein Schrei. Mistkerl!

Er drückte, ich jaulte, gab nach, da ließ er plötzlich los, warf mich, mit einem Ruck, nach hinten und setzte sich auf mich. Ich kam mit dem Oberkörper wieder hoch, fasste Leo um die Hüften und rieb meinen Kopf an seinem Bauch wie ein Tier.

Plötzlich roch etwas nach Erdbeeren. Alles hätte ich erwartet, das nicht. Ich hielt inne, hielt ganz still. Die Stirn, die Nase, die Wangen gegen Leos Bauch gedrückt. Es konnte gar nicht nach Erdbeeren riechen! Leo strich mir mit der Hand über den Kopf. Als hielte er mit mir den Atem an. Es roch nach Erdbeeren! Ich roch, dass er es roch, wie ich.

Langsam, jeden Zentimeter betonend, schob Leo sich die

Unterhose über die Pobacken und sein steifes Glied. Als er einen Augenblick nicht aufpasste, zog ich die Beine unter ihm weg und stand auf.

«Ich will einen Drink.»

«Und was?»

Leo, nackt, ging in die Küche, ich hörte, wie er den Kühlschrank öffnete. Mit Schweppes und Gin kam er zurück.

Der Widerschein der Flaschen, der Gläser auf dem Tisch, Leos Silhouette davor, Mulden aus Licht und Dunkelheit. Ich stand hinter der quer in den Raum geschobenen Kommode, oben nackt, unten für Leo unsichtbar, eine Art halbierte Frau, wie aus einem Gemälde geschnitten. Genoss die weiche Kälte des Holzes unter meinen Brüsten, das wie mondbeschienenes Wasser schimmerte, auch wenn von draußen Neonlicht in die Wohnung fiel. Mein Mund schloss sich trocken und heftig um den Strohhalm. Leo hatte an alles gedacht.

Auch er saugte, aber langsam. Mein Körper tat weh, wollte weiter, er spielte mit, Leo spielte mit mir – ich trank, Eiswürfel klimperten, nur dieses Geräusch.

War gut, dachte ich eine Stunde später, doch.

Leos Zunge schmeckte wie der Drink, rollte in meinen Hals, über meine Ohren, meine Nase, meinen Nacken, meine Brüste, unter meine Brüste, auf den Bauch, zwischen meine Beine. Leo kniete; es war, als flögen wir in einen Wald, gemeinsam einen frisch geschlagenen Parcours entlang, große Insekten, zwischen Stämmen, dunkel und summend. Etwas polterte, mein Glas rollte über die Kommode, zersprang, pass auf, sagte Leo, hielt eine Scherbe hoch, ließ sie funkeln im Licht.

Jede Berührung erzeugte kleine elektrische Stöße, es zischte und raschelte, ich umschloss mit meinen Armen die Dunkelheit an der Stelle, an der ich Leo eben losgelassen hatte. Fand seinen Kopf, der wie ein Pilz nach Wald roch, Nuss, Stein und Feuchtigkeit. Ich packte zu, biss ihn in den Hals. War es der ausgelaufene Drink, es wurde heißer, dunkler um mich. War es Leo, er zog mich hinter der Kommode hervor, schnell, haarig, erregt. Ich wusste, ich stürzte, sah Leos Schatten über die Flaschen huschen, Gestalten machen, hörte mich kaum. Mein Körper drehte sich, jaulte, schmolz, juchzte, heulte, reizte gegen Leo an. Als dehnten meine Knochen sich, als entkleide Leo mich meiner Haut, strecke meine Muskeln und Sehnen – als riefe er mich «bei meiner wahren Gestalt».

Da lag er auf mir. Bauch an Bauch, Scham an Scham, sein Glied auf meinem Bauch, außen – innen – ich wusste nicht – meine Haut war durchlässig geworden – offen – er kam von überall in mich hinein. Mit einer Hand, die keuchte, strich ich ihm über den Rücken, stieß ihn nach unten, atmete in der rhythmischen Hysterie meiner Nerven und Muskeln. Er rutschte auf mir nach unten. Zentimeter um Zentimeter. Es war, als flögen meine Füße, eilten wie in einem rückwärts laufenden Film den Weg des eigenen Nachtschattens durch den Abend zurück, den niemand außer mir sehen konnte, als Leo mir die Knie auseinander drückte, sich zwischen meine Beine auf den Boden kniete, mich an den Hüften fasste, meinen Unterkörper zu sich zog und sofort in mich eindrang – hinunter, hinein in dieses seidig-schnelle-zerrissene-lachend-wahnsinnige-was-auch-Immer, das ich war oder bin, darunter, darin.

Salzige Tücher zerbröckelten, meine Hand tastete, ich hielt mich fest, glitt, fasste nichts, erstickt von Fremdheit, die Augen nach unten, fiel ich in den Boden, in dunkle Leere, ein rasendes Geschoss, durch den Nullpunkt Wirklichkeit gedreht, schlang die Beine um Leo, saugte mich fest, Leos Haut in mich hinein – über mich und unter – und in. Bis er kam. Und ich.

Heftig, schaumig, salzig, milchig. Und.

Auf einer Welle, unter deren Krone ein leuchtend grüner Saft erschien, geriet ich in eine blättrige, fluoreszierende Welt. Als grüner Widerschein rutschte Leo von mir. Er floh, wurde dunkel, verfärbte sich rasend schnell, ein Chamäleon, aufgestört in seinem Baum. Ich lauschte auf etwas, einen Flügelschlag, fern, ein Echo des Waldes, in dem ich eben noch gewesen war. Doch das Grün, das ich sah, war nur der Widerschein der Lampe im Flur.

«Ich friere», flüsterte ich, Leo deckte mich mit dem Laken zu, rückte dabei ein Stück von mir ab. Sein Auge, im Streiflicht der Straßenlampe: Schatten, Bewegung, ich vergaß es nicht. Sein Auge, ein sich beschleunigendes Flimmern, der nicht belichtete (weil nicht belichtbare) Teil eines Films. Mein T-Shirt lag in der Mitte des Zimmers auf dem Boden, ein Monolith, ein Brustwarzenhügel aus Stoff, ein einsamer Haufen halb toter Papageien.

Schon in dieser ersten Nacht war Leo auf seine spezielle Weise von mir heruntergerollt. Blitzschnell. Dieses erste Mal hatte ich das noch nicht gewusst, dieses erste Mal lag ich wach und wartete, ob er etwas sagen würde, er, der nichts gesagt hatte, die ganze Zeit nicht, der völlig ungeplant, fand ich, etwas wie ein Unfall in meinem Bett, und nichts sagte, nichts.

Als ich aufwachte, standen die Fischreste auf dem Tisch und stanken vor sich hin. War ich blöd, was wollte ich denn? Ich raste hoch. Die beiden Fischgerippe sahen sich jetzt sehr ähnlich. Ruccolareste schwammen im Schüsselöl. Eine Fliege glitzerte im ersten Morgenlicht blau auf dem Tischtuch. Ich scheuchte sie auf und ging in die Küche.

Während ich mich über den Abfall beugte und die Essensreste in den Eimer kratzte, spürte ich Leo plötzlich hinter mir. Er berührte mich nicht. Ich hatte nichts gehört. Keine Bewegung. Dann ein Flüstern: seine Eltern hätten ihn als greinendes Baby neben einem Müllhaufen gefunden. Ja, in der sauberen Schweiz. Ein Skandal. Ein Kind neben der Müllhalde in einem kleinen Korb.

Ich glaubte es fast, glaubte es den Bruchteil einer Sekunde, weil ich etwas glauben wollte. Kann man in so einem Moment lügen? Natürlich kann man, sagte mein Verstand, also sagte ich:

«Mosessyndrom!»

«Genau», antwortete Leo.

Er hielt ein Messer in der Hand, schaute es an, drehte die Klinge, ich bekam Angst, für einen Augenblick, er legte es weg. Eine blitzartige Erkenntnis sauste an mir entlang, ein Reißverschluss zippte mich auf, er tat mir weh, doch Leo hielt mich von hinten umarmt und zog mich zum Bett zurück.

Manche Geschichten beginnen wie Vorhänge, mit Haken und Ösen, vielleicht wurde es noch besser mit uns. Wie Leo dachte, wie er sprach. Seine kleine Nase, der volle Mund. Leos Bart und sein Atem an meiner Brust. Wir, die Figuren innen, schwebten über dem Bett; wir, die Figuren im Laken, Leo und Aloe, verkrallten sich ineinander. Ich wusste, wir machten ein Bild. Doch als etwas riss, war es nur der Schweißfilm, Leos Gesicht, müde, entspannt, nur die ausgeprägten Backenknochen unverändert fest, schwamm in meiner Hand, über das ich strich, als ich die Augen öffnete, ein heller Julitag, und ich glaubte die Geschichte mit dem Müllhaufen endgültig nicht, aber er hatte es gesagt.

So also sah ein erster Morgen ohne RIO-T-Shirt gern aus. *Virtual is what's really vertical.* Ein logischer Satz, befand Leo, logische Schlussfolgerung: *Real is what's virtually horizontal,* bleiben wir erst mal im Bett.

Ich ging in die Küche und warf die Kaffeemaschine an. Im Radio lief eine Sendung über die Mentalität von Grenzern. Neufundländische Frauen, sagte der Sprecher, schütteln ihre Elchragout-Flaschen regelmäßig auf. *Anything that moves,* hieß ihr Lebensspruch, *aim at it, shoot it, bottle it, keep it.* Die Flaschen, blau, leuchteten im neufundländischen Winterlicht, wenn der Pegelstand des Ragouts allmählich sank. Die Mentalität des Grenzers sagt dem Grenzer: nimm, was da ist, denn morgen ist es weg. Die Häuser füllen sich, auch in Neufundland, mit Plastiktieren, Plüschtieren, neufundländischen Kühlschränken, Meinungen, Haushaltsmaschinen, Werbekugelschreibern, Werbeuhren Werberechnern, Steuererklärungen, Persilpackungen (groß), Sitzgarnituren, cds, Computern samt Discs, Spielen und Hebeln. Das Messer lag noch dort, wo Leo es hingelegt hatte. Es hatte wohl schon vorher dort gelegen. Er hatte es zufällig in die Hand genommen. Ich legte es in die Schublade zurück.

«Wo ist das Shampoo?», rief Leo aus dem Bad.

«Rechts im Schrank unter dem Waschbecken.»

Leise zog ich die Haustür hinter mir ins Schloss.

Raphael Benning
Puppen

Wir müssen da nicht drüber reden. Ich kann auch gern was anderes erzählen. Aber o. k., meinetwegen. Ist ja auch nichts Schlimmes, mein ich. Also nicht für mich. Ich habs mit Engelszungen versucht. Ich sag zu ihr *Liebling. Liebling, pass auf. Ich bin ein Mann, ich brauch es. O.k.? Ich versteh dich. Klar. Muss nicht immer sein. Also ich mein, nicht jeden Tag. Auch nicht jede Nacht. Wirklich nicht.*

Mal war der Teufel los und sie ist abends wie gerädert. Gut, dann nicht. Mal ist Madam krank, auch in Ordnung. Und mal ist man müde. Aber immer müde, immer keine Lust? Das kann nicht wahr sein. Mit Engelszungen hab ich auf sie eingeredet. Nichts. Irgendwann krieg ich schlechte Laune. Bei schlechter Laune ist erst recht nichts zu reißen, klar. Aber ich krieg eben schlechte Laune. Ich sag *Liebling, heut ist der Erste. Sag mir bitte einen einzigen Tag in diesem schönen Monat, an dem du die Beine ein bisschen auseinander kriegst. Einen einzigen, bitte. Ich schreibs mir auf und lass dich bis dahin in Ruhe. Versprochen.* War auch nicht gut. So erst recht nicht, ich soll mich bemühen, sie ist keine Fickmaschine, Beine breit und reingespritzt, und solche Sprüche mehr. Den Tag blieb die Küche wieder kalt. Logisch.

Ich, und mich mehr bemühen. Die Frau ist verrückt, wirklich verrückt. Honigmond fünf Jahre vorbei, aber: mehr bemühen! Die spinnt. Ich bin wirklich o. k. zu ihr. Ich hör ihr zu, ich schenk ihr alle Nase lang was Nettes, ich sag ihr, ich lieb sie. Nicht nur so nebenbei. Ganz oft. Ich und mich mehr bemühen. Macht sie doch auch nicht. Das letzte Mal blasen? Jahre her. Dass sie mir mal sagt, ich wär ihr Bester? Fehlanzeige. Die kocht nicht, putzt nicht, fickt nicht, arbeitet nicht. Na ja, fast nicht. Was soll das? Aber ich mich bemühen. Na und wie ich mich bemühe! Jeden Morgen und jeden Abend reiß ich mir einen runter. Morgens, wenn sie im Bad rumturnt, denk ich an die gute Zeit zurück, als es noch jede Menge Fotzen gab. Knappe und weite, blonde und dunkle, paar rasierte, auch eine mit nem kleinen Ring durch, ganz süß, und alle paar Wochen kräftig mal hinten rein. Ich denk dran, spritz mir in die Hand und schlucks runter. Geht ganz schnell. Manchmal denk ich, ich schluck die gute Zeit runter. Nur ein blöder Gedanke. Nur so. Abends gibts gute Vorlagen. Mal Geschichten, dann wieder Fotos, eine Woche Comics, manchmal auch Filmchen und so. Aber eigentlich ist in nem Video nicht viel drin. Kostet nur Zeit. Vier fünf gute Stellen vielleicht, einmal blasen, einmal in alle Löcher, einmal bisschen beißen oder so, einmal pinkeln, wenn überhaupt, das wars dann schon. Alles Kinderkram. An nem Buch ist auf Dauer doch mehr dran. Und manchmal stell ich mir vor, die Zicken in den Schmökern hätten die Gesichter von denen, die ich mal hatte. Nicht schlecht. Wirklich nicht.

Früher hab ich in Äpfel gefickt, so sehr wollt ich sie. Aber sie wollt nicht. Ich stech das Kerngehäuse aus, Klebeband außen drum, damit er nicht kaputtgeht, und schieb ihn mir in langen Zügen drüber. Der wird dabei immer wärmer und matschiger. Ganz warm und glitschig. Dann press ich ihn fest zusammen, eng und enger, drück ihn paar Mal kräftig nur über die Eichel, und spritz durch. Ich sag zu ihr *Liebling, ich machs schon mit Äpfeln. Ist das noch normal? Demnächst kommt rohes Beefsteak dran. Das ist nicht normal. Also bitte, hab dich nicht so.* Aber sie sagt, ich wär ja wohl nur noch Scheiße drauf und wie weit ichs denn noch treiben wollte und kommt mit der alten Geschichte, als ich in die Wanne gepisst hätte. Also, so beim Baden, damits mir abgeht. Scheiße. Und erzählt noch mehr so einen Mist und dass wir's mindestens einmal die Woche hätten und dass das aber reichen müsste und andere viel weniger haben. Und immer so weiter. Einmal die Woche – ich glaub es nicht! Egal. Sie sagt also, ich sollt mit meinen Äpfeln machen, was ich will, aber wenns so wär, dann bräuchte ich sie ja nicht mehr. Peng. Schluss – aus – vorbei. Ich mein: Nichts mehr. O. k., fast nichts. Aber wirklich fast nichts. Betonung sehr auf nichts.

Sie also wär keine Fickmaschine, sagt sie. Und redet und redet und redet. Und dann sagt sie noch, sie wär meine Frau, aber nicht meine Matratze. Und da hats bei mir geklickt. Eine Matratze. Eine richtige Spritzmatratze. Nicht immer nur in die Hand, auch nicht son kleiner Apfel. Nein. Ne echte Matratze! Warum bin ich da nicht selber drauf gekommen. Und dann denk ich nach. Fängt richtig an zu rattern, da oben. Matratze kaufen? Viel zu teuer. Außerdem würd ich aber ne neue nicht mal geschenkt nehmen. Ich machs ja auch nicht mit kleinen Kindern. Nee nee, das Ding muss ne Persönlichkeit haben. Muss nach was riechen und schmecken und vielleicht auch irgendwie eigen aussehen. So mit paar Flecken, vielleicht. Gibts ja wohl mal bei Matratzen, besonders wenn die Dame des Hauses drauf lag.

Ich wart also den nächsten Sperrmüll ab und zieh los. Hätt gedacht, da fliegen die Dinger dutzendweise rum. War aber gar nicht. Zwei gabs, nur zwei. Die eine davon wirklich zu vergammelt. So ne superalte Vettel, das muss ja auch nicht sein. Ich pack also die andere hinten in meinen Kombi und ab damit nach Hause. Da hat sie aber geguckt. Was ich denn mit dem Dreckteil will, fragt sie scheinheilig. Aber ich lass mich nicht aufregen und stell das Ding im Flur an die Wand. Ganz cool. Senkrecht an die Wand, genau in die Mitte zwischen Bad und Küchentür. Und hol sechs dicke lange Nägel und knall sie durch alle vier Ecken von der Matratze und rechts und links in der Mitte auch noch. Richtig still halten soll die. Dann mach ich n Schritt zurück und setz ne Kennermiene auf. Saugut! Sie guckt doof und sagt nichts mehr und ich sag auch nichts. Warum auch. Gibt nichts zu sagen. Ist doch alles klar.

Dann nehm ich ein Bratenmesser, so eins mit Doppelspitze und Zackenklinge, und schneid ein kleines Loch in Hüfthöhe, also in meiner Hüfthöhe. Geht ganz schön schwer. Is n solides Biest. Sie geht ins Bett. Sagt kein einziges Wort mehr und geht ins Bett. Soll sie doch. Meinetwegen kann sie auch gerne wieder aufstehn und nachgucken. Mir völlig egal. Ich stell mich vor die Matratze, mach die Hose auf und fang an rumzuspielen. So ganz sicher war ich mir vorher nicht, aber Tatsache, ein zwei Minuten und er steht. Nicht knüppelhart, aber er steht. Ist ja nicht selbstverständlich, bei so ner ganz neuen Geschichte. Ich geh also total nah an die Matratze ran und fass sie so rechts und links an der Seite und steck ihn rein. Muss n bisschen drücken und drehn und so, aber geht dann doch ganz leicht. Is n altes Schaumstoffgerät, kein Problem. Dabei red ich bisschen mit ihr, was man so sagt. Der Schaumstoff wird gleich warm und reibt schön und ich drück mich noch näher ran und fass sie noch fester und stoß immer zu. Bisschen stöhn ich auch. Soll sie doch jetzt kommen und gucken, was ich hier mach. Soll sie doch. Aber sie kommt nicht. Logisch. Ich stoß also immer schneller zu und richtig, mir geht einer ab, dass es nur so knallt. Paar lange fette Strahlen schieß ich ihr ins Loch und dann zieh ich ihn raus und klaps ihr noch auf den Bauch, so überm Loch eben, und sag zu ihr, dass sie ne richtig gute Abspritzfotze wär. Wirklich wahr. Und bei dem Klaps kommt so ein bisschen von der Soße wieder raus. Völlig irre.

Die Tage denk ich, wär nicht nur egal, wenn sie mich dabei erwischt, wie ichs mit meiner neuen Süßen mach, wär sogar ganz gut. Ich wollts ihr also zeigen. Irgendwie schon. Und dann hab ich sie wirklich überrascht. Ich bin ganz nackt und in voller Fahrt und tatsächlich schaff ichs, als sie gerade die Tür aufmacht und in den Flur kommt, in meine Süße reinzuspritzen. Zack. Ich stöhn und sie steht nur da und guckt und ich dreh mich um und zieh mein Ding raus und lach sie noch so an und dann läuft sie weg und heult. Richtig, sie heult. Ich fass es nicht! Aber dann denk ich, wär ne echte Schau, jetzt so hinter ihr her ins Wohnzimmer, und so wie sie heult ihren Rock hoch und Höschen runter und sie soll sich bücken und ich nehm sie. Einfach nur so. Und über den Gedanken werd ich auch schon wieder bisschen steif, aber nicht wirklich. Hab ja grad noch und alles hat seine Grenzen. Aber die Idee ist schon gut. Also denk ich öfter dran, wenn ichs mir so zwischendurch mal mach, jetzt so ganz normal im Bett oder aufm Klo.

Bald bin ich dann angefangen und hab sie angemalt. Namen hatte sie schon von Anfang an. Angelika. Fand ich immer schön. Angelika klingt irgendwie eher kühl, aber mit Geheimnis. Gutes Geheimnis. Na, muss ja nicht stimmen. Auf Französisch isses fast schon nuttig. Auch nicht schlecht. Aber hier ist Deutschland, darum kriegt sie den Namen auch in Deutsch. Ich bin also angefangen, sie anzumalen. Mit dicker brauner Ölfarbe, extra gekauft. Hab ihr Augen gemalt und ne Nase, ganz kleine Nase. Und auch einen Mund und einen Nabel. Das Loch hab ich so gelassen, aber hab ihr dann auch n Schlitz geschnitten, wo der braune Schmollmund war. Jetzt konnt ich ihr dabei richtig in die Augen gucken. Und knutschen ging auch, sogar mit Zunge. Hab sie später dann auch mal von der Wand genommen, hingelegt und ins Maul gefickt. Da unten fing sie jetzt sowieso schon an zu bröseln und war auch mächtig verklebt und so, auch vom Pinkeln. Na ja. Und dann hab ich mich jedenfalls an den Tag erinnert, als ich sie von hinten haben wollte, als sie heulte. Also, die richtige Angelika. Und hab sie also umgedreht, war ja eh gerade abgehängt, und hab ihr auch hinten ein Loch geschnitten und da drüber auch n Poschlitz gemalt, der nach oben links hin bisschen schief war. Ist mir der Pinsel wohl etwas weggerutscht. Aber macht ja nichts, war eben was Besonderes an ihr. Ich häng sie also wieder auf, aber diesmal anders rum und fick ihr den Arsch durch, nach Strich und Faden. Das war wirklich eine geile Zeit.

Aber keine Idee reicht für ewig. Muss öfter mal was Neues sein. Bin ich also irgendwann los und hab nach andern Matratzen geguckt. Alle schon was älter, aber noch ganz flott in Schuss, nicht so miefig. Da war dann auch ne Federkern dabei, scharfes Gerät, an der hab ich mir später schwer die Vorhaut aufgerissen. War aber in Ordnung. Ich hatte bisschen was getrunken und extra zwei Tage nichts gemacht, damit ich richtig in Fahrt komm, und war dann wirklich allerbester Dinge und habs in dem Moment auch wohl gemerkt, aber hat mich eigentlich nur noch härter gemacht. Hat gar nicht wehgetan, erst. Mehr wie ein starkes Jucken. Gab hinterher trotzdem ne ziemliche Sauerei. Egal. Mit der Zeit bin ich noch öfter los und hatt dann ne richtige kleine Sammlung. Alle meine Süßen. Paar noch im Flur angenagelt, paar auch im Keller, so für die schärferen Sachen. Einige einfach hingelegt. Vor allem eine, so ne wirklich Dicke. Die war gut. Echt stark. Natürlich hatten die jetzt alle auch eigene Namen, nicht immer bloß Angelika.

Wie es so geht, genau in dieser Zeit sagt Angelika, sie würd sich diese perverse Scheiße – sie sagt wirklich *Perverse Scheiße* – also sie würd sich das nicht länger angucken. Jetzt müsst endlich was passiern. Hätt sie auch schon mit irgendwem besprochen und der sagt das auch. Ich soll mich entscheiden, jetzt entweder die oder sie. Gut, denk ich, mit den ganzen Süßen ist auch nicht mehr so schön wie am Anfang, aber ich lass mir ja nicht auf der Nase rumtanzen. Hat sie schon immer versucht. Und: Mit dem und dem besprochen, wenn ich das schon hör. Erzählt die was weiß ich einfach in der Gegend rum. Scheiß alte Quatsche. Also sag ich *Dann geh doch*. Und sie zickt noch was und ich scheuer ihr wohl auch eine, aber nur eine, und sie war damit angefangen, und dann ist sie weg. O. k. Dann eben nicht!

Seitdem gibts eine einfache Regel: Mädels sind in Ordnung. Kann man machen. Meinetwegen. Meinetwegen können alle Mädels an mich ran. Wenn sie wollen. Ich zahl da auch für. Aber nur noch auf meine Art. So wie ich will. Ich stell sie vor die Süßen, oder leg sie drauf, und dann. Und nur so.

Nele Grün
Der Radfahrer

Eines Sonntags klingelte es an meiner Haustür. Ich öffnete, und vor mir stand, im strömenden Regen, ein Radfahrer. Er war total durchweicht. Ich sah blonde, lange Haare, die unter seinem Helm hervorquollen, und ein feuerrotes Trikot. Er fragte, ob er sich einen Moment unterstellen könne, bis der Regen vorbei sei. Während er sprach, übergoss er mich mit einem leuchtend blauen Blick, der angesichts des seit Tagen grau verhangenen Himmels so irreal wirkte, dass ich unmöglich nein sagen konnte.

Ich sagte gar nichts, sondern hielt ihm die Tür auf. Mit klackenden Schritten trat er in den Flur, und ich bat ihn, seine dreckigen Radschuhe auszuziehen. Als er sich bückte, verschlug es mir fast den Atem. Noch nie hatte ich solche kräftigen Schenkel gesehen. Seine Gelenke dagegen waren schmal, fast zart. Ich schaltete schnell. Angesichts einer breiten Schmutzspur, die sich von seinem Hintern bis zum Helm hinaufzog, bot ich ihm an, eine heiße Dusche zu nehmen. Überrascht sah er auf, aber mit etwas Ähnlichem musste er gerechnet haben, denn sofort löste er den Helm und zog sich das Trikot über den Kopf. Jetzt steckte er nur noch in einer stramplerartigen, glänzend elastischen Hose, die wie gemalt auf seinem Körper lag. Schwarze Träger auf breiter, goldbehaarter Brust. Bisher hatte es mich niemals interessiert, was diese Leute, die am rechten Fahrbahnrand beim Überholen stören, für Klamotten tragen, jetzt wusste ich es.

Ich nahm seine nasse Hülle in Empfang. Dann zeigte ich ihm den Weg zur Dusche. Meiner Aufforderung, die restlichen Kleidungsstücke vor die Tür zu legen, kam er wortlos nach.

Kaum war er im Bad verschwunden, holte ich mir das Zeug und warf es in die Waschmaschine. Dreißig Grad, vermutete ich, schlug das Bullauge zu und schaltete ein. Damit hatte ich ihn.

Als Nächstes zog ich aus dem Kleiderschrank ein T-Shirt, das mir mein letzter Lover beim Beate-Uhse-Versand bestellt hatte. Es war aus schwarzem Latex. Das Vorderteil bestand aus fünf schmalen Streifen, die ein bisschen Haut, aber nicht die Brüste bedeckten. Dann tauschte ich meine Haushose gegen eine Jeansröhre und komplettierte sie mit einem Paar hochhackiger Lederstiefel. Gerade als ich mich vor der Badezimmertür aufbaute, trat er heraus.

Er ließ einen anerkennenden Pfiff los.

Sein Blick lag auf meinen Brüsten wie ein kühler Chiffonschal. Einen Moment stand er sprungbereit in der Tür, als wolle er sofort zugreifen. Aber er überlegte es sich anders und fuhr sich stattdessen mit beiden Händen durch die nassen Locken.

Er trug den alten, schwarz-gelb gestreiften Bademantel vom Flohmarkt. Jesus, sah er gut aus! Seine Erscheinung setzte mich schachmatt. Die Daumen in den Gürtelschlaufen verhakt, fragte ich hastig, ob er Hunger habe.

«Keine schlechte Idee», meinte er und lächelte auf mich herunter.

Probleme mit dem Selbstbewusstsein hatte der Typ anscheinend nicht. Gemütlich schlenderte er ins Wohnzimmer und ließ sich auf den Sessel fallen. Ich holte Toastbrot, Käse und Schinken aus der Küche. Auf meine Frage, ob er was trinken möchte, rief er mir zu: «Eine Apfelsaftschorle, wegen der Elektrolyte.»

Ich brachte das Tablett und stellte es vor ihn auf dem Tisch ab. Während der Radfahrer aß, setzte ich mich auf die Couch und sah ihm zu. Er hatte den Fernseher angeschaltet, die Tour de France lief.

Wenn ich jetzt eine Landkarte hätte, könnte ich die Strecke verfolgen, meinte er und biss in den Toast.

Bedauernd hob ich die Hände. Als er fertig mit Essen war, lehnte er sich zurück und betrachtete mich eingehend. Ich streckte einen Finger nach ihm aus und schob ihn unter den Ausschnitt des Bademantels. Einen halben Meter tiefer bewegte sich der Stoff. Offenbar gefiel es ihm, sich von mir untersuchen zu lassen. Ich zog den Kragen beiseite, um seinen Brustkorb zu bewundern. Meine Komplimente schienen ihn nicht zu überraschen, mit lächelnder Selbstverständlichkeit nahm er sie zur Kenntnis. Er war einer, der seinen Wert zu schätzen wusste.

«Machst du das öfter?», wollte ich wissen. «Ich meine, so an fremden Türen klingeln und duschen?»

«Bisher nicht, aber es scheint sich zu lohnen», grinste er.

Wieder zuckte sein Schwanz auf. Er seufzte, überschwemmte mich – wusch! – mit einem meerblauen Blick, dann legte er seine Hand auf meine nackte Brust. Ich hatte das Gefühl, sie wuchs ihm prall entgegen.

«Einen geilen Busen hast du», stellte er fest.

Kennerblick. Was er sah, gefiel ihm – meine Brüste gefielen ihm. Da beschloss ich, dass er der Mann meiner bisher unerfüllten Träume sein sollte. Was hatte ich auch schon zu verlieren? Seiner Aufforderung, mich auszuziehen, kam ich umgehend nach. Das rasante T-Shirt flog in die Ecke, die Stiefel behielt ich an.

«Zeig dich mal», sagte er, und er drehte mich herum wie eine kostbare Blumenvase, die er zu kaufen gedachte.

Ich kniete mich vor ihm nieder und schlug den Bademantel zurück. Der Anblick seines Schwanzes traf mich direkt in den Unterleib. Bis zum Nabel ragte er hinauf, die Eichel glänzend von Lusttropfen. Eine Hand presste sich in meinen Nacken. Diese Sprache war eindeutig. Ich griff nach seinem Schwengel und steckte ihn mir tief in den Mund. Er schmeckte phantastisch. Salzig und samtig, so, wie es sein sollte. Nach einer Weile legte der Radfahrer eines seiner Radfahrerbeine über die Sessellehne. Ich zog ihn noch ein Stückchen weiter vor, die Hand unter seinem Hintern, er lag entspannt da und sah zu mir auf, in Erwartung meines nächsten Schrittes. Ich konnte mit ihm machen, was ich wollte. Und was ich alles wollte! Ich packte ihn an den Schenkeln und ließ meine Zunge wandern, leckte über eine Landschaft von Hügeln, Schluchten und sanften Tälern. Seine verborgensten Stellen leckte ich aus, wie im Rausch, verrückt nach dem Neuen, nach dem feuchtholzigen Duft seines Schoßes und seines Bauches, um den sich meine Hände klammerten, als wollten sie ihn nie wieder loslassen.

Er hatte den Kopf zurückgelegt und atmete mit geöffnetem Mund. Seine langen Locken hingen fast bis zur Mitte des Sessels herunter. Als er merkte, dass ich ihn beobachtete, richtete er sich langsam auf. Sein Blick fiel durch verhangene, schmale Schlitze. Einen Moment schien er zu überlegen, dann fragte er, als sei er betrunken, ob es auch ein paar Gangarten härter sein dürfte.

«Und ob», sagte ich.

Da griff er in meine Haare und zog mich auf den Teppich herunter. Mit einer einzigen Bewegung seines Schenkels öffnete er mir die Beine und schob seinen Schwanz in meinen Spalt. Der Kerl rammte mich, dass mir die Sinne schwanden. Seine Hüfte flog nur so auf mich zu. Irgendwie hatte er es raus, mich genau am richtigen Punkt zu erwischen, plötzlich wurde ich von einer heißen Welle nach der anderen überschwemmt, weggespült. Ich schrie und zerrte an seinen Armen. Als ich wieder zu mir kam, sah er zufrieden auf mich herunter. Über seine Stirn rann Schweiß und tropfte mir in die Augen.

«Hast du auch ein Bett?», fragte er.

Erst jetzt merkte ich, dass mein Rücken vom Teppich aufgescheuert war. Wir zogen ins Schlafzimmer um, er stieß mich aufs Laken und war schon wieder in mir. Doch dazu hatte ich keine Lust mehr. Ich drückte ihn beiseite und schob mich an ihm hoch, über den Schwanz, über den Bauch, noch höher hinaus, bis ich auf seinem Gesicht saß. Mit den Fingern teilte er meine Lippen, seine Zunge konnte ich kaum erwarten. Wie er noch Luft holte, als ich kam, war mir egal.

«Lass dich gehen», murmelte ich, über seinem Gesicht kreisend.

Das reichte. Er packte mich an den Schultern und flippte aus. Steckte mir seine Finger in den Mund, warf meinen Kopf von einer Seite zur anderen, schüttelte mich durch, bohrte sich in mein Innerstes.

Wir waren mitten im Spiel. Ich begann mich zu wehren, versuchte, mich unter ihm vorzuwinden.

«Hör auf», zischte er, und ich zischte zurück: «Trau dich doch, los, tu's, wenn du kannst.»

Zur Bekräftigung trat ich ihm gegen die Beine. Da knallte er mir eine. Mitten ins Gesicht. Ich war so überrascht, dass ich meinen Widerstand vergaß. Darauf hatte er nur gewartet. Im Nu bekam er Oberhand und zog meinen Arm nach hinten, bis ich kapitulierte. Wie eine schlaffe Puppe ließ ich mich gegen ihn fallen. Lange hätte ich sowieso nicht mehr durchgehalten, ich war so geil auf seinen Schwanz, dass ich ihn haben wollte, jetzt sofort.

Doch auf einmal hatte er es nicht mehr so eilig. Stattdessen stand er auf und fing an, in meinem Kleiderschrank zu wühlen. Schließlich fand er, was er suchte, einen Schal. Den wickelte er mir so oft um die Augen, bis ich von Finsternis umgeben war. Noch einmal stieg er aus dem Bett, diesmal hörte ich ihn ins andere Zimmer gehen. Irgendwas raschelte, dann kam er wieder zurück. Er hockte sich zwischen meine Beine, zog mich bis an die Bettkante herunter und knotete meine Fesseln an die

Pfosten. Breitbeinig lag ich vor ihm. Ich wartete. Vor Anspannung fror ich. Auf jede Art von Berührung war ich gefasst gewesen, nur nicht auf diese. Ein kalter, spitzer Gegenstand fuhr mir über den Bauch. Weiß der Teufel, was er geholt hatte, eine Schere vielleicht, oder ein Messer, es war so still im Raum, dass ich das Kratzen auf meiner Haut hörte.

Ich fragte mich gerade, wie weit er noch gehen würde, als er in Kinnhöhe stoppte. Das Metallteil schepperte zu Boden. Dafür suchten jetzt seine Zähne meinen Hals ab, wanderten weiter, verbissen sich in meine Brustwarzen. Mein Körper bäumte sich auf wie ein gespannter Bogen. Wieder legte er sich auf mich, um mich mit seinem Schwanz zu bearbeiten. Gott, was für geile Hüften der Kerl hatte. Zum Glück waren meine Hände nicht gefesselt. Ich packte zu und vergrub sie in seinen federnden Flanken.

Abrupt hielt er inne. Er band mich los, löste aber nicht die Augenbinde. Jetzt wollte er das Finale. Dazu drehte er mich um, hob meinen Hintern an und stieß zu. So tief rammte er mich, dass ich vornüber kippte. Klatschend schlug er mir auf den Rücken, wieder und wieder, griff sich meine Seiten, keuchte, wurde schneller und schneller, warf sein Becken gegen meins und – aah! ich komme, los, mach schon, aah! – explodierte!

Als der Radfahrer in mir explodierte, wusste ich, dass nichts mehr so sein würde, wie es einmal war. Er nahm mich nämlich mit, und als er kam, kam ich auch. Er zog mich in einen rasenden Wirbel von Farben und Funken, die von allen Seiten auf mich einströmten, durcheinander quirlten, sich in ihrem Tanz vermischten und vor meinem abgedunkelten Blick aufstiegen wie eine Feuersäule. Wieso hatte ich nie gemerkt, wie bunt ein Orgasmus war?

Sein Radlerherz schlug wild gegen meinen Rücken. Langsam sackte er auf mir zusammen. Die letzte Glut war verloschen, entspannt lagen Arme und Beine übereinander. Schlief er? Ich registrierte jede kleinste Bewegung. Einmal zuckte seine Hand, ein anderes Mal knackte sein Kniegelenk. Ich hatte das Gefühl, jeden Moment abzuheben und aus dem Fenster zu schweben, eins zu werden mit dem Regen, den Blättern und dem Rauschen der vorbeifahrenden Autos.

Mein Radfahrer aber empfand ganz anders. Nachdem er sich etwa eine halbe Stunde auf mir erholt hatte, straffte er plötzlich seine Glieder und richtete sich auf. Er war entsetzt, als er den Wecker auf meinem Nachttisch entdeckte. Was? Schon halb sieben? Er müsse schleunigst nach Hause. Unverzüglich!

Ich stellte keine Fragen. Vielmehr holte ich seine nassen Kleider aus der Waschmaschine und legte sie über den Wäscheständer. Das Trikot trocknete er mit dem Föhn. Verärgert, weil es so lange dauerte, zog er sich schließlich die feuchten Sachen über.

«Fuck!», sagte er ein paar Mal. «Fuck!»

Ich sah ihm dabei zu, wie er Stück für Stück seines schönen Körpers verhüllte. Hatte er eine Verabredung vergessen? Oder wartete jemand zu Hause …

Er stülpte sich den Helm über und war schon an der Haustür. Fahriges Lächeln – tschüss, und vielen Dank. Den Abschiedskuss ersparte er mir. Ich sah ihm nicht hinterher. Als er sich auf sein Fahrrad schwang und davonfuhr, lag ich schon wieder im Bett. Zuerst versuchte ich es mit Lesen, dann mit Essen, später mit Fernsehen.

«Fuck», murmelte ich mehrmals hintereinander in mein Kopfkissen.

Am Abend fand ich ein goldenes Schamhaar in der Dusche.

Sabine Göttel
Die lustige Witwe

Ich heiße Sonja. Sonja Stebner.

Übernächste Woche werde ich dreißig.

Meine Freundin Claudia meint, das wäre ein wichtiges Datum.

Sie ist zweiunddreißig und fühlt sich seit zwei Jahren alt.

Für eine Witwe bist du auch mit dreißig noch ziemlich jung, findet Claudia.

Sie nennt mich «die lustige Witwe».

Das ist eine Operette, von Lehár, glaube ich. Als Jojo noch lebte, haben wir die mal zusammen im Stadttheater gesehen. So mit viel bunten Kostümen, Flitter und Trallala. War ganz nett.

Seit der Jojo nicht mehr da ist, gehe ich kaum noch ins Theater. Claudia geht lieber ins Kino.

Der Jojo, ich meine, mein Mann Johannes, ist jetzt seit drei Jahren tot.

Motorradunfall.

Er war ein begnadeter Motorradfahrer.

Als wir uns noch nicht lange kannten und ich die ersten Male hinter ihm auf der Maschine saß, habe ich mich bei Kurven immer in die falsche Richtung gelegt.

Er hat mir beigebracht, dass man sich gerade extra in die Kurve legen muss.

Anfangs war mir ein bisschen mulmig dabei. Aber als wir dann etwas vertrauter waren, ging es ganz einfach und hat sogar richtig Spaß gemacht.

An dem Abend, als es passiert ist, haben wir noch telefoniert.

Leg dich doch schon mal hin, hat er gesagt, es kann spät werden heute.

Der Jojo war Fernfahrer und kam gerade von einer längeren Tour. Er hat seinen Brummi auf dem Firmengelände abgestellt und sich aufs Motorrad gesetzt, um nach Hause zu fahren. Da nahm ihm ein LKW auf einer Kreuzung die Vorfahrt.

Der Jojo war sofort tot. Genickbruch.

Man hat gar nichts gesehen. Kein Blut oder so.

Er lag ganz ruhig da, die Augen geschlossen. Seine Haare waren zerdrückt, wie immer, wenn er mir mit dem Helm in der Hand auf der Treppe entgegenkam.

Sonst nichts.

Er war so schön wie immer, der Jojo. Fast schöner sogar.

Ein Jahr später hat mein Blumenladen zugemacht.

Dort war ich schon als Lehrling angestellt. Der alte Herr Polenz ging dann in den Ruhestand, und seine Tochter wollte nicht in die Blumenbranche. Der Herr Polenz hat mir angeboten, in seine Filiale nach Göttingen zu wechseln.

Aber ich wollte nicht weg von hier.

Ich mag diese Stadt.

Das hat was mit Jojo zu tun. Also fing ich an, auf dem Großmarkt zu arbeiten, dreimal die Woche. Und Samstag dann der Wochenmarkt auf dem Marktplatz.

Ich muss wahnsinnig früh aufstehen und richtig zupacken.

Aber ich kann hier bleiben.

Ich kann Jojo nahe sein.

Zweimal in der Woche, am Dienstag und Donnerstag, habe ich frei.

Dienstags besuche ich Freunde.

Ich stehe später auf, frühstücke ausgiebig und mache mich fertig.

Ich ziehe meinen kurzen Lederrock an und die hohen Stiefel, die mir so gut stehen.

Dazu mache ich mir noch einen Pferdeschwanz und sprühe mein Lieblingsparfum in die Haare.

Bevor ich die Wohnung verlasse, gebe ich Jojos Foto auf der Kommode einen Kuss und stelle es mit dem Gesicht nach draußen auf die Fensterbank.

Zuerst gehe ich zum Theater.

Dort arbeitet Pablo.

Pablos Mutter ist Kolumbianerin, sein Vater Deutscher.

Pablo ist ein kleiner Mann mit breiter Stirn, ein bisschen gedrungen. Er hat schwarze, halblange Haare, die wahnsinnig schön glänzen.

So ähnlich wie der Jojo sie hatte.

Am Theater ist er Requisiteur.

Herr Wiebe, der Pförtner, weiß, dass ich Pablo immer dienstags um diese Zeit besuche und kennt mich schon.

Guten Tag, Fräulein Stebner, sagt er. Fräulein.

Der Herr Wiebe ist ein Kavalier der alten Schule und flirtet gern. Er hat früher bei einem feinen Herrenausstatter in Hannover gearbeitet. Dort musste er dem Chef lange Jahre die Fingernägel herzeigen, ob sie sauber sind.

Das hat er mir mal erzählt.

So war das damals, Fräulein Stebner. Ssstebner, sagt er. Nicht Schdebner.

Wir reden ein Weilchen übers Wetter, dann drückt Herr Wiebe den Summer und lässt mich hinein.

Pablo arbeitet im dritten Stock, fast unterm Dach.

Dort ist das Lager der Requisite. Er nennt das den Fundus.

Nach dem Krieg ist vom Theater so gut wie nichts übrig geblieben, aber der Fundus war wie durch ein Wunder noch da. An den Wänden kann man heute noch alte Inschriften erkennen, *Kein Durchgang*, *Achtung Elektrik* und so.

Durch die kleinen, blinden Fenster fällt das Sonnenlicht.

Die Requisiten sind in großen Käfigen weggeschlossen.

An jedem Gitter hängt eine Liste, durch die man erkennen kann, was in den einzelnen Käfigen aufbewahrt wird.

Manche sind leer.

Die Käfige sind so groß, dass man hineinkriechen kann.

Pablo hat schon auf mich gewartet.

Er schließt die Tür ab und drückt mich an so ein Gitter. Das tut ein bisschen weh. Aber es gefällt mir.

Der Pablo hat einen weichen, warmen Körper. Er trägt ein kariertes Hemd und eine verschmuddelte Cordhose.

Er riecht nach Männerschweiß.

Ich mag diesen Geruch.

Wir pressen unsere Körper aneinander, und ich grabe meine Hände in seine glatten Haare. Ich stelle mich mit meinen Stiefeln auf seine Füße und spüre die harten Kappen seiner Arbeitsschuhe.

Pablo stöhnt kurz auf und hebt mich mit einem Ruck am Hintern hoch. Jetzt umklammere ich seine Hüften mit den Beinen.

Sein Kopf liegt auf meinem Busen. Es macht mich an, dass Pablo so klein ist.

Jojo war auch ein bisschen kleiner als ich.

Er hält mich ganz fest, sodass ich seine Hose öffnen kann.

Er atmet schwer.

Er sagt ein paar Mal ganz leise, dass er mich liebt.

Ich greife in seine Hose und lasse den Schwanz frei.

Jetzt setzt Pablo mich kurz ab und öffnet einen der leeren Käfige.

Dann steht er wieder vor mir, zieht mir Strumpfhose und Slip herunter und drängt mich in den Kasten.

Ich spüre seinen festen Körper auf mir.

Pablo bettet meinen Kopf in seine Hände.

Ich küsse seine Stirn und seine schwarzen Haare.

Er fragt mich mit den Augen, ob er ihn haben will.

Ich öffne die Beine, und Pablo dringt sanft in mich ein.

Pablo hat es gut bei mir.

Ich bewege mich kaum und stütze seinen Kopf mit den Händen, während er sich langsam über meinem Gesicht auf und ab bewegt. Ich sauge seinen Atem in mich ein und starre auf seine Haare, bis er kommt und mich loslässt.

Danach gehe ich in der Stadt spazieren.

Bei Giovanni am Markt kaufe ich mir ein Eis und bleibe ein bisschen in der Sonne sitzen.

Sicher einer der letzten schönen Tage, sagt Giovanni und blinzelt mir zu.

Kurz nach meinem Geburtstag geht er wie jedes Jahr den Winter über nach Italien.

Er kommt, glaub ich, aus Sizilien.

Im Taormina kann man dann bis Weihnachten Krippen und Holzfiguren kaufen. Und bis März, wenn Giovanni wiederkommt, ist ein persischer Teppichhändler drin.

Giovanni war ein Freund von Jojo. Sie haben sich im Taormina immer zusammen die Fußballländerspiele angeschaut.

Bei Deutschland gegen Italien gab es mal fürchterlichen Streit zwischen den beiden.

Sie waren ziemlich angetrunken. Da hab ich den Jojo einfach nach draußen gezerrt und bin mit ihm nach Hause gelaufen. Der wollte sich doch glatt noch aufs Motorrad setzen.

Am nächsten Tag ist er eine Stunde früher aufgestanden, weil er die Maschine noch abholen musste. Sie stand so ziemlich am anderen Ende der Stadt.

Der Jojo ist dann drei Wochen nicht mehr zu Giovanni, sondern ins Da Toni gegangen, bis sich die beiden wieder ausgesöhnt hatten.

Das war ungefähr ein halbes Jahr vor dem Unfall.

Ich gehe jetzt den Manni besuchen.

Wir haben ein Klingelzeichen verabredet.

Es dauert eine Weile, bis er aufmacht.

Der Manni sitzt im Rollstuhl, weil seine Beine gelähmt sind.

Er hat einen Tee gekocht und eine schöne CD aufgelegt.

Er kennt sich wahnsinnig gut aus mit Musik. Er schreibt Plattenkritiken für Stadtmagazine.

Bei ihm habe ich zum Beispiel zum ersten Mal Van Morrison gehört.

Van Morrison läuft jetzt auch wieder.

Bei diesem Lied krieg ich immer eine Gänsehaut.

Mannis große Leidenschaft aber sind Schneekugeln.

Er hat über dreihundert; die stehen auf Regalen in der ganzen Wohnung rum.

Bevor er den Autounfall hatte, ist er viel herumgereist und brachte sich als Andenken jedes Mal eine Schneekugel mit.

Er sammelt aber nur solche, in denen Orte und Märchen abgebildet sind.

Diddelmäuse und so einen Kram kann er nicht leiden.

So eine Schneekugel ist immer eine abgeschlossene, kleine Welt mit Himmelsbogen, Wetter, Tieren und allem Drum und Dran, meint der Manni.

Jetzt bringen ihm seine Freunde welche von ihren Reisen mit.

Manni, fährt mit dem Rollstuhl neben meinen Sessel, und während wir Tee trinken, schauen wir uns das neueste Exemplar an.

Es ist eine Kugel aus Thailand mit zwei Bildern drin.

Auf der einen Seite sieht man einen Tempel im Schneegestöber, auf der anderen eine Tänzerin mit großen, nackten Brüsten.

In Thailand schneits sogar im Nachtclub, sagt Manni und bekommt seine Lachgrübchen.

Van Morrison singt «Beside you».

Netter Busen, sage ich. Nicht so schön wie deiner, sagt Manni.

Jetzt lässt er sich vom Rollstuhl aufs Sofa gleiten, streckt die Hand nach mir aus und zieht mich zu sich hinüber.

Ich setzte mich ganz dicht neben ihn. Er presst sein Gesicht fest an meins, und ich massiere seinen mageren, matten Körper.

Erst ganz sanft, dann immer fester und schneller.

Als ich ihm unters Hemd fasse und leicht in die Brustwarzen zwicke, stöhnt Manni laut auf. Ich öffne sein Hemd und lecke an den Dingern, bis sie klein und steif werden.

Manni nimmt meine Hand und führt sie weiter nach unten, wo er schon ganz hart ist.

Ich umschließe seinen Schwanz mit den Fingern. Die Haut darüber ist zart und es pocht darin, als hätte er ein eigenes Herz.

Ein kleines Tier, das von mir gestreichelt werden will.

Manni schaut mich die ganze Zeit mit großen Augen an. Sie sind geil und traurig.

Auch ich muss immer hinschauen. Mein Blick feuert ihn so lange an, bis er mir das kleine Tier ganz überlässt. Ich reibe es heiß. Ich mache es lebendig. Ich jage es unerbittlich über eine sonnige Wiese, über Berg und Tal, in alle fernen Länder der Erde. Es wird kräftig und stark, rennt und japst, wirbelt Schnee auf und will immer weiter. Ich powere es aus, bis es mir in die Hand spuckt und müde und schlaff in Manni zurücksinkt.

Dann umarmt mich Manni, legt seinen Kopf auf meine Brust und lacht und weint.

Er sagt, dass er mich für immer bei sich behalten will.

Aber ich muss weiter. Ich will jetzt endlich zu Tom.

Ich bin etwas zu spät. Wie immer.

Schon wenn ich unten vor der Tür stehe, habe ich weiche Knie, und mein Herz rast wie verrückt. Ich renne nach oben. Ich kann es kaum erwarten, dass er die Tür aufmacht und mich am Arm in die Wohnung zieht.

Sein fester Griff tut weh.

Ich möchte mich ausruhen, Tom.

Er fragt nicht mehr, wo ich gewesen bin. Wortlos zieht er mir Tasche und Jacke herunter und wirft sie auf den Boden. Er greift mir hart in die Haare und schlägt mir mit dem Handrücken so fest ins Gesicht, dass mein Kopf zurückfliegt und ich nach hinten torkele. Dann drückt er mich gegen die Flurwand und beißt mich in den Hals. Es tut so weh, dass es mir die Tränen in die Augen treibt; aber ich schreie nicht. Er reißt mir die Bluse auf, reibt mit seinen rissigen Fingern über die wunde Stelle und schmiert das Blut zwischen meine Brüste. Dann stößt er mich ins Schlafzimmer.

Heute nicht, Jojo. Ich bin so müde.

Ich ziehe ihn aufs Bett und versuche ihn zu küssen. Ich will, dass er mich genauso liebt und sich Sorgen macht, wenn ich zu spät bin, so wie ich fast wahnsinnig werde, wenn er überfällig ist und nicht anruft. Aber er dreht mir den Kopf weg, beißt mir in die Brust, bearbeitet die Warzen so lange mit der Zunge, bis sie sich aufrichten, ihm entgegen. Dann wirft er mich auf den Bauch, zieht mich am Hintern zu sich heran und kratzt mit den Fingernägeln breite Streifen in meine Haut. Jetzt kniet er hinter mir, presst sich an mich und hält meine Brüste fest.

Er riecht nach Motorenöl und der schwülen Luft in seiner Lastwagenkoje.

Ich höre sein Keuchen hinter mir und werde weit und feucht.

Ich weiß, dass ich schuld war. Zum ersten Mal war ich ganz

ruhig, ich wollte vernünftig sein und habe mir keine Sorgen gemacht, so wie er es immer gewollt hat, ich habe noch ein bisschen ferngesehen und bin dann eingeschlafen –

Er drückt mir jetzt den Schwanz von hinten rein, so fest, dass ich schreie und er mir den Mund zuhält –

– auch wenn ich schon geschlafen habe, habe ich eigentlich noch gewartet, ich habe im Schlaf gewartet, bis er den Schlüssel, ins Schloss steckt und sich ausgiebig räuspert, wie immer, wenn er zu viele von den starken Filterlosen geraucht hat –

Ich spüre, wie er sich in mich hineinbohrt, es brennt höllisch, ich fange von den Zehenspitzen bis in die Haare an zu brennen, das Feuer breitet sich in Wellen aus, ich kralle mich am Kopfende fest, um seine Stöße abzufangen –

– bis er den Helm auf die Ablage knallt, aufs Klo geht und sich dann zu mir legt, ohne sich noch groß zu waschen, sich einfach löffels an mich presst und sofort anfängt, mir leise ins Ohr zu schnarchen –

Die Flammen lodern mal höher, mal niedriger, bald fängt mein Kopf an zu brennen –

– und ich nur noch einmal mit der Hand nach den glänzenden Haaren taste, und weiß, dass er da ist –

Ich renne vor dem Feuer weg auf einen Berg zu, denn darüber ist eine große schwarze Wolke, es wird wieder kühl werden, es wird regnen, ich weiß es genau, nur noch die kleine Kuppe –

– und ich keine Angst mehr haben muss und nicht mehr zu denken brauche.

Ich komme endlich oben an, ich bin gerettet, ein Wolkenbruch geht runter, ich muss schreien, weil der Regen so kalt ist.

Das schöne kalte Wasser spült mich auf die andere Seite.

Morgen ist Mittwoch. Großmarkttag.

Es ist schon wieder ganz schön kalt frühmorgens.

Da fällt es den Kollegen sicher nicht auf, dass ich sommers wie winters mit einem dicken Schal um den Hals herumlaufe. Am Dienstag geht es dann meistens wieder. Bis dahin ist fast nichts mehr zu sehen.

Marcus Jensen
Viola solo

Von außen bedecken große, gewundene Graffiti unsere Metalltür, aber wir lassen alles so stehen. Die Tür ohne Klinke, sie darf hässlich sein, sie soll wirken wie ein hinterer Notausgang. Sie besteht aus Edelstahl, keine Kundin würde das vermuten. Das Metall haben wir selbst verschrammt und vernarbt, die Roststellen aufgemalt, die Zeichen bezahlt. Von der fensterlosen Front unserer ehemaligen Lagerhalle bröckelt der Putz ab, doch die Wand ist nicht feucht, im Gegenteil, der Beton hält noch Jahrzehnte. Niemand erwartet im Industriegebiet ein Etablissement.

«Viola!»

Gedämpftes Rufen und Lachen. Wie jeden Abend stehe ich innen, wo die Tür mit Samt gepolstert ist, beuge mich etwas vor und sehe durch den Spion. Die einzige Laterne auf dem schmalen Parkplatz leuchtet die erste Kundin an: Viola, sie wartet ein paar Meter vor der Tür und friert im dünnen Abendkleid. Zwischen ihr und der Straße stehen ihre drei Freundinnen, versperren den Rückweg.

«Gleich geht's looos ...»

Sie lachen. Es ist ein Geschenktermin. Die Freundinnen waren alle schon einmal hier. Das Arrangement für heute und das Zubehör sind eine Mischung ihrer eigenen Vorlieben, weil sie am Telefon sagten, Viola sei ihnen ähnlich. Sie bestellten dieses und jenes vom dritten August und ersten November und neunten Mai, und meine Männer und ich trugen alles zusammen. Wir führen genaue Listen. Ich selbst sollte einen deutschen Namen tragen: Roland. Ich könnte auch anders heißen, könnte alles wechseln, außer meinem Alter und meiner Figur.

Ich bin ein Riese, fast zwei Meter groß, ganz früher war ich Zehnkämpfer, habe mich gut gehalten. Ich lehne jedes Fitness-Studio ab, es uniformiert den Ausdruck, und ich achte darauf, dass auch meine Männer keines besuchen.

«Wirst sehen, es wird toll!»

Ich höre, wie drüben auf der Umgehungsstraße Autos rauschen. Der Wind lässt ein verrostetes Parkplatzschild ein paar Mal gegen seine Stange schlagen und weht eine Zeitung über die Platten des Bürgersteigs, blättert Seiten durch, in der Ferne bremst unter leisem Kreischen ein Güterzug. Der Wind dreht mit einem Ruck und wirbelt Viola einen abgebrochenen Scheibenwischer gegen die Pumps. Sie zögert.

«Bist doch sonst nicht so schüchtern …!»

Sie presst ihre Oberschenkel unter dem Kleid zusammen, streicht an ihren Hüften herunter, prüft ihr Dekolleté, zupft an den Schulterträgern, starrt noch einmal hinauf in den Nacht-himmel. Beim ersten Mal fürchten sich fast alle Kundinnen, egal ob sie uns geschenkt bekommen oder nicht, und die wenigen Ausnahmen von dieser Regel sind mir und meinen Män-nern sogar unangenehm.

«Viooola …»

Sie sticheln. Die drei waren auch schon einmal zusammen da, hatten kurz vorher einen Gruppentermin vereinbart und taten dann ahnungslos, wussten angeblich nicht mehr, wie es dazu gekommen war: unvorsichtige Worte, eine Sektlaune, da-hingekicherte Phantasien. Aber wir hatten in Windeseile alles vorbereitet, sodass keine von ihnen unseren Aufwand be-merkte. Jetzt öffne ich. Wind dringt durch den dünnen Stoff meines Anzugs. Die Kundin kann mich kaum erkennen, im Rahmen erscheint nur mein Umriss. Der lange Flur hinter mir verschwimmt im gelblichen Halblicht einer Kette von Wand-kerzen. Ich frage:

«Viola?»

Sie nickt schnell nach vorn, weiß nicht genau wohin. Die drei Freundinnen winken mir zu, aber meine Aufmerksamkeit gehört der Kundin.

«Bitte, kommen Sie. Mein Name ist Roland.»

Meine Aufgabe ist es immer, die ersten Schritte zu erleichtern, ich bin unverzichtbar im Haus, geschaffen für Einlass und Empfang, mittlerweile tue ich nichts anderes mehr. Die Freundinnen hätten mich gar nicht ausdrücklich bestellen müssen. Jetzt treten sie in den Hintergrund.

«Bis später!»

Viola dreht sich noch einmal um, kommt fast rückwärts an die Tür heran, bemüht sich, ihren Kopf hoch zu halten und mich nicht anzusehen, ich lächle etwas und drücke mich an die Flurwand. Der Gang ist eng.

«Bitte Vorsicht», sage ich. Sie muss knapp an mir vorbei, streicht an meinem Jackett entlang, ihr Kleid reibt am Stoff meines Zweireihers, ich höre sie atmen, jetzt senkt sie doch den Kopf und zieht die Luft ein, aber sie kann nichts riechen, ihre Freundinnen haben Parfüms untersagt. Ich lege größten Wert auf die Materialien, weil es so viele Frauen gibt, die schon beim ersten, wie blinden Kontakt fühlen, ob meine Aufmachung Stil hat. Deshalb schicke ich auch meine Männer regelmäßig zu den besten Ausstattern. Viola tastet sich in den Gang vor wie in einen Stollen. Ich schließe die Tür. Nur leises Rauschen dringt noch durch.

«Gehen Sie bitte schon vor. Ich mache gleich mehr Licht.»

In unserem Flur muss es anfangs halb dunkel sein. Am Ende sieht die Kundin einige abzweigende Türen, aber nur die zum vorbereiteten Salon steht offen. Viola dreht sich nicht mehr um, sie geht voraus über den weichen Läufer und passt auf, dass sie mit ihren Absätzen nicht umknickt. Alle Kundinnen verhalten sich beim ersten Mal ähnlich, sind froh, dass sie sich etwas bewegen müssen und ich sie nicht berühre.

«Sind ... Sind Sie hier der Chef?», fragt sie, schluckt. Ich gehe hinter ihr her, mit Abstand.

«Ja. Ich bin der Chef. Wenn Sie es so nennen möchten.»

Meine Bezeichnung ist unwichtig, was zählt, sind meine langsamen Bewegungen, mein berechnetes Bedächtigsein. Ich stelle mich aus Prinzip vor, obwohl ich es nur auf den ausdrücklichen Wunsch einer Kundin muss. Was sie daraus macht, geht mich nichts an.

«Wenn ich es möchte ... Ja was möchte ich denn?»

Viola lacht. Als sie die offene Salontür erreicht, lege ich einen Wandschalter um, zuerst strahlen Dutzende von Birnen im Gang hinter ihr auf, dann vorn im Raum ein großer Kronleuchter, sodass sie zwischen zwei warm-gelbe Lichtfluten gerät. Sie wendet ihren Kopf einmal zu mir um, lächelt bereits und geht schon leicht, wie gesprungen, über die Schwelle in den Salon, schaut sich um, hängt ihre Handtasche auf die andere Schulter. Ich trete hinter sie, schließe auch diese zweite Tür, jetzt herrscht die absolute Stille einer Höhle.

«Ich hoffe, es gefällt Ihnen.»

Die Kundin verhält sich bereits entspannt: Statt mich in aller Ruhe zu prüfen, kreist ihr Blick immer noch im Raum. Alles haben wir für sie vorbereitet: Rechts eine schwere Theke, Art déco, schwarz lackiert, darüber ein breiter antiker Spiegel, schmeichelnd durch sein Alter, auf den Regalen Bleikristallkaraffen, eine Auswahl verschiedenster Getränke. Schwere Vorhänge aus bordeauxfarbener Seide bedecken die Wände gegenüber und links. In allen vier Ecken stehen hohe Vitrinen mit kleinen Skulpturen und Jugendstilvasen, selbstverständlich echten, denn die meisten unserer Kundinnen bemerken solche Unterschiede. Die komplette Ausstattung kann gewechselt werden, Farben, Dekorationen, von der Wandgestaltung ganz zu schweigen. Griechenland, Rom, Ägypten, Mittelalter, Neuzeit, Empire, Moderne in allen Spielarten und

Mischungen. Unser Gang und der Salon sind in die riesige alte Lagerhalle hineingebaut worden, rundherum und unsichtbar umgeben von Requisiten und Garderoben. Viola streicht über die Theke. Es wird ihr gefallen, alles haben ihre Freundinnen ausgesucht.

«Oh ... phantastisch. Das hätte ich nicht ... nie gedacht, in dieser Gegend ...»

Sie verstummt und dreht sich zu mir um, ihre Augen flackern nur noch wenig, sie wagt es schon jetzt, mich zu betrachten wie einen Angestellten, und ich weiß, sie fragt sich, ob auch ich mit ihr schlafen soll.

«Das freut mich. Es sind alles Originalstücke. Wir haben versucht, jedes Detail auf Sie abzustimmen. Sie möchten sitzen?»

Sie schweigt, reibt sich einen Oberarm. Unter dem Dauerfeuer ihrer Blicke trete ich vor die Theke, greife dahinter und hebe mit einem langen Schwung einen kleinen Sessel herüber, stelle ihn in der Mitte des Salons ab, lade die Kundin ein, Platz zu nehmen:

«Und kann ich Ihnen etwas anbieten?»

«Ich ... Ich möchte nichts trinken. Gehören Sie dazu, ich meine, sind Sie gleich dabei, oder, nachher ...?»

Es geht schnell bei ihr. Ich lächle und zeige meine Handflächen vor:

«Wünschen Sie? Viele Frauen empfinden mich als etwas alt. Ich bin gut fünfzig, vielleicht lüge ich und bin schon sechzig.»

Sie setzt sich und schlägt ihre Beine übereinander: «Sie reden schön, reden Sie erst mal weiter.»

«Lassen Sie sich Zeit. Überlegen Sie, in Ruhe. Niemand wird Sie zu etwas drängen. Sie sehen wundervoll aus.»

«Danke, danke.»

Sie tut, als hätte ich sie damit ein bisschen verärgert, aber davon lasse ich mich nie beirren. Ich stelle mich vor sie und umreiße mit meinen Händen ihre Figur in der Luft:

«Und Sie mögen sich, das ist so wichtig. Meine Männer werden begeistert sein. Wie Ihre Beine aufeinander liegen, die Art, wie sich Ihre Brüste wölben, man ahnt alles unter Ihrem Kleid, und Ihre Haut schimmert, als kämen Sie gerade aus dem Bad, Ihre Frisur – es stimmt einfach. Diese Komplimente kann ich nicht jeder Frau machen.»

«Großer Lügner», lacht sie und nimmt ihre Beine enger zusammen. Obwohl sie es immer noch abwehrt, hätte niemand anderes als ich so etwas sagen dürfen, und ich kann, wenn nötig, bei jeder Gelegenheit solche Sätze einflechten.

«Aber nein, Sie werden meine Männer erregen. Carlos ist bereits verrückt nach Ihnen. Geil. Falls Sie das nicht abstößt.»

«Im Gegenteil. Reden Sie mehr davon.»

«Er ist schon den ganzen Tag geil auf Sie.»

«So, ein Carlos?»

Ich rufe ihn. Ihre Freundinnen haben Südländer bestellt. Er steht längst hinter einem der Vorhänge, alle meine Männer sind bereit, aber er wird erst nach einer gewissen Pause hervortreten, damit die Kundin sich nicht überrumpelt fühlt.

«Wir alle erwarten genau Sie. Carlos will Sie vögeln, und er hofft sehr, dass er Ihnen gefällt. Seien Sie ein bisschen nachsichtig, wenn er Ihnen nervös erscheint.»

Der Vorhang raschelt, ein schwarzer Anzug schiebt sich hervor, ein Bein, ein Arm, langes schwarzes Haar, dann das Gesicht, aus Carlos' scharf geschnittenen Zügen richten sich große Augen auf Viola. Er kommt ganz heraus. Sie legt ihren Kopf schräg. Ich winke den Burschen gelangweilt her.

«Mach gleich dein Jackett auf. Sehen Sie?»

Carlos präsentiert Viola den ausgewölbten Schlitz seiner eng sitzenden Hose.

Natürlich ist das immer eine echte Erektion, nicht etwa ein Behelf. Es gibt Kundinnen, die das sofort nachprüfen. Unser Haus darf sich keinen Fehler erlauben.

«Was halten Sie von ihm? Wollen Sie mehr sehen? Oberkörper, Carlos.»

Schnaufend beginnt er sich auszuziehen, heftet dabei seinen Blick weiter auf Viola, er reißt die Augen immer etwas zu weit auf, das gilt im Haus als seine Eigenart. Sie lächelt und starrt auf die athletische Figur.

«Die Muskeln sehen ja toll aus.»

«Mit seinen Riesenhänden kann er zärtlicher sein, als Sie denken. Er lässt sie in langen Strichen über Ihre Haut gleiten, er knetet Ihre Brüste, er rubbelt Ihre Spitzen, und wo auch immer er Sie massieren soll, führen Sie einfach seine Hand dorthin.»

Ich nicke ihn ganz nah heran und stelle ihn ihr vor wie einen Tanzpartner:

«Ich verspreche Ihnen, er hat seinen Körper enorm unter Kontrolle. Wenn Sie ausgefallene Spielarten wünschen – er kann Sie mühelos halten. Ihn sollten Sie für längere Abschnitte wählen, verlassen Sie sich auf sein Stehvermögen.»

Wie scheu bleibt er stehen. Viola winkt ihn neben ihre Beine, schaut ihn direkt an und fordert mit einer schnellen Kopfbewegung, er solle sich weiter ausziehen. Carlos strahlt und nestelt sofort an seiner Hose, zusammen mit dem Slip streift er sie über seinen aufragenden Schwanz. Viola tastet seinen straffen Bauch ab, fährt mit einem Fingernagel die Muskelstränge nach, Carlos starrt an die Decke und gibt ein Knurren von sich. Sie spitzt die Lippen und führt eine Hand unter sein Geschlecht, wiegt die Hoden und schnalzt mit der Zunge.

Ich nicke ihm zu. Er hält ihr seine Fingerspitzen entgegen, fährt, immer kurz vor dem Stoff bleibend, ihr Kleid entlang, kommt langsam tiefer, ich folge seinen Bewegungen mit dem Blick.

«Unglaublich, denkt er, wie sich das anschmiegen muss. Und darunter der duftende Venushügel … Der arme Carlos: Er ist verrückt nach Ihrer Möse. Ein bisschen primitiv, wie ich ge-

stehe. Nur stoßen, vögeln. Manche meiner Männer dagegen ...»

Viola weicht keinen Millimeter zurück, im Gegenteil, sie
macht ein Hohlkreuz, drückt ihren Bauch den Händen entgegen, wechselt ihre Beine übereinander, hebt dann die Schultern und nickt:

«Und ... noch einen ganz anderen.»

«Selbstverständlich.»

Ich rufe Giaco. Carlos nimmt seine Hände nach einer kleinen
Pause zurück, als müsse er sich losreißen, schaut Viola weiter an,
geht rückwärts zum linken Vorhang und stellt sich davor, die
Hände hinter dem Rücken verschränkt. Sie schaut kurz hinüber, und schon öffnet sie leicht ihre Beine: Der zweite Mann
hat bei uns höchstens noch einen Slip an, es sei denn, es wurde
eine Stripnummer gewünscht. Von links betritt Giaco den
Raum, er ist bereits nackt, ein knabenhafter italienischer Typ.
Alle drei Freundinnen hatten ihn schon einmal und bestellten
ihn für Viola. Er ist der Jüngste im Haus, zwanzig, mit rundem
Gesicht, kurzen dichten Haaren und schimmernder Haut. Sein
Glied bewegt sich nur leicht zwischen den Oberschenkeln, er
hat das so eingeübt, alles an ihm wirkt weich. Er geht etwas hin
und her, bemüht sich, ein strahlendes Lächeln aufzusetzen, lin-
kisch, wie er es trainiert hat, und kaum steht er, deutet er eine
Pose mit dem Spielbein an. Ich erläutere:

«Mit Giaco sollten Sie den Anfang machen. Ich bin sicher,
wenn Sie ihn erst berühren, sind Sie begeistert.»

Viola mustert ihn, als sei er nicht schon nackt genug. Ich fasse
ihn an der Schulter.

«Genügt er Ihren Ansprüchen? Er hat einen perfekten Hintern. Dreh dich ein bisschen herum. Und er kann am besten
küssen.»

Giaco tritt vor sie, auch er atmet schwer, als wäre er unruhig,
bleibt unmittelbar bei ihr stehen, ich gebe ein Handzeichen, er

wendet, bückt sich und streckt Viola seine glatten, festen und doch geschmeidigen Backen entgegen. Sie legt ihre Hände auf die warm getönten Wölbungen und streicht darüber.

«Schön», murmelt sie, greift fester zu und knetet andächtig den Po. Ich zeige darauf:

«So einen findet man selten. Schon Ihre Freundinnen waren begeistert.»

«Die wissen, was ich brauche.»

«Soll er Sie auch küssen? Wir küssen auf den Mund, wenn Sie es wünschen. Und Giaco liebt es besonders, sich vor Ihr offenes Geschlecht zu knien, Ihre Oberschenkel abzulecken, und wenn Sie ihm dann Ihre Füße auf die Schultern setzen, will er nur noch mit Lippen und Nase Ihre nasse Möse erforschen und Ihre Spitze ganz leicht betrillern.»

«Komm her», sagt sie hastig. Giaco streckt zitternd die Hände aus, als wollte er ihre Haare streicheln, sein Schwanz ragt über ihren Schoß, da nimmt sie seine Eichel zwischen die Finger, und er hält die Luft an.

«Küss mich», das ist ein Befehl. Er beugt sich vor, drückt von unten ihre Brüste an, sein Atem fliegt über ihre Wange, dann küsst er sie den Hals hinunter. Sie kichert, dehnt sich den Lippen entgegen, und während sie ihre Ohrmuschel seiner Zunge hindreht, wird ihr Blick kühl, schätzend, sie legt jede Zurückhaltung so schnell ab wie ihre Freundinnen.

«Den natürlich auch.»

«Wünschen Sie weitere, darf ich Ihnen noch jemanden vorstellen?»

Sie dreht sich auf ihrem Stuhl herum, so weit es geht, nimmt Giacos Kopf fest zwischen die Hände und gibt ihm einen langen Kuss.

«N-n», bringt sie hervor. Ich nicke ihr zu.

«Ich werde mich zurückziehen. Genießen Sie meine Männer einfach.»

Sie löst den Kuss und lässt sich in die Lehne fallen.

«Los, Jungs, zieht mich aus.»

Giaco kniet vor Viola und nimmt ihr die Schuhe ab, Carlos kommt heran, tastet nach dem Rückenreißverschluss ihres Kleides, Giaco schiebt seine Hände unter ihren Po, sein Kinn drückt auf ihren Bauch, er greift den Bund ihrer Strumpfhose, Carlos fasst sie unter den Schultern, Viola stemmt sich ein Stück hoch, und so, in einer fließenden Bewegung, streifen ihr meine Männer Kleid und Strümpfe ab und lassen die überflüssigen Hüllen zu Boden fallen. Viola streckt träge die Arme aus. Carlos streicht sofort an den Trägern ihres BHs entlang, löst den Verschluss, umschmeichelt mit den Handflächen ihre Brüste. Ich gehe zur Wand, ziehe an einem Seil, der Vorhang schwingt auseinander, dahinter liegt das große Bett, nimmt fast die gesamte Nische ein, diesmal auf Wunsch mit einem Spiegelbaldachin darüber. Ich dimme das Licht des Kronleuchters.

«Roland, sehen Sie», ruft sie mir zu. Carlos stöhnt, presst seinen Kopf auf ihren Nacken und knetet mit den Fingerspitzen ihren Bauch entlang. Langsam lässt sie sich hintenüber fallen, er fängt sie auf. Sie streckt ihre Beine, dass Giaco den Slip herunterziehen kann. Nackt liegt sie in den vier Armen. Schon stehe ich auf der Schwelle zum Gang.

«Roland, sehen Sie mich an.»

Meine Männer heben Viola hoch, sie biegt ihren Rücken durch, sie tragen sie ein paar Schritte weiter auf die Decken und legen sie vorsichtig ab, sie windet sich auf dem Bett, dass sie die Füße abstützen kann. Dann spreizt sie weit die Beine, muss lachen, sie zieht die Knie so hoch an, wie es geht, starrt in die verspiegelte Decke und atmet tief ein.

«Wie sehe ich aus? Sagen Sie etwas.»

Ihre Freundinnen hatten dasselbe glitzernde Geschlecht.

«Sie sind ein Geschenk», lächle ich und denke: Es war nicht vorgesehen, dass ich zuschaue.

Winni Heil
Der Anzug

Hecht trat ins Freie. Hirn, Herz und Hoden schienen ihm in solcher Harmonie, wie er sie nur aus seiner Jugendzeit kannte, als den feuchten Träumen noch nachgeholfen werden konnte. Er ging den Weg zurück zur Straße, den er vor Stunden mit ihr gekommen war. Mit ihr – schon der Gedanke ließ ihn lächeln – was für ein geiles Glück.

Hecht war Mitte vierzig und Zweigstellenleiter und hatte in den letzten Jahren wenig Sonne gesehen. Getrennt lebend hatte er etwas Hüftgold angesetzt, trank sich mit Gleichgesinnten durch die Kneipen seines Viertels, geschätzt wegen seiner spendablen Art und seines nahezu enzyklopädischen Gedächtnisses für die Bundesliga seit ihrer Gründung.

Aber heute, nein eigentlich schon gestern, schien ihm, dass dieses Allerlei im Einerlei auch nur ein längerer Anlauf gewesen sein könnte. Er hatte nach Feierabend beschlossen, sich einen neuen Anzug zu kaufen und schlenderte dem guten Oberbekleidungsgeschäft entgegen, in dem Mütter ihre Söhne einkleiden, auch wenn diese bereits auf die Rente zugehen. Die Söhne ihrerseits dankten es mit Treue, wenn nicht der Mutter, dann doch wenigstens dem Herrenausstatter. Genau genommen hielt er diesen Kauf für völlig überflüssig, wollte er doch nur der Anstrengung aus dem Weg gehen, den Spitzen der Kollegen mit Schlagfertigkeit begegnen zu müssen.

«Zu welchem Examen hatten Sie sich nochmal dieses schmucke Sakko zugelegt?» – «Zur Erstkommunion», hörte er sich brummen, um tags drauf einen Zeitungsausriss mit Hausfrauentipps auf seinem Schreibtisch vorzufinden, der empfahl, speckigen Stellen an Ellenbogen mit einer Mixtur aus rohen

Kartoffeln und Eisessig zu Leibe zu rücken. Während dieser Gedanken – Hecht musste einem Betrunkenen ausweichen, der sich seine Portion Fritten noch einmal durch den Kopf gehen ließ – fiel sein Blick durch die Scheibe einer Boutique und blieb an einer stark geschminkten Blondine hängen. Er mochte stark geschminkte Frauen, hatte aber aufgehört es zuzugeben, wegen den unvermeidlich folgenden Diskussionen um natürliche Schönheit und Natur überhaupt. Er betrat den Laden, begeisterte sich an dem Ensemble aus Tusche, Rouge, Kajal und Gloss und betrachtete kurz darauf sein Spiegelbild, das in einem viel zu blauen Anzug steckte, «wirkt der nicht etwas … mmh … unseriös», hörte er sich sagen und war überrascht über das Timbre seiner Stimme. «Bei meinem Vater vielleicht», lächelte das Girl, «aber doch nicht bei Ihnen.» Gute Verkaufsschulung oder Naturtalent, doch ihr nächster Wimpernschlag erstickte diesen Gedanken im Keim oder sonst wo. Es sind immer die Augen, dachte Hecht. Sein beiläufiger Blick auf das Preisschild erforderte noch etwas Selbstdisziplin. Du Feigling, du Geizhals oder beides – hörte er in sich eine lang vermisste Stimme – ihr Make-up verschlingt sicher die Hälfte ihres Etats. Er verließ beschwingt mit einem kryptischen Schriftzug den Laden, der einen lässig über die Schulter gehängten Shopper zierte. Seine Aktentasche in der rechten Hand wirkte wie ein Fremdkörper.

Abends im Wirtshaus erinnerte ihn die Farbe seines Anzuges an designierte Bundestrainer, die unter Strom stehend an Außenlinien Veitstänze aufführten. Er wirkte unkonzentriert und verlor unter schallendem Gelächter eine Wette, welcher Spieler denn Anfang der sechziger Jahre vom Westen in den Osten abgehauen ist. «So was ist mir noch nie passiert, wie kann man nur Barth mit Hänel verwechseln» – ärgerte er sich, zahlte und fiel wenig später ins Bett.

Er erwachte am nächsten Morgen, kurzfristig hatte er über

Nacht den Anzug vergessen, erinnerte sich unter der Dusche seines Kaufs, bekam gute Laune und blickte etwas länger als sonst in den Spiegel. Auf dem Weg zur Bahn freute sich Hecht auf die langen Gesichter der Kollegen, insbesondere auf das von Sawitzki, Bezirksbeschäler im Outdoorlook, der ihn routinemäßig mit dem Spruch begrüßte, «Na wie wars heut Nacht t-oller Hecht», um sich seine blöde Kunstpause zweideutig auf der Zunge zergehen zu lassen. «Durchwachsen» – könnte er heute entgegnen – «wir haben uns die Klamotten beim Ausziehen ruiniert, sodass ich mir etwas von ihrem Mann borgen musste.» Vielleicht etwas weniger dick aufgetragen, würde er es bei «Françoise hat mir aus ihrer neuen Kollektion ein paar Muster geschickt, in die ich unbedingt mal reinschlüpfen sollte» belassen. Hecht stieg in die Bahn und spürte den interessierten Blick einer jungen Frau auf sich, so zwischen zwanzig und neunundfünfzig, er verschätzte sich beim Alter von Frauen immer um Dekaden, nahm aber an, aufgrund des Rucksacks, den sie trug, dass sie noch studiere, wahrscheinlich Germanistik. «Was will die von mir altem Sack», schoss es ihm durch den Kopf und er fahndete unmerklich bei sich nach Hosenknöpfen oder Reißverschlüssen, fand aber keine und lächelte zurück. Dabei fiel ihm ein, dass Aische Ayuglu, bei der er sein tägliches Boulevardblatt zu kaufen pflegte, ihn heute Morgen noch mandeläugiger angesehen hatte als sonst. «Hätte in der Vergangenheit doch mehr auf mein Outfit achten sollen», fragte er sich, und als er am Heumarkt in Richtung Sülzgürtel umsteigen musste, hatte er das Gefühl, dass die Menge auf dem Bahnsteig ihn bereits erwartete. Er stieg in die Neun und ihn traf der Schlag.

Sie wälzte sich vom Bauch auf den Rücken und stopfte sich ein Kissen unter ihren Kopf.

«Hallo ... ich bin's», rief sie ins Telefon, «... nun halt mal die Luft an Biggi ... vergiss nicht ... ich hab noch was gut bei dir ... na

*dein letzter Galeriebesuch hat immerhin zwei Tage gedauert, in denen
ich den Laden alleine schmeißen durfte ... mir ist es scheißegal ... ob
dein Herzbube eine Muse braucht ... die ihn sonst wohin beißt ...
jetzt hat es mich mal getroffen ... und es war ... himmlisch»*

Die Frau, die Hecht so ziemlich genau zwischen Mark und
Bein erschütterte, erwiderte seinen Blick. Sie schien etwas älter, aber auch zwischen zwanzig und neunundfünfzig und
hatte, da sie keinen Rucksack schulterte, ihr Germanistikstu-
dium beendet oder abgebrochen.

Sie übertraf die Idealmaße hungerharkiger Models auf allen
drei Ebenen um ein Weites. Auch sie war auffällig geschminkt,
wirkte aber nicht so bemalt wie das Boutiquemädel, dennoch
viel zu stark für kurz vor acht in Linie Neun. Vom ersten Augenblick an schien sie Hecht die absolute Frau, Verkörperung von
Weib, Mutter, Geliebter und dicker Schwester; und Madonna,
zumindest wenn man Gemälde bevorzugt. Kurz bevor sein
Blick zu einem Starren gefror, setzte er sich in Bewegung, und
da sie ihn immer noch unverwandt anblickte, auf dem Platz ihr
gegenüber.

Die laufenden Ereignisse der letzten Stunden im Hinterkopf, lächelte er sie versonnen an und glaubte, sie leicht erröten
zu sehen. Während Hecht ein paar Routinesprüche in seinem
Hinterkopf durchspielte, beobachtete er an einer Haltestelle das
Balzverhalten dreier Tauben. Grande Dame stolzierte scheinbar unbeeindruckt von dannen, während die verliebten Erpel,
die eigentlich Täuberiche waren, erst aufeinander einhackten,
um dann dem Objekt ihrer Begierde eilends und pomadig hin-
terherzugockeln. «Wie im richtigen Leben», lachte Hecht auf.
«Och», bemerkte sie, «ich hätte den beiden schon mehr Aufmerksamkeit geschenkt.»

Später dann in einem Café, sie hatten beschlossen, diesen
Tag nicht mit Arbeit zu verschandeln, wurde Hecht von ihrem
Blick getragen. Ihn überraschte die Heiterkeit, die sie in ihm

erweckte. Das Beispiel der Erpel vor Augen, vermied er es, übermäßig zu parlieren, Rucksäcke und Universitäten lagen ja lange hinter ihm. Erste Berührungen dann beim Feuergeben, Rauchen kann offensichtlich nicht nur die Gesundheit gefährden, sondern auch Liebe stiften, was aber auf dasselbe hinausläuft. Sie traten ein in den Kreislauf des Sich-Wollens, vorsichtig, aber nicht scheu. Im Taxi waren die Zärtlichkeiten bereits handgreiflicher, unterbrochen von Pausen ausgelassener Albernheit, in denen sie von ihrem Handy aus prustend eine haarsträubende Krankmeldung in Richtung Hechts Bank absetzten. Er zahlte und bewunderte die professionelle Einstellung Kölner Kraftdroschker, sein üppiges Trinkgeld wurde ohne grinsende Kumpanei entgegengenommen.

«Nett ist nicht der richtige Ausdruck ... es war richtig gut ... nein ... kein so ein Starfighter und nix für die Galerie ... er war mehr bei mir ... na ja ... jedenfalls bei dem ... was von mir in diesem Augenblick übrig war ... das kannst du mir glauben», lachte sie, *«ich bin ganz schön nach unten weggeschmolzen.»*

Sie fielen in ihr Bett und rollten etwas ziellos darin herum. Ihre Hände waren vollständig miteinander beschäftigt. Nach einigen Runden und erheblicher Anstrengung war es Hecht gelungen, zwei Schuhe, eine Socke und seinen rechten Ärmel auszuziehen. «Wehe, wenn ihr verschwunden seid», unterbrach sie das Rührstück und ging ins Bad. Bei ihrer Rückkehr hatte sie sich ihrer Oberbekleidung entledigt und überraschte in Aubergine, wo er früher immer gerne Schwarz gesehen hätte. Inzwischen war er aus Jacke wie Hose gekrochen. Sie biss ihm zärtlich in den Hals, etwas fester in die Unterlippe und dermaßen fest in seine Brustwarze, dass er wie ein Ochse gebrüllt hätte, wenn nicht ihre kräftigen Hände den Schrei in seiner Kehle erdrosselten. Als sein Kuss feucht zwischen ihre Beine fiel und tief in sie hineinkroch, freute es ihn, am Drücker ihrer Lust zu sein. Ihr Gurren hätte an die Tauben oder an seine

Kellertüre erinnern können, aber dazu war es zu heiß. Sie gerieten ineinander, und er hatte auch hier das Gefühl, dass sie wunderbar zusammenpassten. Ein Tanz, zu eng, um sich auf die Füße zu treten, sicher ineinander verhakt, in dem jeder das tat, was der andere sich nicht zu wünschen brauchte. Irgendwann sprang Hecht ab, sein Leib schlug tief in ihr auf und das Echo zerriss seinen Kopf.

Beim zweiten Mal war es anders. Verhaltener, fast verbissen. Glück und Geilheit hielten sich die Waage. Hecht hatte sich fest in sie hineingepresst und spürte, dass ihr Klammergriff seine Kraft noch überbot. Wimperntusche und Kajal waren von Rausch gezeichnet und umrahmten verrucht ihre Augen. Darin erblickte er Gott und die Welt, doch das Einzige, was er in diesem Augenblick wollte, war, dass er weiß Gott nichts verändern und um nichts in der Welt seinen Kopf abwenden würde. Das winzige Pulsieren, das ihnen noch möglich war, glich einem Zeiger, der zwar noch zuckt, aber mangels Energie am Sprung zur nächsten Sekunde scheitert. Zeit und Geschlecht waren stehen geblieben, eine kleine Bewegung erlöste und ließ sie wie zwei Kartenhäuser ineinander stürzen.

Hecht hatte nun die Haltestelle erreicht und zog wieder die Aufmerksamkeit der Damen auf sich. Diesmal waren sie über sechzig und erblickten in dem etwas zerzausten, selig lächelnden, gut gekleideten jungen Mann den Schwiegersohn, den sie sich immer gewünscht hatten ... Eine nahm sich ein Herz und fragte ihn nach dem Weg.

Das sollte Hecht in Zukunft öfter passieren.

«*Nein nicht auf dem Heimweg ... heute Morgen*», *entgegnete sie und fischte nach ihren Zigaretten,* «*... du wirst es nicht glauben ... in der Bahn ... weißt du, ich hatte mal wieder mein Geld vergessen ... und da kam der Typ rein und ... oh verdammt, hab ich gedacht ... und muss ihn ziemlich blöde angeglotzt haben ... ausgerechnet jetzt ... ein Kontrolleur.*»

Malheur

Dr. Eisenblätters Golfschuhe knirschten über den Parkplatz-
kies. Nachdem er die Golftasche im Kofferraum verstaut hatte,
setzte er sich auf den Fahrersitz und wechselte seine Schuhe.
Er spürte die Wärme auf seinem Nacken und hielt versonnen
die beiden Schnürbänder in den Händen. Golfen sie schon
oder haben sie noch Sex? Seit ein paar Monaten konnte er
über diesen klassischen Golferwitz wieder lachen. Seine Frau
erwartete ihn nicht vor halb zwei. Er dachte an ihre Brüste
und an ihren schmalen Rücken und band die Schnürsenkel
fest zusammen.

Als er das Universitätsgelände erreichte, empfing ihn die übliche samstägliche Ruhe: Keine nach Mensaessen riechenden
Studenten mit schweren Büchertaschen und verschnittenen
Haaren, keine Unterbrechungen, keine Fragen. Er stellte den
Wagen auf dem Platz mit seinem Namensschild ab und begrüßte den alten Pförtner, der ihn mit dem einfallslosen, wo-
chenendüblichen «Immer fleißig, Herr Doktor?» passieren
ließ. Kein Tag, an dem der alte Keuner nicht da wäre. Wiegand
Eisenblätter betrat das alte Biologie-Gebäude, lauschte misstrauisch über den langen Flur, ob sich nicht doch ein Kollege
eingefunden hätte, hörte nichts, schloss eine Seitentür auf und
öffnete dann beruhigt die Tür zu seinem Büro. Ein niedriges
Sofa und ein schmaler, bücherüberladener Tisch standen am
Kopfende seines nüchternen Büros. Er ließ sich auf das Sofa fallen und schloss die Augen.
　Nachdem sie sich nackt ins Bett gelegt und ihn zu sich gerufen hatte, durchzuckte sie mit hässlicher Gewissheit das Gefühl,

genau das Falsche getan zu haben. Geschmacklos. Geradezu billig. Überhaupt nicht ihre Art. Gerade noch waren sie auf einer Matinee gewesen, und sie hatte nach zehn Minuten völligen Alleinseins mit ihm nichts Eiligeres und Peinlicheres zu tun, als sich splitterfasernackt auszuziehen. Sie hatte einen nervösen Schweißausbruch gehabt, der ihr fast noch peinlicher als ihre Nacktheit war und hatte wie paralysiert zwischen den Nina-Ricci-Laken gesteckt. Allein ihre mangelnde Kenntnis subtilerer Strategien hatte sie auf ihre nackten Tatsachen zurückgreifen lassen. Ein Akt der Verzweiflung.

Heute, an diesem warmen Samstag auf dem Weg zu ihm, schoss diese Erinnerung wie ein pfeilschneller Kolibri durch das Dickicht ihrer Gedanken. Viel zu schnell, viel zu direkt und viel zu penetrant waren sie zu Liebhabern geworden. Hinterher hatte er ihr gestanden, alles auf einmal, und zu viel, um von ihr ernst genommen zu werden. Dass es Liebe auf den ersten Blick gewesen wäre, dass er sie endlos begehrte und dass ihn noch nie etwas so erregt hätte wie sie, als sie sich ihm so souverän und nackt im Bett präsentiert hatte und damit seine eigenen ungeschickten Versuche, sie zu verführen, einfach vom Tisch gefegt hatte. Sie hatte ihm nicht widersprochen, war doch seine Wahrheit ihrer Bettgeschichte wesentlich schmeichelhafter als ihre eigene. Tatsächlich war sie von einer heillosen Angst beseelt gewesen, er würde sich wieder von ihr abwenden. Er hatte mit seiner beharrlichen Verehrung eine Wunde in ihr bloßgelegt, deren Schmerz ihr zuvor nicht bewusst war. Und nun sehnte sie sich nach Heilung.

Als sie das erste Mal kam, an jenem Sonntag im Bett, in der Wohnung, die ihre Wohngenossinnen für den Tag freigegeben hatten, merkte sie es kaum. Es war, als hätte ein leichter Krampf auf einmal nachgelassen und sie mit einem wohlig schmerzenden Schauer überzogen, an dessen Ende ein nun weicherer, sanfterer Schmerz aufleuchtete. Marly Stockheimer, 54, sah ihrem Liebhaber in die Augen und belog ihn schamlos, als er sie fragte, ob es für sie auch so sensationell gewesen wäre.

Bereits beim nächsten Mal war alles anders. Wiegand bedachte sie zwischenzeitlich mit außerehelichen Aufmerksamkeiten, rief sie täglich aus dem Büro an, schickte ihr lange Briefe und in einem der letzten eine schwarzseidene Schlafmaske mit der Anmerkung, er wäre ganz der ihre.

Marly schob ihre Sonnenbrille hoch, um eine Schaufensterauslage besser sehen zu können. Ihr Blick eilte über Spitzenwäsche in Hellgrün und Rosa. Scheußliche Farben. Seltsame Saison. Sie trug oft jahrelang das Gleiche: eleganten Armani, farbenfrohen Yves Saint Laurent und die schlichte Jil Sander. Sie mochte ihr Bild, das sie von sich hatte, und wollte es nicht jede Saison neu erschaffen. Als erste Gerüchte die Runde machten, Jil Sander verkaufe an Prada, hatte sie kurzfristig die Contenance verloren und hemmungslos gehamstert. Ihr Lieblingsbeutestück war eine weiße Bluse mit einem riesigen schwarzen Punkt, die sie nur zu besonderen Gelegenheiten anhatte. So wie heute.

Als sie die schwarze Seidenmaske in der Post gefunden hatte, hatte es sie fast umgeworfen. Obwohl es nur eine schlichte, wenn auch, wie sie sofort feststellte, sehr gute Schlafmaske war, ließ sie der Gedanke an einen derart verhüllten Wiegand erröten. Derartige Vorstellungen am helllichten Tag waren ihr so fremd wie das Stöbern nach textilen Schnäppchen. Sie ließ sich auf einen Küchenstuhl gleiten und spürte, wie sich ihr Becken gegen die harte Sitzfläche presste. Es war ganz weich und schien sich zu dehnen und zu strecken, dass sie kaum wusste, wohin. Als sie sich trafen, geschah es an einem Samstagnachmittag in einem kleinen Hotel auf dem Lande, dessen andere Gäste dort verweilten, um sich dem romantischen Ambiente hinzugeben. Nachdem Marly ihre Kleider sorgfältig gefaltet und aufgehängt hatte und ganz nackt vor ihm stand, enttäuschte sie Wiegands hingebungsvolles Vertrauen nicht. Und als sie kam, fühlte sie, wie sich ihr Becken ausdehnen wollte wie eine silbern pulsierende Qualle, deren glitzernde Tentakel bis über die Fuß- und Fingerspitzen hinausreichten. Für einen kurzen Augenblick verlor sie das Gefühl für den Raum, in dem sie sich befand. Sie schwebte. Bis ihr umherschweifender Blick einen Moment zu lang auf der Streublumentapete weilte und sie sich fragte, was wohl gerade auf der anderen Seite der Wand passierte. Fast umgehend zogen sich die zarten Tentakel beleidigt zurück, die silberne Qualle vibrierte noch ein bisschen nach und überließ es dann Marly, ihrem begeisterten, nassgeschwitzten Liebhaber das Ende der Geschichte zu erfinden. Sie tat es mit blumigen Worten und einem schlechten Gewissen, zweifelte an ihren Fähigkeiten, war verwirrt, verliebt und schwieg.

Falls Wiegand etwas von ihrem Dilemma mitbekam, so ließ er es sich nicht anmerken. Für ihn war sie immer noch, oder vielleicht sogar noch mehr als am Anfang, eine Offenbarung. Das genaue Gegenteil seiner Frau, die ihre damenhaften Allüren nach einem anstrengenden Tag abstreifte wie einen ausgelatschten Schuh, den sie mit ganz undamenhaftem Schwung in die Ecke beförderte. Marly aber war formvollendet, attraktiv, ausgeglichen und für ihn von einer magischen Anziehungskraft. Bei ihr schöpfte er die Energie, die ihn seine Ehe kostete. Dass Marly golfte, war für ihn ein weiterer Beweis, dass sie füreinander geschaffen waren.

Nach drei Monaten feierten sie auf dem Golfplatz, dem Ort ihres Kennenlernens, ein würdiges Jubiläum. Sie spielten bis zum sechzehnten Loch, an dessen Ende sich ein Wäldchen anschloss. Als Wiegand dort begann, ihre Golfwagen in das Unterholz zu zerren und eine dünne Decke auf den Zweigen des Waldbodens ausbreitete, war sie genauso erregt wie er. Sie wussten, dass sie die Letzten auf dem Platz waren, und wie

Tierchen, die in den letzten warmen Sonnenstrahlen badeten, begannen sie zu spielen. Dass Wiegand verheiratet war, hatte sie inzwischen hingenommen, vor allem, nachdem ihre Mitbewohnerin Efa sie gefragt hatte, ob sie denn glaube, sie hätte ihn überhaupt jemals kennen gelernt, wenn er nicht verheiratet wäre. Sie atmete den frischen Waldduft ein, ließ ihre Nase an seinem Bauch entlangeilen, pries im Stillen ihr großes Glück und biss ihn sanft in die Seite. Mit vorsichtigen Bissen bewegte sie sich über seinen Körper, ließ das Gleiche mit großer Lust über sich ergehen, und als sie diesmal kam, da dachte sie nicht an die gehörnte Ehefrau, auch nicht an seine Kinder. Sie dachte an gar nichts, an sich, an ihn, an das Vermengen ihrer Säfte und war bereit für das reine Empfinden, das sie in sich spürte. Es war, als hätte eine andere Kraft als die ihr bekannten die Regie ihrer Wahrnehmung übernommen, als wäre sie gleichzeitig Zuschauerin, Hauptdarstellerin, Thema und Ausstattung. Sie eilte einem Rausch von Farben, Empfindungen und Tiefen entgegen, als sie seine Stimme an ihrem Ohr vernahm, die sie aufforderte, etwas zu sagen. Etwas zu sagen? Marly war irritiert. Was wollte er hören? Was sollte sie sagen? Ehe sie sich versah, war aus ihrem betörenden Vierfarbereignis ein schwarzweißer Stummfilm geworden, sie öffnete und schloss lautlos den Mund und fühlte, wie alle Farben, aller Glanz, alle Euphorie aus ihrem sprachlosen Mund wichen. Als sie hinterher gemeinsam über den Platz zu ihren Autos schlenderten, fühlte sie, dass da noch etwas war, ein schillerndes Etwas, das sich nur zurückgezogen hatte, hatte aber nicht den Mut, Wiegand zu bitten, es noch einmal hervorzuzaubern.

Trotz alledem genoss Mary, wenn sich sein Forscherdrang mit ihrer Experimentierfreude paarte. Alle neue Teilzeit-Hemmungslosigkeit hielt sie jedoch nicht davon ab, ihre Kleider vor Knitterfalten, Sekt- und Saftflecken zu sichern. Es müsse ja nicht jeder wissen, was sie getrieben habe, war die stets gleiche

Antwort. Und außerdem hänge sie an ihren Kleidern. Wiegand zog sie oft genug auf, wenn sie ihre Blusen und Röcke, Strümpfe und Schuhe sorgfältig weglegte, bevor sie mit ihm zusammen das Bürosofa aufwühlte. Seine mit Vorliebe getragenen beigen Khakihosen und dunkelblauen Polohemden lagen meist in einem wilden Durcheinander. Er hatte nicht nur einen sehr jungenhaften Charme, sondern bedachte sie auch nach ihrem plötzlichen Verstummen auf dem Platz beim nächsten Treffen mit Worten, die wie die eingewebten Metallfäden ihres Seidenschals gelegentlich hell knisterten.

Jetzt konnte sie bereits das alte naturwissenschaftliche Gebäude erkennen und fragte sich, was Wiegand sich heute wohl wünschen würde. Ein Spiel, das ihnen in den letzten Wochen größte Lust bereitet hatte: Wünsch dir was. Sie warf einen letzten prüfenden Blick in den Spiegel, den ihr die verglaste Seitentür bot: schwarze Riemchensandalen, schwarzer langer Seidenrock und die weiße Jil-Sander-Bluse mit dem großen schwarzen Punkt. Sie lächelte sich an, schob die Sonnenbrille ins Haar und betrat das Gebäude. Wiegand hörte ihre Schritte auf dem Flur, zog sie umarmend durch die halb geöffnete Tür ins Büro und vergrub sein Gesicht in ihrer Halsbeuge.

Marly war wie stets überwältigt von seiner Begierde, dass sie ihr galt, dass sie immer wieder kam, dass er ihr nie versprach, sich scheiden zu lassen, dass er sie mit Liebesbeweisen überhäufte und dass sie sich fühlte, als wäre sie die wichtigste Frau in seinem Leben. Er zog sie zum Sofa, schenkte Champagner ein und hielt ihre Hand, während sie mit der anderen anstießen. Schmale Streifen Sonnenlicht strömten von den heruntergelassenen Jalousien über ihre Körper. Als er seinen Wunsch äußerte, erschrak sie. Rasieren? Nass? Sie schluckte. Ein kleines Muster? Sie fürchtete um seine Unversehrtheit, die Entdeckung durch seine Frau, war erregt über sein Vertrauen, fühlte sich hingezogen zu seiner Phantasie. Sie bewegte sich mit ihm zu Musik. Sie tanzten. Er zog sie auf, als sie ihre Kleider sorgfältig über die Sofalehne legte, Bluse oben auf, und ließ sie wissen, dass seine Frau ihn vor einem Jahr das letzte Mal ganz nackt gesehen hatte. Und als Marly dann den kühlen Rasierer vorsichtig auf seine Lendenbeuge senkte, schloss er die Augen und begleitete ihre Bewegungen mit kehligen Lauten. Marly entspannte sich, wurde sicherer und fuhr mit elegantem Schwung über seine weiche, behaarte Haut. Als sie unter den Haaren plötzlich eine dunkelrote Spur sah, schrie sie auf, Wiegand fuhr hoch, und beide starrten auf das Malheur. Es blutete. Auf der Suche nach einem provisorischen Verband griff sie nach dem nächstliegenden und presste es dagegen. Wiegand stöhnte auf. Nicht so fest. Energisch schüttelte Marly den Kopf, viel zu schlecht war ihr Gewissen, viel zu groß war ihre Angst. Als sie nach einer Weile das Tuch vorsichtig wegnahm, blutete die kleine Schnittwunde nicht mehr. Ich hätte dich umbringen können, stöhnte Marly mit tränenfeuchten Augen. Wiegand wehrte sich gegen ihre Übertreibungen, nahm ihre Küsse und Umarmungen, ihre Worte und Bisse aber willig an. Das alternde Bürosofa hielt den außerehelichen Belastungen nur mühsam stand. Es quietschte, stöhnte und drohte zu zerbrechen, als sich Wiegand und Marly auf ihm drehten, wälzten und seine armselige Federung bis zum Anschlag belasteten. Als sie diesmal kam, schickte die Sonne schmale Lichtstreifen über ihren Körper. Als wäre sie in ein Magnetfeld geraten, durchfloss es sie strömend, reißend und berauschend, projizierte nie gesehene Bilder in ihren Kopf, durcheilte ihren Körper in ungeahnter Empfindung, war überall und drang durch jede Pore in sie ein und aus. Ein großes Lassen überkam sie, alles war gleich und hier, und als ihr Blick wieder unter Strom zur Decke schoss, ließ sie ihn wie betäubt wieder zu Boden gleiten. Im Hinuntergleiten fiel er auf ihren Fuß, der von etwas halb verdeckt war. Berauscht und bewegt erkannte sie in dem Etwas

das blutstillende Tuch, ihre restlos verdorbene Bluse, untrag-
bar, und es war ganz und gar egal. Sie strömte weiter, ließ sich
tragen und ziehen, spürte ihre Beine, seine Arme, die Energie,
die sie magnetisch umhüllte, dachte an etwas, an nichts, ließ alles an sich vorbeiziehen, dass sie gleich nichts anzuziehen hatte,
dass es ihr gleich war, ohne Bedeutung, und musste lachen und
weinen zugleich. Als sie kam, löste sich ein freudiger Kloß aus
ihrer Kehle, ganz ohne ihr Zutun, entwich ihr ein lautes freu-
diges Geschrei und war ein derartiges Ereignis, dass Herr Keuner in seiner kleinen Pförtnerloge glänzende Augen und einen
Satz roter Ohren bekam, sein Butterbrot, in das er gerade beißen wollte, wieder sinken ließ und dem Spektakel hingerissen
lauschte.

Silke Andrea Schuemmer
37° im Paradies

Mein Liebster gehört mir. Er hat mich im Baumarkt gesehen, als alle anderen an mir vorübergingen. Und als er mich dort wegholte, wusste ich gleich: Es ist Liebe. «Na du», summte er und kam ganz nah an mich heran, «wer bist denn du?» Ich wagte nicht, mich zu rühren, und hielt ganz still. Er hat mir vom ersten Moment an gefallen. Er ist groß und muskulös, und ich ahnte gleich, dass er zu Hause am liebsten in Shorts oder ganz kurzen Jeans herumläuft, so nackt wie möglich. Sein Atem fühlte sich warm und feucht an, und ich zitterte. Er befühlte mich mit ganz vorsichtigen weichen Fingerkuppen. Und dann hob er mich hoch und nahm mich mit. Er schnallte mich sogar an im Auto. Er fuhr vorsichtig in die Kurven hinein, und auf dem Weg nach Hause murmelte er, dass er sich gleich in mich verliebt hätte und dass er mir alles geben würde, was ich brauche. Am liebsten hätte ich gekeimt vor Glück und mich an ihn geschmiegt, aber ich wollte ihn nicht erschrecken. Menschen sind manchmal etwas nervös in unserer Gegenwart, Männer vor allem. Dass er mich Liane genannt hat, na ja, aber es lag nahe.

Zu Hause trug er mich vorsichtig in den zweiten Stock und pflanzte mich in einen großen bunten Keramiktopf neben dem Fenster. «Wirst sehen», sagte er, «in einer Weile bist du schon so groß wie das Regal», und er hämmerte Nägel in das Holz, an denen ich mich hochziehen konnte. Er verschwand in der Küche und kam ein paar Minuten später mit zwei Kannen zurück, Tee für ihn und angewärmtes Wasser mit Dünger für mich. «Ich hab den grünen Zauberdaumen», sagte er, «hier wirst du nicht verdursten, du sollst es haben wie im Urwald.» Ich neige mich etwas, um ihm ein Zeichen zu geben, und streckte mich nach dem ersten Nagel.

Mein Liebster und ich passen perfekt zusammen. Er rückte gleich seinen Lehnstuhl vor das Regal, und während er Motorzeitschriften oder Comics las, baumelte seine Hand neben dem Sessel, und schon bald begann er, mich zu streicheln, ganz sachte an meiner rauen, leicht moosigen Haut auf und ab, und ich raschelte vor Glück und wollte ihn am liebsten umschlingen.

So ging das eine ganze Weile, bis die Semesterferien vorbei waren. Er packte die Zeitschriften weg und schleppte Wäschekörbe voller Bücher in seine Wohnung. Neben dicken Wälzern über Chaostheorie und Elementarteilchen war auch immer wieder etwas für uns beide dabei, «Die Seele der Pflanzen» zum Beispiel oder «Vegetation des Amazonas». Das las er abends im violetten Licht meiner Nachtlampe. Mittlerweile konnte ich ihm locker über die Schulter sehen, und manchmal, wenn er besonders vertieft in seine Lektüre war, löste ich ganz langsam ein dünnes, junges Ästchen vom obersten Nagel und ließ es hinabgleiten, über seine Schulter hinweg zu seinem Hals, wo das Hemd aufhörte und ich seine nackte Haut fühlte. Er bemerkte es meistens nicht einmal, aber wenn, dann nahm er die zarten Blättchen ganz sachte zwischen die Finger, streichelte mich, und manchmal hauchte er mir einen heißen, feuchten Kuss auf, der mir durch den ganzen Stamm ging und bis in die Wurzeln fuhr. «Ach Liane», seufzte er dann, «wär nur noch jemand anders so begeistert von mir wie du.» Ich wusste gar nicht, was er wollte. Er sah toll aus, das Studium lief prima nach dem, was er seinen Eltern am Telefon erzählte, und abends saßen wir zusammen und lasen und streichelten uns. Aber ihm reichte es nicht. Er wollte Fleisch. Er wollte eine Frau.

Und so brachte er eines Tages Suse mit nach Hause. Ich hasste Suse. Sie hatte riesige Brüste und drückte ihre Zigarettenstummel auf mir aus. Babette, die eine Woche später mit meinem Liebsten erschien, war auch nicht besser, die kippte mir irgendetwas Hochprozentiges in den Humus, und außerdem redete sie ununterbrochen, selbst wenn sie mit wippenden Brüsten auf ihm ritt und sich dabei an mir festhielt. «Ach Liane», murmelte er jedes Mal, wenn sie gegangen war, «sie spricht so viel, und ich glaube, sie versteht mich gar nicht, wenn ich mal etwas sage.» Ich versuchte ihn zu trösten und ließ einen Arm leicht auf seinen Kopf sinken, denn inzwischen war ich bis zur Decke gewachsen, breitete mich nach links über das Bücherregal aus und tastete mich rechts auf der Gardinenstange vorwärts. Er hauchte gegen meinen Stamm, manche mögen das Chlorophyllabgabe nennen; für mich waren es die heißesten Küsse, die ein Mann je geküsst hat.

Der Sommer war schwül, und mein Liebster kam mit dem Gießen gar nicht mehr nach. Zu Hause lief er meistens im Slip herum, die Blicke der Nachbarn waren ihm egal, und mich störte der Anblick natürlich als Allerletzte. Schwer atmend saß er unter mir in seinem Sessel. Nicht so keuchend, wie wenn er zwischen Maggies Schenkeln lag und nach Luft schnappte, sondern völlig zufrieden und entspannt. Draußen flogen Mücken gegen das erleuchtete Fenster. «Lianchen», flüsterte er und sah bewundernd zu mir hoch, «wie du das schaffst, dieses ständige Wachsen, dabei warst du so kümmerlich im Baumarkt. Aber ich hab dich ganz schön aufgepäppelt mit meinem grünen Daumen. Und weißt du was?» Ich neigte mich ihm entgegen, das klang wichtig, und ich wollte bloß nichts verpassen. «Ich glaube, du hast eine Dusche genauso nötig wie ich. Bald bist du eh zu groß dafür, also auf.» Er löste meine Arme von den Nägeln und der Gardinenstange und trug mich schwer keuchend ins Bad und stellte mich in die Duschtasse. Dann zog er sich aus.

Mein Liebster hat Pobacken, da möchte man dran emporzüngeln und dazwischen wegwachsen. Und als ich mir vorstellte, wie ich dann bauchwärts wieder auftauchen und mich um seinen Schößling herum schlängeln würde, schüttelte es meine Spitzen vor Erregung, und ich wollte nur noch, dass er zu mir in die Dusche stieg und mir ganz nah war. Er stellte das Wasser auf lauwarm und ließ es auf uns herabregnen. Ich war durstig und trank und fühlte, wie die Kraft in meinen ganzen Körper floss. Fast kam es mir vor, als müsste es jeden Moment im Badezimmer ein Gewitter geben, so groß war die Spannung zwischen ihm und mir. Auch er spürte das wohl, denn dicht an meinem Stamm fühlte ich seinen plötzlich emporwachsen. Ich rieb mich an ihm und hätte gerne daran gesogen, wie meine Wurzeln gierig das Wasser schlürften, das in den Humus eindrang. Er lehnte sich gegen die Kacheln an der Wand, schloss die Augen und atmete heftiger. Seine Hände übernahmen das, was ich gerne getan hätte, also stand ich einfach da im lauwarmen Regen und sah ihm fasziniert zu. Ich hatte ihn auf Suse gesehen, in Sarah, lutschend an Miriam und Babette den Mund zuhaltend, wenn sie sich zum Gipfel quasselte, hektisch wie ein Kolibri, aber noch nie war er mir in einem lustvollen Moment nahe gewesen. Ich ließ einen dickeren Arm zwischen seine Beine gleiten, bis zu den Knien, höher kam ich leider nicht, das wäre ihm nicht mehr zufällig vorgekommen. Mein Liebster keuchte, leckte sich über die Lippen, sein Gesicht bekam einen überaus konzentrierten Ausdruck, wie immer, wenn er ein neues Düngeprodukt gekauft hatte und mir das erste Stäbchen vorsichtig in den duftenden Humus schob. Und dann brach es aus ihm hervor, ich wusste, was in ihm vorging: Das Gefühl der Photosynthese ist ähnlich.

Ich schmiegte mich eng an ihn, als er mich schließlich wieder ins Wohnzimmer trug, stöhnend, denn ich war durch das Wasser viel schwerer als vorher. Sorgfältig hängte er meine Äste an die Nägel, legte sie über Buchrücken und über die Gardinenstange und schlief bald in seinem Sessel ein, bewacht von mir.

Ich hatte gedacht, er hätte endlich verstanden, dass man sich lieben kann, auch wenn man einer ganz anderen Art angehört, dass man sich viel Lust geben kann, wenn man nur Wege sucht, ich hatte gedacht, er sei glücklich mit mir und würde nie wieder eine Frau mit in unsere Wohnung bringen. Aber ich hatte mich geirrt. Wenige Wochen später betrog er mich wieder.

Die Frau sah aus wie alle anderen auch. Weiße Brüste, eine weiche weiße Haut, kein bisschen grünlich, und nur ein winziges Stückchen Sumpf versteckt zwischen ihren Schenkeln, nicht zu vergleichen mit den Sümpfen, an die ich mich mit jeder Faser erinnerte und die ich zwischen meinen Wurzeln entstehen lassen konnte. Sie hieß Zoe und sie kam jedes Wochenende. Nach mehreren Monaten lag sie einmal hingebreitet über ihm auf dem Wohnzimmerteppich, ihr Gesicht zwischen seinen Schenkeln vergraben, dass ich ihren zuckenden Hintern sah und mir vorstellte, wie ich ihn mit meinen stärksten Armen auspeitschen und rote Striemen auf ihm zurücklassen würde. Später, als das Geschnaufe und Gewimmer auf dem Fußboden gar nicht mehr aufhörte, überlegte ich, ob ich mein Gewicht verlagern und mit aller Wucht vornüber stürzen sollte, genau auf ihre schmale, zerbrechliche Taille. Aber mein Liebster lag ja auch noch unter ihr, und ihm könnte ich nie etwas tun. Grinsend wie die Makaken lagen die beiden hinterher auf dem Teppich, und seine Hand tastete sich den Bauch der Frau hinunter. Sie fing an zu kichern und zwitscherte: «Nochmal geht das jetzt nicht, echt nicht.» – «Lass mich mal machen», säuselte er zurück, «ich hab den Zauberdaumen.» Das war zu viel, das war unser Satz, den durfte er nur zu mir sagen. Ich nahm einen Arm vom Regal und stürzte mich in Richtung des Fensters. Der bunte Tontopf zerbrach unter der Wucht meiner Wurzeln, und der lose Humus bedeckte den Teppich. Mein Liebster und die Frau sprangen auf. «Ach Gott», stammelte er, «da hat Liane wohl das Gleichgewicht verloren. Langsam wird sie zu groß für die Wohnung.» Die Frau zog sich schnell an, und mein Liebster schlüpfte in seine Shorts, brachte sie zur Tür und versprach, sie anzurufen, wenn er das Chaos hier beseitigt hätte.

Er hat die Frau nie angerufen. Ich wartete, bis er zur Putzkammer ging, um ein Kehrblech zu holen. Mein Liebster hat keine Ahnung, wie ich gewachsen bin, seit er mich in die Dusche mitgenommen hatte. Ganze Äste habe ich hinter dem Buchregal versteckt. Einer davon schnellte vor und verriegelte mit seinem starken Holz die Tür. Auch das Fenster kann niemand mehr öffnen, seit ich mich von der Gardinenstange gerollt und um den Griff geklammert habe. Ich weiß, dass es in dieser Wohnung keine Axt gibt, und die biegsamen Messerchen aus der Küche, mit denen mein Liebster seine Mozzarellakugeln zerschneidet, können mir nichts. Arm um Arm rollte ich hervor und breitete mich in dem ganzen Zimmer aus. Ein paar Lampen fielen um, das Telefonkabel riss ich aus der Wand, nichts Ernstes. Mein Liebster stürzte wieder herein und wurde kalkweiß. Menschen, vor allem Männer, sind oft etwas nervös in unserer Gegenwart. Das gibt sich.

Ich näherte mich ihm ganz vorsichtig, mit zarten Blättern rankte ich an ihm empor, strich endlich an seiner Wurzel entlang, durch die zarte, rötlich gekräuselte Vegetation darum und verhakte mich im Bund seiner Shorts. Langsam zog ich sie herunter. Nichts sollte uns mehr trennen, keine Frauen vor allem, aber auch kein Fetzen Stoff. Er ließ es geschehen, einige Male drehten sich seine Augäpfel nach oben, sodass ich nur noch das Weiße sehen konnte, dabei knickte er leicht in den Knien ein, aber er fing sich jedes Mal wieder. Ich umfing ihn mit meinen tastenden Blättern und führte ihn zu mir. Und schließlich stand er ganz nah bei mir, schwer atmend, Chlorophyllküsse, die ich genoss, bis ich merkte, dass er hyperventilierte und ich ihm den Mund zuhalten musste, damit er wieder zur Besinnung kam.

Wir leben in der perfekten Symbiose. Ich habe die Wurzeln tief in den Teppich getaucht, absterbende alte Astspitzen verrotten zu Sumpf, aus dem ich wieder neu emporwachsen kann. Die Heizung habe ich auf paradiesische 37° hochgestellt. Wenn ich trinken muss, drehe ich den Hahn in der Küche auf. Ich wachse ständig. Ich forme ihm ein Bett aus Blättern, ich ernähre ihn mit Keimlingen und Rinde, ich wachse um ihn herum und durch ihn hindurch. Mein Liebster gehört mir. Niemand wird uns jemals wieder stören.

Marascha Heisig
Die Zugfahrerin

Die Stadt schläft noch. Am Himmel die Wolkenstreifen der Flugzeuge. Einige schon ganz aufgedunsen und auseinander gestreut, andere verziehen sich, ohne sich aufzuplustern, Die Mondsichel ist ganz schmal. Die Zugvögel sammeln sich. Es ist eine halbe Stunde früher als sonst.

Ich war in einem Amphitheater und alle Ränge voll. Alles Männer, die klatschen. Erwählen kann ich ihn. Aus der Masse suche ich einen blonden Jüngling aus. Er badet mich, cremt mich ein, um mich mitten auf der Bühne auf einen Altar zu fesseln. Die Fackeln sind an den Wänden. Er leckt mich. Dann hört er auf. Nur noch seinen Atem spüre ich auf meiner Perle entlanghauchen. Bis die Masse wieder klatscht. Ich winde mich, kann mich aber nicht losreißen. Ein paar Männer reißen meine Beine auseinander. Ich schreie, aber er fügt sich nicht seiner Herrin. Sein Leib verändert sich unter den Düften und ätherischen Dämpfen. Sein Unterleib ist ein Tier, schwarz, er steht auf Hufen, jault in die Höhe und jault mit mir. Die Masse tobt und ihr Rhythmus wird schneller, der Rhythmus, auf dem wir uns bewegen.

Der Spiegel zeigt ein verschlafenes Gesicht. Trotz Kajal und Superbrush-Wimperntusche, die Augen bleiben klein, die Wimpern kleben zusammen. Die Zotteln hängen in den Augen.

Ich muss früher da sein. Herr Steiner hat heute wieder eine Besprechung und braucht noch Folien. Die hat er in der Nacht erstellt. Macht Seminare, um seine Zeit zu managen. Anstatt in der Nacht das zu tun, was alle tun, hockt der in seinem Arbeitszimmer. Aber in seinem Alter ist das vielleicht schon anstrengend. An den Computer traut er sich auch nicht. Kritzelt alles auf Schmierpapier, komplexe Modelle und so, und von der anderen Seite drückt noch der Folienschreiber durchs Papier. Ich soll das Ganze ins richtige Layout bringen, und dann findet er Tippfehler. Bin nur froh, dass er mich drei Monate in den Computerkurs geschickt hat. Jetzt kenne ich mich besser aus als Frau Rothbruch, und jetzt kommen sie alle zu mir. Was für eine Firma! Da funktionieren der kurze Rock und die schwarze Seidenstrumpfhose einfach nicht mehr. Das Schönste an der Arbeit ist das Zugfahren. Ich möchte eigentlich nur Zug fahren, in die Weite schauen, dösen, mich schaukeln lassen.

Elf Minuten vor halb sieben, das wird knapp, die Straßenbahn ist heute zu spät dran. In Deutschland gibt's keine Schweizer Uhrwerke. Der Verkehr hinkt immer ein paar Minuten hinter dem Takt.

Von Würzburg nach Schweinfurt hält der Regionalexpress sechsmal. Manche Wolkenlinien schimmern rötlich, das Morgengrauen. Diese Novemberzeit, wie lange es dauert, bis sich jemand einfallen lässt, das Licht auf der Welt anzuknipsen. Kahle Bäume, letzte gelbe Blätter. Herbst eben. Viel zu dicke Kleider. Und viel zu stark geheizt. Der BH zwickt. Sonst war es schon hell.

Im Zug mach ich es am liebsten. Wenn alle es sehen können. Und doch niemand sieht. Aber das weiß ich nicht. Nicht wirklich. Ich denke, man glaubt, ich schlafe. Ich schäme mich nicht. Ich denke, rote Wangen sind Schlafesröte. Und verklärte Augen die Sprache des Traums. In den langsamen Zügen geht es besser. Sie halten oft genug an. Sie lassen sich wachrütteln von den Gleisen und holpern und sind laut. Ich stöhne nicht. Nicht, wenn ich alleine bin. Ist doch niemand da, dem mein Stöhnen gilt. Die kleinen Züge bremsen länger. Auf dem ruckhaften Bremsweg wird das Ziehen im Unterleib stärker. Die meisten Menschen fangen im Zug an, mit dem Kopf zu nicken. Bald wippt der ganze Oberkörper mit. Im Takt der kleinen Erschütterungen der Maschine. Die stimme ich auf meinen Oberschenkel ab. Die Beine muss ich schon übereinander schlagen. Den rechten Oberschenkel hebe ich leicht an. Kein Druck. Sanftes Anspannen. Mit einer Jeans geht es besser. Ihre Nähte sind grob. Grob genug, um den Takt zu übertragen. Auf diesen winzigen Punkt. Im Schritt laufen die Nähte zusammen. Vier Nähte. Vom Po, vom Verschluss, vom rechten, vom linken Bein. Das gibt eine Wölbung. Jetzt muss ich die Wölbung nur richtig platzieren, indem ich vorrutsche und die Beine ausstrecke. Die Nahtstelle schiebt sich höher. Der Hosenpunkt berührt mich. Schneller! Mein Bein entspannt. Ein kurzer Stillstand. Das sind wohl die Bruchstellen der Schienen. Irgendwann hat sie jemand zusammengesetzt. Der Zug stockt. Das ist die Anfahrt in den Bahnhof. Wir sind schon in Bergtheim. Bruchteile, die mit meinen Nervenbündeln zusammenlaufen. Ich bewege das untere Bein. Vom Beckenboden her. Das obere Bein vom Knie aus, halte still, spanne den Po an. Und die unteren Bauchmuskeln. Wichtig ist die Richtung der Kraft. Sie fährt in das Zentrum.

Ich bin froh, eine Frau zu sein. Die Nässe wird aufgefangen von meiner Unterhose. Kein Spritzen, nur Strömen. Binden stören. Dann spüre ich den sanften Druck nicht mehr. Meine Schenkel fahren Zug. Sie sind kräftig genug. Sonst hätten sie das Zentrum nicht erreicht. Wenn ich schulterbreit stehe, kleben sie aneinander. Das ist praktisch. Ich kann abwechseln. Die Bewegungen nicht zu sehr ändern. Das bringt mich aus dem Puls. Ich schicke meinen Herzschlag in den Zenit. Dann brauche ich mich nicht zu bewegen. Der Puls fährt durch mein Zentrum. Das mag ich lieber. Stillhalten. Langsam geht der Puls. Er lässt meine Perle an- und abschwellen. Dem Zug lauschen. Er fährt mich. Ich öffne die Augen. Schließe sie wieder. Sie tasten zu viel ab. Sie suchen. Der Puls geht in die Augen.

Das Auge unten ist offen. Das große Auge der Dunkelheit. Lichteinfall. Die Samen sind nicht aus ihm geflossen. Es hat sie aufgefressen. Sich von ihnen genährt. Der Energieschub und das geliebte Eiweiß. Wie ein schwarzes Loch weiten sich die großen Pupillen. Und saugen an sich, was sich in sie ergießt. Kräftig zieht sich der Ring zusammen, bevor er wieder loslässt.

Der Zug steht. In Essleben. Der Zug fährt wieder los. Es zieht.

«Personalwechsel – die Fahrscheine, bitte!»

Ich öffne meine Augen. Der Schaffner ist ein schöner Mann. Ich habe ihn noch nie gesehen. Er muss sich nicht festhalten. Auf meiner Fahrkarte hinterlässt er seinen Abdruck. Mit einer Kneifzange und roter Schrift. Seine Pupillen sind klein.

Ob ein Zug auch einen Höhepunkt hat? Züge erreichen ihren Höhepunkt wohl nie. Deshalb müssen sie immer schneller fahren. Aber sie kommen nie an ihre Grenze.

Auf der Toilette wische ich mich ab und denke an Edith, ob sie das wohl auch machte. Früher in der Schule habe ich sie dafür immer gehasst. Wenn beim Gong alle aufstanden und ihre Sachen zusammenräumten, hantierte sie noch mit ihrem Bleistift zwischen den Beinen. Die Beine hatte sie aufeinander gepresst, die Lippen aufeinander gebissen, und ihr Blick ging ins Leere. Wir haben das alle gewusst. Aber sie hat es nicht gemerkt. Bei, mir ist das anders. Ich brauche keinen Bleistift. Ich brauche keinen Finger. Ich brauche keinen Mann. Das ist praktisch. Aber manchmal ist ein Schwanz einfach ein Muss.

Es ist heller geworden. Die Sonne bleibt immer noch an den Nebeln kleben. Sonne und Nebel kämpfen miteinander, als wollten sie spielen, als wolle das eine in das andere dringen. Als ich aussteige, ist die Luft pelzig und legt sich auf meine Zunge. Ich nehme den Bus und laufe ins Büro.

Herr Steiner hat sich einfach an meinen Arbeitsplatz gesetzt. Am liebsten würde ich mich auf ihn setzen und dann laut schreien. Frau Rothbruch sitzt auch schon auf ihrem abgewetzten Bürostuhl und tippt Bänder ab.

«Na, mussten wir heute wieder eher aufstehen? Haben wir wieder geträumt?»

«Ja, heute war es ein Orang-Utan!»

Steiner springt gleich auf, und während ich seine Folien mache, lehnt er sich die ganze Zeit über meine Schulter und schaut mir in den Ausschnitt. Er tut mir Leid. Ich überkreuze meine Beine. Weil ich so gut geübt bin, kann ich nirgends mit überschlagenen Beinen sitzen, ohne den Muskel anzuspannen, ohne dass meine Lippen leicht zucken. Ohne dass die Bauchdecke vor- und zurückrollt. Bis es mich fast zerreißt. Dann stehe ich auf und gehe zum Kopierer. Ich beiße mir regelrecht die Lippen aus. Hoffentlich sieht das keiner, dass ich privat im Internet bin. Ich suche nach Träumen, die man beeinflussen kann. Luzide Träume heißen die. Man soll sich zehnmal vor dem Schlafengehen sagen, es ist ein Traum und sich dann eine Geste merken. Ich merke mir Lippenbeißen.

Der Tag ist wieder der Horror, aber ich überlebe ihn. Ich sage wieder nichts, weder dass ich nicht mehr früher kommen möchte, noch dass ich gleitende Arbeitszeit möchte, und was ich sonst noch alles möchte. Das bekomme ich da sowieso nicht.

Auf der Rückfahrt bekomme ich nur einen Platz in einem dieser Vierersitze, wo man ständig mit den Füßen aneinander stößt und ein kleines Entschuldigung murmeln muss. Gegenüber sitzt ein blonder Junge. Jung sieht er aus. Blonde Locken. Ein breites Mondgesicht. Und volle Lippen. Ich kann Männer mit ihren weggedrückten Lippen einfach nicht ausstehen. Wie Gespenster ohne Lippen sehen sie aus. Er lacht mich an. Ich schaue so weg, dass er meint, ich sei nicht an ihm interessiert. Dann schaue ich wieder zurück zu ihm, und sein Blick haftet immer noch an mir. Ich schließe die Augen. Ich kann nicht anders. Ich wandere in das Amphitheater aus meinen Träumen.

Ich öffne die Augen, und der Blonde sitzt immer noch da und starrt mich an. Ich sehe ihn an. Ich werde deinen ganzen Körper lecken, dich wie eine Katze umschmiegen. Ich lecke dein Bein, an der Innenseite entlang. Ganz sanft berührt meine Zunge deine Knollen. Dann lecke ich dich das linke Bein hinunter und verweile ganz lange in deiner Kniekehle. Du stöhnst, und auch aus mir fährt ein Lustschrei. Ich küsse deinen Rücken, meine Finger holpern über deine Wirbel und bleiben zwischen den Wölbungen hängen. Deine Wärme strömt in mich. Deinen Nacken liebkose ich, und ich lege mich auf dich und reibe mich an dir. Du drehst dich um. Dein praller Schwanz steigt in die Höhe, und du hebst mich auf dich. Ich beiße in deinen Hals, ganz vorsichtig knabbere ich daran und rieche an dir. Fest umschlungen wälzen wir uns hin und her, rollen übereinander, miteinander, rollen diese ganzen Fesseln von uns ab. Du packst mich von hinten. Ich juchze und genieße deine harten Stöße und bewege mich dir entgegen. Du schreist und packst feste meinen Po und ziehst ihn rhythmisch zu dir. Du fühlst, wie sich der Saft in dir zusammenbraut. Unsere Rhythmen laufen zusammen. Ich streichele dich mit meinen Händen an deinen Knollen, und dann kommt es uns. Ganz langsam fallen wir zur Seite. Du umfängst mich und umarmst mich.

Er starrt auf meine Brüste, dann auf meine Lippen. Er schließt die Augen, neigt seinen Kopf nach hinten. Mit der flachen Hand fährt er seinen Hals entlang. Er öffnet die Augen. Ich starre auf seine Hose, sie ist so weit, dass ich nichts erkennen kann. Das könnte wieder ein Flop werden, wenn da nichts drin ist. Mit leichter Kopfbewegung gebe ich ihm ein Zeichen. Ich gehe vor, und er kommt nach. Ich habe es noch nie auf diesen Klos gemacht. Der Boden klebt, weil die Männer im Stehen und vom Zuggeschaukel daneben pissen. Der Blonde kommt und schließt die Tür hinter sich ab. Ich packe ihn am Hinterkopf und ziehe ihn an mich, suche seine Zunge und beiße auf sie. Sie schmeckt genauso pelzig wie die Novemberluft. Ich hole seinen Schwanz aus der Hose und bin erleichtert. Er ist bereit. Sei mein Hengst und reite mich. Reite mich, lass mich deine Stute sein. Er drückt mein Gesicht seinen robusten Körper entlang. Ich muss ihn saugen, der übliche Preis. Ich weiß nie, ob ich dann nicht den Zeitpunkt verpasse, um auch auf meine Kosten zu kommen. Es ist so verdammt eng, dass ich mich zwischen dem Waschbecken und dem Klo eingezwängt fühle. Ich drehe mich um, reiße meine Hose herunter, packe ihn und stecke ihn in mich. Ich mag es am liebsten von hinten. Aber nicht lange. Kurz. Und dann immer wieder. Ich hab erst einen Mann getroffen, der gleich wieder konnte. Irgendwann schneide ich einem Mann den Schwanz ab und lasse ihn präparieren und gebe ihn nie wieder her. Eine Frau sollte immer einen Schwanz in ihrer Möse stecken haben. Das Leben ist dann einfacher. Dann ist endlich diese Leere weg. Jedes Mal, wenn er mich stößt, klatsche ich mit der Nase an den Spiegel. Also drehe ich mich, vorsichtig, damit er nicht zu weit rausrutscht, um ihn nicht zu verlieren, und stütze mich mit den Händen auf dem Klodeckel auf. Kopf nach vorne. Er packt meine Haare und zieht daran, während er in mich stößt. Tiefer! Mein Hengst, mein Hengst! Ich hab keine Lust mehr und stoße ihn weg. Ich mag Männer nicht, die nicht sprechen, die mich nicht anfeuern und renne weg.

Endlich zu Hause. Ich rufe Katia an und erzähle ihr von dem blonden Jüngling. Sie sagt, das hast du dir doch wieder ausgedacht.

Wenn ich das selbst wüsste, ich weiß es aber nicht.

Katia sagt zu mir: Du bist doch gar nicht der Typ dazu. Was machst du denn am Wochenende?

Ich gehe früh ins Bett. Ich will in meinen Traum eingreifen. Ich will den siebten Orgasmus erleben. Männer denken immer noch, Frauen hätten nur zwei, vaginal, klitoral. Ich sage es niemanden, dass es noch den von hinten, den Festhalte-, den Erschöpfungs- und den Liebesorgasmus gibt.

Ich habe mir das Schöne-Wochenend-Ticket gekauft.

Juli Zeh
Do ut des

«Ich gebe, damit du gibst»; Rechtsprinzip

Als sie mich zum ersten Mal sah, hatte sie sich gerade im Groß-
raumabteil auf die Bank mir gegenüber geworfen, ein Bein an-
gewinkelt und das Knie gegen die Tischkante gestützt. Ich
schaute nur kurz auf und beugte mich grußlos wieder über
meine Unterlagen. Vor meinen Augen verschwammen sechs
bedruckte Seiten Papier zu einem Zeichenmeer, Großbuchsta-
ben wie A und B und O tauchten daraus auf, auch viele Zif-
fern, § 212 und § 32 und § 25 II, und mir blieben noch fünf-
undsiebzig Minuten, um den Inhalt des Sachverhalts in mich
aufzunehmen. Ich musste mich daran gewöhnen, im Zug zu
arbeiten. Vom Koffertragen hatte ich bereits Schwielen an der
rechten Hand, jedes der Gesetzesbücher wog mehr als zwei
Kilo. Ich schleppte sie reihum nach Leipzig, Dresden und
Halle, wo ich verzweifelten Jurastudenten das Recht erklärte.
Als einzige Frau in einem Männerbetrieb hatte ich am meisten
Mitleid, ich präsentierte den Stoff in möglichst leichter Form.
In großen Auditorien wurde über meine Witze gelacht, und
dafür liebten mich die Studenten, dafür bekam ich Dankes-
briefe.

Als sie mich zum ersten Mal sah, löste ich, eine unbewusste
Geste vortäuschend, den untersten Knopf des Gehrocks und
breitete bei leichtem Anheben des Gesäßes die Schöße der Jacke neben mir aus. In Wahrheit war nichts daran unbewusst.
Der Umgang mit Koffern, Schnürsenkeln und Kleiderbürste
ist noch immer neu für mich, noch immer sensationell. Ich betrachtete den Aufschlag meiner Hose, tippte mit dem stumpfen
Ende eines Drehbleistifts gegen die leicht gebleckten Schneide-

zähne und hoffte, die Mitreisenden würden mich für eine viel zu junge und unendlich reiche Börsenmaklerin halten. Der Zug endete nämlich in Frankfurt am Main.

Als sie mich zum ersten Mal sah, hoffte ich auszusehen wie eine Achtundzwanzigjährige, die auftritt wie eine Fünfunddreißigjährige, die wie eine Vierundzwanzigjährige aussieht.

Sie, mir gegenüber, sah aus wie eine Sechzehnjährige mit den Sorgefalten einer Vierzigjährigen. Sie saß unbewegt, lässig, und kaute Kaugummi mit Gott sei Dank geschlossenen Lippen. Ihre Oberkörperhaltung hätte gut auf ein Skateboard gepasst, vorgeneigt, den Kopf leicht schräg, sodass immer die langen Stirnsträhnen in die Augen fielen. Sie starrte mich an, wie es Männer tun. Mit einem Blick, in dem die Bereitschaft zu lesen war, auf den Boden zu spucken oder den Sack zurechtzurücken.

Obwohl ich ihre Füße nicht sehen konnte, war ich sicher, dass sie Springerstiefel trug mit abgeschnittenen Schäften. Solche hatte ich erst vor wenigen Monaten weggeworfen. Ich ließ es gut sein, es waren noch siebzig Fahrminuten bis Leipzig, und ein einziger Fehler vor den Studenten konnte meine Autorität mit einem Schlag zerstören.

In meinem Sachverhalt saß der Täter A gerade in einem Zugabteil und öffnete immer wieder das Fenster, um das leicht bekleidete Opfer O zu provozieren. Schließlich zog A eine Schusswaffe, um O davon abzuhalten, das Fenster wieder zu schließen. Die Waffe war ungeladen, was O nicht wusste.

Das Problem der Scheinwaffe konnte ich singen. Aber weiter kam ich nicht mit dem Lesen, weil ich ihren starrenden Blick auf meinem Gesicht spürte. Das lenkte mich ab. Womöglich konnte sie sogar erkennen, dass meine Augen immer wieder bei der gleichen Zeile stecken blieben.

Als ich zum dritten Mal aufsah, hatte sie ihre Haltung nicht verändert. Vielleicht hing die Haarsträhne noch ein paar Millimeter tiefer vor dem rechten Auge. Die Haare waren glatt und hellblond, absichtsvoll ungeschnitten, und es war genau die Frisur, die ich mir fünfzehn Jahre lang für mich selbst gewünscht hatte. Sie hatte etwas Verwegenes, Spitzbübisches; die Gesichter unter solchen Frisuren waren immer babyhaft sauber, leuchtend, frech und unwiderstehlich, der Inbegriff dessen, was ich mir unter dem Wort *charming* vorstellte. So hatte ich immer sein wollen. Nur dass mein Haar nicht blond war, sondern braun, und nicht fein und glatt, sondern dick und lockig. Nicht mit allen Tricks der Welt ließ sich daraus eine solche Frisur herstellen. Irgendwann hatte ich aufgegeben.

Wäre ich noch Raucherin gewesen, hätte ich ihr eine Zigarette anbieten können, und sie wäre damit ins Raucherabteil verschwunden und erst zurückgekommen, nachdem ich sie schon längst vergessen haben würde.

Sie wechselte noch nicht einmal den Kaugummi in die andere Backentasche.

«Was machst du da», fragte sie plötzlich.

Ich zog die linke meiner gezupften Augenbrauen in die Höhe, mit der anderen konnte ich es nicht. Ihre Stimme klang älter als sechzehn und passte eher zu dem dreisten Blick als zu dem kindlichen Mund und der Frisur.

«Juristische Fallbearbeitung», sagte ich, «und jetzt sei ruhig.»

Sie regte sich nicht.

«Jura also», sagte sie und nickte wissend.

Dann lächelte sie ein bisschen und befeuchtete vorher die Unterlippe mit der Zungenspitze. In der Mitte der Unterlippe hatte sie einen tiefen Spalt, eine verheilte Stelle, sodass die Lippe aussah wie ein Sofakissen, in das man mit der Handkante eine dekorative Falte gedrückt hat. Ich war sicher, dass diese Lippe beim Lächeln zu bluten beginnen würde, wenn sie nicht vorher angefeuchtet wurde.

«*Ich* mache so dies und das», sagte sie, als hätte ich gefragt. «Manchmal lecke ich gegen Bezahlung ältere reiche Frauen.»

«Ich bin nicht reich, ich sehe nur so aus», sagte ich nach einer winzigen Sekunde.

Mir fiel zu spät ein, dass sie mich eigentlich gar nicht gemeint haben konnte. Vielleicht sah ich reich aus, aber jedenfalls war ich nicht *älter*. Oder sie hatte nur sagen wollen: älter als sie selbst. Das ließ sich jetzt nicht mehr herausfinden. Ich senkte den Kopf und raschelte mit meinen Unterlagen.

«Vergiss es», sagte sie sofort, «dazu ist es schon zu spät.»

Wieder befeuchtete sie sich, um lächeln zu können. Natürlich hatte sie Recht, so ist das im Zug. Einer will arbeiten, der andere nervt. Aber ich musste den Fall lesen, es war nicht abzusehen, was A mit O und der Scheinwaffe noch anstellen würde.

«Was macht dein Macker», fragte sie.

«Woher willst du wissen, dass ich einen habe?», fragte ich zurück. «Vielleicht ziehe ich ja Frauen vor.»

«Lesben sind interessanter als du», meinte sie.

Komischerweise war ich schon immer der gleichen Ansicht gewesen: dass Lesben irgendwie die interessanteren Frauen waren. Jedenfalls interessanter als ich.

«Also was macht er», fragte sie.

«Nichts. Taxifahren.»

«Dann bist du nachts öfter allein», sagte sie.

Ich musste lachen.

«Ist das ein Akquisitionsgespräch oder was?»

Sie wusste nicht, was eine Akquisition ist, aber sie behielt die Nerven.

«Du kannst eh nicht zahlen», sagte sie.

«Was kostet es denn», fragte ich.

«Fünfhundert», sagte sie.

«D-Mark?», rief ich.

«Nee, Euro», sagte sie.

Ich lachte wieder. Für fünfhundert Mark musste ich drei Kurse geben, das war kein schlechter Aufwand. In drei Städte fahren, die Fälle vorbereiten. Sachverhalte lesen ... Endlich den Sachverhalt lesen.

Nachdem A mit der Pistole gedroht hatte, zog O eine Dose CS-Gas aus ihrer Tasche. A schlug ihr die Pistole auf den Kopf, O brach zusammen und starb.

Ich kannte den Fall aus meiner eigenen Examensvorbereitung. In den zwei Jahren seitdem hatte ich kaum etwas vergessen. Trotzdem fiel mir auf Anhieb die Lösung nicht ein. Irgendwas mit Notwehrprovokation. Nur noch fünfzig Minuten. Für eine Sekunde wurde mir heiß. Ich begann, die nächsten Zeilen zu überfliegen.

«So viel verdienst du wohl nicht, was», sagte sie.

Ich antwortete, ohne aufzusehen.

«Okay, es war nett. Aber jetzt halt's Maul. Bitte.»

«Wenn du mitkommst, zeige ich dir was.»

Sie stand jetzt direkt neben meinem Sitz im Gang. Ich schaute nicht auf. Ich musste den Fall in den Griff kriegen. Herausfinden, ob die O in Notwehr gehandelt hatte.

«Verpiss dich», sagte ich.

«Ohne Geld», sagte sie, «was anderes. Nur damit du mal was siehst.»

Sie trug keine abgeschnittenen Springerstiefel, sondern ausgetretene Turnschuhe, ich sah es aus dem Augenwinkel. Es ging nicht mehr, ich musste den Kopf heben. Ihr Lächeln war *charming*. Einmal ihr Gesicht neben meinem sehen im Spiegel einer Zugtoilette – und ich würde endgültig wissen, was der Unterschied war. Wie eine Marionette, an Fäden gezogen, stand ich auf.

Hintereinander drückten wir uns durch die automatische Tür. Der plötzliche Lärm der Räder erschreckte mich. Ich schaute mich um: ob jemandem auffiel, dass wir gemeinsam aufs Klo gingen.

Der Toilettenraum war türkis gestrichen, feucht und stellenweise nass. Es wackelte und ratterte so laut, als würde man mit den Füßen direkt über die Schienen geschleift. Sie zog ihre Jacke und das T-Shirt darunter hoch und zeigte eine wulstige, unschöne, etwa fingerlange Narbe am Unterbauch, etwas rechts von der Mitte. Im künstlichen Licht sah der Bauch grünlich aus wie die Wände.

«Und», fragte ich.

Ich versuchte mich so hinzustellen, dass ich uns nebeneinander im Spiegel sehen konnte. Zu meinem Entsetzen war ich nicht größer als sie. Ich fühlte mich plötzlich wie eine Mutter, der das Kind über den Kopf wächst.

«Das», sagte sie, «kommt von einer Vergewaltigung. Der Mann schnitt mir ein Loch in die Bauchdecke und benutzte dieses Loch für seine Befriedigung. Dabei erklärte er, dass er sich an den dreckigen Mösen seiner Opfer nicht schmutzig machen wolle.»

«Im Vergleich zu dir», sagte ich, «bin ich ja noch völlig normal.»

«Du glaubst mir wohl nicht», sagte sie.

«Das ist eine schlecht verheilte Blinddarmnarbe», sagte ich.

«Wenn du dich damit wohler fühlst», sagte sie, zuckte die Achseln und stopfte ihr T-Shirt wieder in den Hosenbund.

Eine Weile fuhren wir schweigend, ich gegen die Fahrtrichtung, um den Spiegel im Auge zu behalten, sie an den Waschtisch gelehnt. Schwankend wie Seeleute, uns anstarrend wie Cowboys. Das ununterbrochene Rauschen des Zugs nahm in meinen Ohren den Klang einer riesigen Klospülung an; ich musste etwas sagen.

«Und was sollte das jetzt», fragte ich.

Zungenspitze, Lächeln.

«Ich dachte nur», sagte sie, «ich zeige dir mal was Echtes. Unter meinen Kundinnen machen viele Jura. Alle gleich: An die echten Dinge glauben sie nicht mehr.»

Etwas wie Trotz kam in mir auf. Auch gelang es mir nicht, uns nebeneinander von vorne zu sehen, weil sie immer dem Spiegel den Rücken kehrte. Eine Kurve, und der Zug ächzte und knackte in den Gelenken und warf uns gegen die Wand. Ich spürte Feuchtigkeit unter den Händen, das Klo begann chemisch zu rauschen, sie war auf den roten Knopf im Boden getreten.

«Und das mit dem Lecken stimmt auch nicht», sagte ich.

Jetzt lächelte sie nicht, jetzt lachte sie. Ich befürchtete, demnächst von einem Blutstrahl aus ihrer reißenden Unterlippe getroffen zu werden.

«Ich zeige dir», sagte sie, «wie ich es machen würde, wenn ich es machen würde.»

Bevor ich mich neben das Waschbecken auf die Ablage setzte, legte ich eine zentimeterdicke Schicht aus pappgrauen Papierhandtüchern unter. Sie öffnete die beiden übrigen Knöpfe meines Gehrocks und auch die Hose. Ich musste mich abstützen und den Hintern anheben. Bei der Gelegenheit befreite ich die Jackenschöße und breitete sie so ungeschickt neben mir aus, dass der linke in das kleine Waschbecken fiel und nass wurde. Die nächste Kurve warf uns in die andere Richtung; sie musste unterbrechen und wäre fast gestürzt. Ich hielt mich am Papiertuchspender fest, die Hose hing mir auf Mitte der Oberschenkel. Jetzt war ich froh, mit dem Rücken zum Spiegel zu sitzen. Wie beim Arzt überlegte ich kurz, ob ich am Morgen geduscht hatte. Bis Leipzig kamen keine Bahnhöfe mehr.

Sie zog meine Hose so weit herunter, dass sie mir die Knie spreizen konnte. Als sie den Kopf zwischen meinen Beinen hatte, schaute ich von oben auf die Wunschfrisur. Das Haar fiel weich auseinander und bedeckte meinen Schoß und ihr Gesicht. Weiße Kopfhaut im Scheitel. Ich konnte der Versuchung nicht widerstehen, die Hand darauf zu legen.

«Siehst du, genau so geht das», sagte sie zwischen meinen Beinen, und ihr Atem kitzelte mich mit jedem Wort.

«Hundert Mark», keuchte ich.

Sie tauchte auf, lachend. Sie klopfte meinen Oberschenkel, wie man ein Vieh klopft, das nicht in den Transporter einsteigen will.

«Vergiss es», sagte sie.

Dann verschwand sie durch die Tür. Ich lehnte mich vor, um hinter ihr abzuschließen. Unter meinem Hintern war die Papierschicht verrutscht, ich spürte Feuchtigkeit auf der Haut, klebrige Feuchtigkeit, die Jacke war nass geworden und die Hose auch.

Als ich zurückkam zu meinem Platz, saß sie zwei Sitzbänke weiter und starrte aus dem Fenster. Ich setzte mich auf die gegenüberliegende Seite des Tischs, um sie nicht im Augenwinkel zu haben. Es war klar, dass sie mich nicht noch einmal ansprechen würde. Vom Rückwärtsfahren wurde mir schlecht. A bekam nicht unter fünf Jahre wegen Totschlags, und ich stieg aus.

Jörg Berger
Bach im Honigfluss

Ich hasste diese Kleinstadt von Anfang an, lernte sie erst später lieben. Die nächstbeste Wohnung in der Nähe meiner neuen Arbeitsstelle hatte ich gemietet und war wieder in der Fremde. Kneipen – so gut wie keine. Kein Theater, kein Konzertsaal, kein Café, kein Kino. Eine kleine Stadt mit großen «Keins», aber einer riesigen Videothek. Filme auf der Mattscheibe – kann ich nicht, habe ich nie gelernt und will es gar nicht lernen.

Beim Überfliegen der Kontaktanzeigen in dem wöchentlich erscheinenden Seifenblatt – die Sehnsüchte anderer haben mich schon immer angezogen –, stieß ich auf eine, die sich offensichtlich verirrt hatte: Vitaler Chor sucht Sänger für die Aufführung klassischer Werke. Bach, dachte ich, gerne und mittwochs konnte ich auch. Ich hätte an jedem Abend gekonnt. In der letzten Stadt hatte ich Saxophon in einer Blaskapelle gespielt, froh darüber, private Kontakte in diesem ähnlich öden Ort knüpfen zu können.

Ich stellte mich vor und wurde genommen. Tenor. Motetten von Bach standen auf dem Programm, im Zentrum «Jesu meine Freude». Musikalisch ein sehr anspruchsvolles Werk. Feste Aufführungstermine in den umliegenden Städten gab es auch schon. Ein rühriger Verein.

Ich hatte meinen Platz rechts außen gefunden. Inmitten eines Menschenpulks halte ich es nicht aus. Mit den Noten kam ich gut zurecht und genoss die Fülle, die ein großer Chor erzeugt.

Unmittelbar vor mir sang die einzige attraktive Frau. Eine große Schlanke, melancholischer Typ mit tief braunen Augen, geschmackvoll gekleidet – klassischer Stil –, figurbetont. Weiche Schultern, einen schönen elastischen Hintern, der beim Singen mitatmete, rasierte Beine. Natürlich hochgesteckte Haare mit diesem freien Hals, den ich so liebe. Sie registrierte mich nie. In der Hoffnung, sie beim anschließenden Kneipengang kennen zu lernen, ging ich jedes Mal mit zu «Gino». Sie kam nie, und ich – übte Geduld.

Einmal fielen ihr bei einer Probe die Noten runter. Sie musste sich bücken und stieß mit ihrem Hintern an meine rechte, herunterbaumelnde Hand. Zum Glück zog ich sie nicht reflexartig zurück, genoss ihre festen Backen an der Haut und den klaren Schnitt der Teilung unter dem gespannten Stoff. Mir war, als drängte sie ihr Gesäß mit leichtem Impuls gegen meine Hand und verharrte länger in dieser Stellung, als nötig gewesen wäre. Mein Blut sackte in den Schwanz, und ich schmetterte voll in die Generalpause. Sie drehte sich um und lachte. Ein freches Lachen mit wunderschön unregelmäßigen Zähnen und diesem schrägen Spalt zwischen den vorderen. Das Blut zurück in meinem Kopf, knallrot, entschuldigte ich mich beim Chorleiter.

Ihr Lachen und ihr herausfordernder Blick begleiteten mich. Immer öfter musste ich an sie denken. Ihr koketter Charme. Mit Sicherheit war sie katholisch. Bei «katholisch» klingt bei mir das kleine Wörtchen «sündig» mit. Ich liebe katholische Frauen.

An den nächsten beiden Proben nahm sie nicht teil. Schade. Mir fehlte sie. Ihr Nacken, ihre hübsch geschwungenen Ohren, ihr weit offener Mund, den ich im Halbprofil immer vor mir hatte. Einmal traf ich sie im Supermarkt an der Fleischtheke. Ich stand nicht direkt hinter ihr, leider, und musste mitansehen, wie sie dem Typen, der zwischen uns stand, ihren

Hintern entgegenräkelte. Vielleicht habe ich mir das auch nur eingebildet, jedenfalls überkam mich eine unbändige Eifersucht, und wütend grüßte ich, als sie ihr Gehacktes entgegengenommen hatte. Ihr flüchtiger Gruß und wieder dieses freche Lachen galten mir und nicht meinem Vordermann. Am nächsten Mittwoch war sie wieder da, endlich. Die Solisten und Instrumentalisten, die uns bei einigen Liedern begleiten sollten, machten die Bühne eng. Wir, der Chor, mussten zusammenrücken, standen enger als sonst. Ich konnte ihren Duft, ich schätze «Coco Chanel», regelrecht schmecken. Und wieder, ich hatte schon davon geträumt, drängelte sie ihren Hintern an meine Hand, forsch, offensiv. Durch kaum sichtbare Bewegungen ihres Beckens rutschte meine flache Hand samt Kleiderstoff über ihren knackigen Po und folgte oder widersprach mit unterschiedlichem Druck seinen Drehungen. Noch traute ich mich nicht, ihrer Herausforderung vehementer zu begegnen.

In der darauf folgenden Probe fiel sie merklich aus der Reihe ihrer Sopranistinnen zurück und kam fast neben mir zu stehen. Auch ich wurde forscher und mengte meine Hand zwischen ihre Pobacken und die Enge ihrer Oberschenkel.

Sie reagierte, indem sie ihre Beinstellung änderte und Platz ließ. Meine Hand gab ihr von unten eine leichte Beckenstütze und spürte, wie sich die Bewegung ihres Zwerchfells auf ihren Schoß übertrug. In der Dynamik der Motette, die wir sangen, korrespondierten Hand und Hintern miteinander. «Kampf dem alten Drachen» hieß die Strophe, an der wir intensiv arbeiteten. Mein Gott, die Probe war viel zu kurz.

Ich musste das Blickfeld meiner Nachbarn begrenzen, also die Noten tiefer halten. Konzentriert übte ich zu Hause, bis ich sämtliche Lieder auswendig beherrschte. Auch durfte ich nicht wieder eine Pause verpatzen. Vor allem aber wollte ich präsenter sein für unser paralleles Duett. Das Spiel meiner Finger wurde immer virtuoser. Vertrautes erhielt seine Variationen durch die gegebenen Tempi der Lieder, die wir gerade sangen und die Auswahl der Slips, die sie trug. Sie bestimmten Dramaturgie und Temperament des verborgenen Dialogs zwischen ihren Schenkeln. Mal trug sie Spitze, mal Seide oder Synthetik, überraschte mit Tangas oder auch Classics aus dichtem Jersey mit kompliziertem Beinansatz. Egal, was sie anhatte, spätestens am Ende jeder Probe waren ihre Knickers getränkt vom Fluss ihrer Lust. Meine auch.

Der erste Auftritt kam. Viele Sonderproben bereicherten die Adventszeit. Der Höhepunkt, das Abschlusskonzert in der Marienkapelle, wurde von den Glocken eingeläutet. Ein Festakt. Alle Musiker in Schwarz und Weiß. Glanz. Hochglanz. Sie trug ein enges, hochgeschlossenes Schwarzes mit geknöpftem Stehkragen, anliegenden Ärmeln, halblang, mit einem langen Seitenschlitz, der links unten begann und im diagonalen Verlauf viel Bein zeigte, bis die Stoffüberlagerung ihren Allerwertesten sicherte, aber doch statthaft betonte. Ein strenges, raffiniertes Kleid, und leicht zugänglich. Ein roter Bernstein an ihrem linken Ohrläppchen reflektierte das Scheinwerferlicht.

Wir sangen und, Jesu meine Freude, sie trug keinen Slip, war wunderbar rasiert. Ihr nackter Honigmund rutschte dezent – piano, forte, legato auf meinen Fingern und saugte an den Kuppen. Inniger als bei den Proben, nein, zum ersten Mal trat ihre reine Stimme brillant vor die der Altistinnen. Sie, mit viel Augenweiß und tiefer Atmung, ich mit blutleerem Kopf und ausgebeulter Hose, ihre widerspenstige Perle balancierend, rauschten wir in das grandiose Finale «Gute Nacht ihr Sünden».

Dann, ein riesiger, nicht enden wollender Applaus.

Jochen Langer
Das Päckchen

Als Ann Buchmann am Tag nach der Päckchenübergabe nach Hause kam, stand der Agent an ihrer Wohnungstür. Ann erschrak, doch war ihre Neugier größer: «Wieder unterwegs?» Sie versuchte ein selbstbewusstes Lächeln: «Was haben Sie heute zu verschenken?»

«Ich muss das Päckchen wiederhaben!»

In diesem Moment erlosch das Licht. Vor dem Hintergrund des dunklen Treppenflures wirkte seine Gestalt noch größer.

«Halten Sie mal!»

Sie schob ihm ihre Einkaufstasche entgegen, aus der die Enden von zwei Lauchstangen ragten. Frederik nahm die Tasche, hob sie hoch, als wollte er an dem Gemüse riechen, und warf auf seiner Suche nach dem Päckchen auch einen Blick da hinein. Ann kramte nach dem richtigen Schlüssel und spürte seinen Atem in ihrem Nacken.

«Ich habe viel Ärger, Ihretwegen», behauptete er.

«Vielleicht lohnt er sich ja?»

«Das Päckchen war nicht für Sie! Das Ganze war ein Versehen. Ich muss es zurückhaben. Jetzt!»

«Trinken Sie einen Kaffee mit mir?» Ann stieß die Tür auf und ging ein paar Schritte vor. «Oder sind Sie im Dienst?»

«Ja!» Er gab sich einen sichtbaren Ruck und fügte hinzu: «Ja. – Bitte.»

«Wo kommen Sie eigentlich her?»

«Ich bin Bürger der Deutschen Demokratischen ...» Er bemerkte, dass es ein wenig steif klingen musste: «Es ist besser», fügte er unsinnigerweise hinzu, «wenn Sie das nicht so genau wissen.»

«Dann sind Sie über Ungarn und die Grüne Grenze wie all die anderen?»

«Ich gehöre nicht zu denen!», sagte er schroff. «Ich kehre zurück!»

«Dann sind Sie also was Besonderes?» Ann wusste nicht, wie sie es nennen sollte: «Was sind Sie?»

Er antwortete nicht, und Ann nahm ihm die Tasche ab, um in die Küche zu gehen. Ein kurzer prüfender Blick fiel auf die Glasvitrine, die leer war. Eigentlich wäre das der Zeitpunkt, dachte Ann, ihm zu sagen, dass ich das Ding nicht mehr habe. Aber Frederiks Stimme war schon hinter ihr.

«Hören Sie, ich habe einen Fehler gemacht», erklärte die Stimme: «Den muss ich korrigieren. Mehr nicht. Wo ist das Päckchen?»

Ann sah jetzt, dass er zu einer blauen Hose einen grünen Rippenpullover trug und ein simpel gestreiftes Hemd. Wegen des fremdartigen Aussehens vermutete sie DDR-Produktion.

«Da!» Ann zeigte auf das leere Fach in der Vitrine.

«Wo?»

«Na da! Da war das Ding bis gestern. Als ich am Abend nach Hause kam, war es verschwunden. Ich dachte eigentlich, Sie hätten es sich zurückgeholt.»

«Hier aus der Wohnung? Wie stellen Sie sich das vor?»

Ann zuckte mit den Achseln. «Irgendwie.»

«Ich glaube Ihnen kein Wort», sagte er. «Sie haben es geöffnet, nicht wahr?»

«Heißen Sie wirklich Frederik?»

Sie fragte mit leisem Spott in der Stimme. Doch die Frage bewirkte, dass er sich blitzschnell vor ihr aufbaute, ihre Schultern packte und heftig daran rüttelte.

Es tat weh.

«Das hier ist kein Spiel, mein Kind! Haben Sie das Scheißding geöffnet oder nicht?»

«Au!» Ann schaffte es irgendwie, sich loszureißen. «*Ich* bin hier zu Hause!», rief sie energisch: «Also stelle *ich* die Fragen!»

Frederik erstarrte für einen Moment, als müsse er erst den Wahrheitsgehalt ihrer Aussage prüfen. Dann ließ er die Arme sinken. Zugleich schien er erleichtert über diese Wendung. Er lächelte zaghaft, mit hochgezogenen Mundwinkeln.

«Bei uns sind solche Namen beliebt. Sie sind Ann Buchmann ...?»

«Ich weiß», sagte Ann. «Wie haben Sie mich gefunden?»

«Bei der Übergabe hatte ich eine dumme Ahnung ...»

«Ja, ich auch!»

Die Liedzeile ging ihr wieder durch den Kopf. Immer noch standen sie sich gegenüber und musterten einander mit dem unverhohlenen Interesse von Angehörigen zweier Spezies, die sich zum ersten Mal näher kamen.

«Ich bin Ihnen danach gefolgt.»

«Ich habe nichts bemerkt.»

«Das war kein Kunststück. Sie waren betrunken.»

«Ich bin nie betrunken!»

«Jedenfalls fast.»

Es schien, als wollte Ann etwas darauf erwidern, aber dann begann sie, ihre Einkäufe wegzuräumen. Zwischendurch hantierte sie am Heißwassergerät. Frederik ging um den Küchentisch herum und setzte sich Ann gegenüber, sodass er den Raum im Blick hatte.

«Sie sind ein Agent?» Ann fragte wie beiläufig, vor dem hohen Küchenauszug, mit dem Rücken zu ihm. «Oder so was?»

«Ja – oder so was!» Wieder verzogen sich die Mundwinkel nach oben. Dann hob er die Stimme an, sodass sich das Folgende anhörte wie eine Identifikation nach der Charta der Vereinten Nationen (wenn die Waffen niedergelegt wurden, die Achtung des Siegers aber erhalten bleiben sollte): «Ich arbeite für das Ministerium für Staatssicherheit der DDR!»

Eine lautlose Bitte um Nachsicht huschte über sein Gesicht. Er war immer noch so blass wie bei ihrer ersten Begegnung. Allerdings schien er diesmal ausgeschlafen. In Anns Augen ragte er weit aus dem Gleichmaß westlicher Kerle.

«Dann sollte ich Angst vor Ihnen haben?»

Frederik sah an Anns Blick, dass sie keine Angst vor ihm hatte. Auf ein kleines Edelstahltablett stellte sie Geschirr, Zucker, Milch, etwas Gebäck und eine Glaskaraffe mit dem Kaffee. Sie wartete immer noch auf eine Antwort.

In der Kneipe war er von ihr auf eine magisch zu nennende Weise angezogen worden, ohne dass das Päckchen, das er ihr übergeben sollte, eine hinreichende Erklärung dafür war. An der Wohnungstür hatte er vorhin etwas wahrgenommen, das wunderbar dazu passte, nämlich: Wie gut sie roch! Nicht aufdringlich, nicht schwer, nicht ‹natürlich›. Nur gut. Auf eine Weise, die ihn die Luft, die sie umgab, tief einatmen ließ.

Wieder trug sie diesen kurzen Hosenrock. Es war nichts von der Art, was er irgendwie von früher kannte. Vielmehr aus einem leicht schimmernden Stoff, vielleicht Seide mit einer Beimischung, die etwas Halt und Fülle gab, in der Farbe das Frühlingsgrün einer sächsischen Linde. Die Jacke dazu war zweireihig und, wie es schien, auf Taille gerafft, mit breiten Aufschlägen und nur dreiviertellangen Ärmeln (was gewiss nicht aus Materialknappheit geschehen war). Ab und zu schob Ann sie energisch noch ein Stück weiter nach oben. Die Hose darunter war eigentlich keine, weil bestenfalls Shorts zu nennen, mit ein paar zusammengezogenen Falten am breiten Bund, der aus kardinalsrotem Samt gearbeitet war. Warum Ann die Jacke nicht abgelegt hatte, als sie die Wohnung betrat, wurde ihm klar, als sie sich einmal über den Tisch beugte: Sie trug darunter nur einen schwarzen BH, dessen aufwendige Stickerei ihm entgegenschimmerte.

Was wäre, wenn er sie umarmte? Was würde geschehen?

«Das Päckchen ist wichtig!», antwortete er dann ausweichend auf Anns Frage.

Sie setzte sich ihm gegenüber und presste den Filter wie einen Kolben durch die Glaskanne, sodass der Kaffeesatz am Boden festgehalten wurde.

«Was ist da so Wichtiges drin?»

Ihre Frage ließ sein Misstrauen wieder wach werden.

«Wieso fragen Sie?»

«Na, Sie müssen doch wissen, was drin ist! Ich habe das blöde Ding nicht aufgemacht!», behauptete Ann. «Das war ein Spiel, verstehen Sie? Die Sache war so hübsch geheimnisvoll. Und das sollte auch erst mal so bleiben.» Ann lachte ihn unbefangen an und schnürte ihr rotes Mündchen in einer Weise, als wollte sie ihn um Nachsicht bitten. «Dann weiß also niemand, was drin ist? Warum dann die ganze Aufregung?»

«Natürlich weiß jemand, was drin ist», sagte er unsicher und vermied es, auf ihren Mund zu schauen. «Es ist kompliziert ...»

«Dann erzählen Sie's mir!»

Frederik schüttelte energisch den Kopf. «Ich habe Ihnen», zitierte er die Standardfloskel aller Agenten, «schon viel zu viel erzählt!»

«Na hören Sie!» Ann brauste auf, ihre Augen funkelten: «Sie sitzen hier in meiner Wohnung und trinken Kaffee, verlangen unhöflicherweise zurück, was Sie mir geschenkt haben, und wollen mir nicht mal sagen, warum das alles?» Zwei Haarlocken lagen spiralförmig über ihrem Gesicht. Vergeblich versuchte Ann, sie beiseite zu wischen. Dann entschloss sie sich zu einer umfassenderen Bewegung und fuhr mit beiden Händen den Haarschopf entlang in den Nacken, um die Fülle dort loszulassen. Für einen Moment traten die Umrisse des Körpers unter dem Stoff hervor. «Was passiert mit Ihnen, weil Sie mir das Päckchen gegeben haben?», wollte sie vorsichtshalber noch wissen: «Ich meine, werden Sie erschossen oder so?»

Er kannte Geschichten, wie sie unter den Kameraden kursierten: von Offizieren, die mit irgendwelchem Material übergelaufen, früher oder später aber doch noch erwischt worden waren. Frederik versuchte das abzuschütteln. Er antwortete mit einem breiten Grinsen: «Erschossen und dann gevierteilt!»

«Dann muss ich jetzt was essen! – Wollen Sie mit essen, Frederik? Das reicht auch für zwei!»

Ein kleines, unaufwendiges Abendessen: Zum in Sahne und Weißwein gedünsteten Lauch gab es gedämpften Reis. Vorweg, auf die Hand, hatte Ann Brotscheiben in Olivenöl bräunen lassen, das mit etwas Knoblauch versetzt war. Als Frederik den Wein öffnete, bemerkte er, dass Ann ihm dabei zuschaute – so scheinbar beiläufig, wie er das auch getan hatte, als sie am Herd stand, den Knoblauch schälte und auspresste.

Zum ersten Mal fühlte er sich im Westen wohl. Er hatte nicht mehr das aufreibende Gefühl, in jedem Augenblick für das System zu stehen: für Sozialismus, Staatssicherheit, Politbüro und all das; und er spürte nicht mehr den übermächtigen Impuls, sich verteidigen zu müssen – auch wenn er gar nicht angegriffen wurde.

Seitdem er Ann getroffen hatte, machte er eine beunruhigende, ebenso metaphysische wie physikalische Erfahrung: nämlich, dass in einer Reihe von offenbar lautlosen und unsichtbaren, aber deutlich spürbaren Explosionen der Leerraum zwischen ihnen in die Luft gejagt wurde. Er wusste nicht, wie er damit umgehen sollte. Im Grunde musste er zurück nach Berlin, um zu berichten, dass er das Päckchen verloren hatte.

Ann stand schon viel zu lange neben ihm, um seinen leeren Teller fortzunehmen. Ohne weiter nachzudenken, zog er sie, weichen, nachgiebigen Samt unter den Händen, noch ein wenig näher zu sich heran, bis sich ihre Körper berührten. Eine Weile genügte es ihm, seine Stirn anzulehnen, dicht unter ihrem Brustbein. Dann erhob er sich langsam, bis sich ihre Blicke begegneten, ein wenig atemlos schienen sie sich auf den Mund des anderen zu konzentrieren, bis endgültig feststand, dass sie nicht mehr reden würden. Vorsichtig und ungestüm und lange küssten sie sich, wie sie es als Teenager zuletzt getan hatten.

Sie streifte Jacke und Hosenrock beiseite und umarmte ihn, und während sie auch das Höschen und den BH wegzog wie den Vorhang für ein profanes Mysterienspiel, hob er sie hoch in die Luft und schaute sich nach einem geeigneten Fluchtpunkt um. Mit zwei drei Schritten war er beim Sofa. Seine Hände fassten nach ihr, sein schwerer Körper drückte sie nieder, ein Mund, der sie rücksichtslos küsste. Aber Ann fühlte nur die unablässig wie ein Metronom klopfende Stelle zwischen ihren Beinen. Sie zerrte an seinen Sachen, und nach kurzer Zeit spürte sie ihn. Nun kämpfte sie nicht gegen ihn an, wie sie es sonst tat, sondern lag still und nahm mit angezogenen Beinen hin, wie er sich fast zornig in ihr bewegte. Erst als er kraftlos über ihr zitterte, war es wunderbarerweise an ihr, eine weitere Tür aufzustoßen, indem sie ihr Becken, wie machte sie das, weiter aufkappte, sodass ein weiterer Raum entstand, in den er gleichsam hineinfiel. Sie schrie auf, dann war es vorbei.

Als ein hinter ihnen her bummelndes Bewusstsein sie wieder einholte, machte es ihnen klar, dass sie unbequem lagen. Schwer atmend schauten sie sich um, wo ihre Kleidungsstücke waren.

«Ist das der dekadente Westen?», fragte sie zufrieden.

Ihre Stimme behielt noch jenen halbblauten Ton bei, mit dem sie sich verständigt hatten.

«Nein – nur Planerfüllung! Im Sozialismus machen wir das immer so.»

Sie knuffte seinen Bauch, spürte gleich den Widerstand der Muskulatur. Frederik zog sie noch einmal an sich.

Sie schlang die Arme um seinen Schädel und drückte sein Gesicht an ihre Brust.

«Wer sagt», flüsterte sie, «Ost und West passten nicht zusammen?»

Ihre Oberflächlichkeit reizte ihn.

(aus: Reichstage oder Die Frage nach dem Glück)

Christian Ruzicska
So

Vorausgesetzt natürlich, die eine Stimme setzt sich durch. Ist nicht ganz einfach, die Winkel der Filter richtig zu stellen. War's aber auch damals nicht, einfach, meine ich. Ab einem bestimmten Moment gingen wir immer zusammen, sie und ich, Sie kennen das. Das hat uns nicht verlassen, bis heute. Sie ist mir auf eine unangenehme Weise treu, oder ich ihr. Ihr, der Frage in mir. Als sie zum ersten Mal aufkam, ich erinnere mich noch genau. War ihr ausgesetzt, hilflos. Weil unerfahren. Bezüglich der Neugierde, die ich stillen sollte unerfahren und unerfahren in der Kunst, Erfahrung schamlos vorzutäuschen. Und natürlich erinnere ich mich an das erste Mal. Das erste Mal. Als sie auftauchte, eintauchte und verschwand. Das war eine Suche von Mund zu Ohr. Mein Ohr, seid versichert, das rechte, glaube ich. Dort flüstert's noch heute gerne hinein. Und wem der Mund gehört: Muttermund – Vatermund? Wenn ihr wollt, könnt ihr das selbst entscheiden. Ich entscheide das nicht. Vielleicht seine Lippen, aber ihre Worte. Daran erinnere ich mich nicht mehr, konnten genauso gut ihre Lippen, aber seine Worte gewesen sein. Ich hätte das damals ohnedies nicht auseinander halten können. Daher wäre es auch gut möglich, dass nur ihre Lippen und ihre Worte oder seine Lippen und seine Worte im Spiel waren, aber das wäre zu entschieden und es könnte noch eine Ebene fehlen. Denn vielleicht muss man bei diesem Stimmengewirr noch einen Gedanken hinzunehmen. Sodass zu seinen Lippen und seinen Worten auch noch ihre Gedanken traten oder aber sein Gedanke. Und natürlich traue ich ihm das zu, diese Version benutzt zu haben. Diese Perversion. Gierig wie er war. Und an dem Gedanken ist nichts Neues dran. Von

Neugierde keine Spur. Nicht ein Gran. Deutlich gesagt. Menschlichkeit. Seine Lippen und seine Worte und sein Gedanke. Letzteren halten wir schön im Einfachen. Gierig allein genügt, das trifft die Sache gut, mit der Frage, die aufkam und auftauchte und eintauchte und verschwand. Und wieso sollte sie nicht aufkommen, wenn die Geschäfte wie üblich liefen. Übrigens eine schöne einfache Formulierung: ‹die Geschäfte laufen wie üblich›. Denn schließlich macht bei uns jedes Kind sein Geschäft. Und bei uns muss man von vier plus eins gleich fünf ausgehen. Dann kommt man auch an. Der Vater die Tochter. Die Mutter und die vier Söhne. Das kann man auf den Familienfotos sehen. Dort liegt die Hand der Mutter trotz aller Solidarität nicht auf der Schulter unserer einzigen Schwester. Und die Haltung unseres Vaters. Die Linke, seine Linke, Hand selbstverständlich, in der linken, mit Tasche meine ich jetzt Hosentasche, so konnte man ihn oft sehen, wenn er, ja, wenn er nachdachte, nachgrub in den ledernen Erinnerungen, und dabei die Rechte, stolz auf der linken, Schulter meine ich jetzt, und zwar jene meiner Schwester, die immer vor ihm zu stehen kam, ihr Kopf verdeckt gerade seine Gürtelschnalle, so groß ist sie schon. Aber das ist die eine andere Seite der Geschichte und ich wollte eben von der schönen einfachen Formulierung reden, und zwar so: eins zwei drei und los, die drei das bin ich und da kann man dann auch und warum also nicht schon der Einfachheit halber wie Übliches sagen und wer rechnet dabei bei der drei denn auch schon mit der Abweichung, wenn die zwei so hübsch folgt auf die eins und die drei auf die zwei. Und die eins ja schon erste, wirklich ansehnliche Erfolge zeitigte. Schüchterne zwar, aber man bekam schon schön was zu sehen. Und man hörte den Namen Judith sagen. Judith klingt gut, Judith ist hübsch, ihr Lächeln zumal, da fragt man nach mehr. Lasst weiter erklingen die Namen. Ja dann. Dann drängt sich die Frage dann eben weiter – auf. Und der Druck lässt ja nicht

nach. Der Druck. Bedenkt man den Druck. Wenn beim Nachdenken, Nachgrübeln das Gesuchte schon wie auf der Zunge
liegt. Da. Und es isst ja mit das Auge, das ist wohl bekannt.
Und warum also nicht ein wenig fürsorgliche Teilnahme. Der
Druck die Belastung das Los. Hast du dich in deine Lehrerin
verknallt. Zack war sie da. Sie! Die Frage? Blöder hätte sie
nicht kommen können. Und warum ist er nicht selbst hin. Und
– Also er zu ihr, die Hand aus der Tasche, mein Herr, das gehört sich so nicht, und wenn schon dann doch auf keinen Fall
so die Ihre in Ihrer also bitte mein Herr, wie kann ich denn
helfen. Sie sind doch der Vater der Sohn geht's ihm gut, ach er
schläft schon der Kleine, ja das ist fein, und Sie wünschen,
bitte? Bitte? Bitter ist der Gang nach Hause, denn nach Hause
geht man ungern, wenn sie nicht mehr gehen die Geschäfte,
wie man es gewohnt, wenn die Tasche leer, wenn kein Lächeln
mehr den Weg verspricht, verzaubert, ebnet. Das spart man
sich dann besser doch, da ist man dann doch besser klüger und
dann wählt man doch wohl besser gleich die Substitution, mein
Sohn. Und – bei ihr hätte er sich nicht eine Silbe getraut. Nicht
eine zu fragen gewagt: Haben Sie sich, Frau Lehrerin, in meinen Dritten verknallt, und er müsste das meinen betonen, der
schläft schon der Kleine, ganz tief. Das ist gut. Das ist völlig ab-
surd, das. Dass ihn das interessiert hätte. Er wollte es umgekehrt
wissen, also hat er nicht umgekehrt gefragt. Und irgendwie
schien es ihm Spaß bereitet zu haben. Sehen zu können. Hin-
sehen können. Sehen Sie ruhig zu, meine Herren, der Blick tut
nicht weh! Wie ich mich, Dritter im Bunde auch hier, um die
Antwort zu geben druckste. Ich hätte jedes Mal ihm, wenn sie
kam, ja sagen können, aber mir war klar, dass es dazu meiner-
seits irgendwelche äußeren, den Zustand bestätigende Indi-
katoren, Anzeichen, Symptome hätte geben müssen, die ich
wiederum nicht bestätigen konnte, ich konnte ja nicht einmal
wissen, welcher Art sie waren, geschweige denn, geschwiegen

wird jetzt nicht, welche Wirkungen sie zur Folge haben könnten, woher sie kamen, wie sich das anfühlte, das Gefühl, nicht
das Fleisch, das Beben nicht, so wie ich es heute kenne, und
folglich auch nichts davon verstehen konnte, wie sie, die Indi-
katoren die Anzeichen die Symptome artgerecht vorzutäuschen wären, im Notfall, der eintraf. Also habe ich ihm nicht ja
gesagt, wenn sie kam, jedes Mal. Ich habe ihm aber auch nicht
nein gesagt wenn sie kam, jedes Mal, was richtig gewesen wäre
und der Frage formell genügt hätte, um sie abblitzen zu lassen,
Vater im Himmel, schleudere deine Blitze nicht, dass er tot sein
würde später konnte er ja nicht wissen früher, als es passierte,
wer ahnt denn auch so was schon und außerdem lebt man ja
weiter, wenn man mit seiner Frage ein Grab gräbt im Körper,
der lebt und in ihm die Frage, die auftauchte, eintauchte und
verschwand. Die aufkam und auftauchte und eintauchte und
verschwand. Und wieso sollte sie nicht aufkommen, wenn die
Geschäfte wie üblich liefen, der Körper als Grab, da fault man
nicht drin. Die Liebe. Sperr auf deinen Mund, deinen Muttermund, ich möchte da raus, Vater im Himmel, da lebt man nicht
mehr. Jedes Mal auch nicht nein gesagt, wenn sie kam. Was
aber, und ich halte das meiner damaligen kindlichen Liebe zu-
gute, meiner Aufrichtigkeit nicht das Wasser hätte reichen
können. Denn, und jetzt hören Sie sich das an, so wie auch ich
mir das angehört habe damals, aufrichtig, voller Liebe, kind-
lich, naiv, ungeschult, denn, hätte ich ihm mit nein geantwor-
tet, als er mir kam mit der Frage, so wäre ich ihm doch schuldig
geblieben die Antwort. Auch wenn ich nicht verknallt war in
meine Lehrerin, was sein Gedanke war, mit seinen Lippen und
seinem Mund. Und wie ihm klar machen, dass hinter dem
nicht ja und hinter dem nicht nein eine andere, eine nicht ge-
fragte Frage aufkam. Auftauchte. Grinste. Und nicht verschwand. Dablieb. Bis heute. Die Antwort ein Leben. Wer
wagt das so schnell. Sie kennen das. Das hat uns nicht verlassen,

bis heute. Sie ist mir auf eine unangenehme Weise treu, oder ich ihr. Ihr, der Frage in mir. Sie kennen das. Als sie zum ersten Mal aufkam. Auftauchte. Das erste Mal, wer erinnert sich nicht. Gern. Ich. Ich wäre auch hier ihm die Antwort schuldig geblieben. Und warum sollte ich ihm, der mir nichts Nennens-wertes geben konnte, sondern Unbenanntes nahm, auch nur etwas schuldig bleiben. Also antwortete ich ihm, wenn er kam mit der Frage, mit einem, wie ich es mir heute vorstelle, unbe-holfenen Lächeln, Grinsen, das wäre zu viel. Und weil es üb-lich ist, auf eine Frage eine Antwort zu geben. Und weil es üb-lich ist, die Antwort zu kennen. Da es dem Geschäft entspricht. Dass Fragen aufkommen, deren Antwort ja sagen wir dem, der fragt und nicht fremdgehen wird mit dessen Erwartung. Die im Körper des Jungen die Gier des alten Körpers ja aufkommen ließ als Frage. Sie, die als Gespenst der Erwartung in Zugzwang mich setze, entsprechen müssen zu wollen, ihm, dem großen Fragesteller, Vorbild vor dem Bilde. Schach dem Bauern und Matt der Antwort. Sie, die einmal gestellt, eindrang ohne Aus-weg. Und weil es also üblich ist, eine jedwede Geste zu lesen als Antwort, wenn sie auf eine Frage folgt, die aufkommt, und ich erspare ihnen den Rest, so wird man verstehen, dass, wahr-scheinlich weil, gerade unbeholfen das Lächeln, das Grinsen, das wäre zu viel, weil unerfahren ich und gierig er, er als Ant-wort gelesen meine, ich gebe es zu, in unbeholfenes Lächeln, Grinsen, schon gut, gekleidete Bitte: So nicht.

Leander Scholz
Honigpassage

In dieser Nacht, in der Maxim erstmals in das hässliche Gesicht seiner Geliebten geschaut hatte, schloss er mit ihr einen Handel ab. Wera erwachte unendlich froh darüber, dass er nicht in seine Wohnung gefahren, sondern bei ihr geblieben war, die seiner Gewissheit dringend bedurfte.

Was ist passiert, fragte sie, obwohl sie sich gewiss erinnern konnte, was der Auslöser ihrer Enttäuschung gewesen war. Noch nie hatte jemand um ihre Hand angehalten und war sich derart sicher gewesen, in ihr die Richtige gefunden zu haben. Sie befürchtete, nicht die gleiche Entschiedenheit aufbringen zu können, die er von ihr erwartete.

Ich weiß, sagte Maxim, dass du nicht so entschlossen bist wie ich, aber das macht nichts, du kannst dich auf meine Gewissheit verlassen, vielleicht besser als ich selbst. Liebevoll beugte er sich zu ihr hinunter, legte seinen Mund in ihren, ließ die Lippen ohne zu küssen an ihren ruhen und fuhr mit den Fingern über ihre Haut unter den auslaufenden Haarspitzen.

Du hast, sagte Wera, als du mit mir geredet hast, flüsterte sie, nicht meine Hand genommen, als du dich umsahst, hast du nicht gespürt, dass ich dich berührt habe, sagte sie beinahe unhörbar, nicht bemerkt, dass ich dich in diesem Augenblick liebte.

Was er darauf antworten sollte, wusste Maxim nicht. Kurz überlegte er, ob er tatsächlich übersehen haben könnte, dass sie so eifersüchtig war, schossen ihm Bilder durch den Kopf, zu was für katastrophalen Szenen das führen und wie er sich aus dieser Beziehung wieder hinauswinden konnte. Es stimmte, er hatte das Restaurant gedankenverloren überschaut, einen Moment lang den anderen Gästen zugesehen, welche Geschichten sich hinter den essenden Gesichtern verbergen mochten, phantasiert, in welche Frauen er sich verlieben könnte, nicht ernsthaft, nur so, an seinen Lebensroman an andere Lebensromane zu knüpfen. Er wollte feststellen, ob sich schon etwas geändert hatte an der Art, wie er sich selbst nach seinem Entschluss sah.

Die Pause, die seine Gedanken in die ausstehende Antwort schlugen, dauerte zu lange, um dem Gesagten unbefangen zu widersprechen und damit keine Lüge zu begehen. Auch hätte er auf eine mögliche Eifersucht nur falsch und schon gar nicht mit einer Gegenrede reagieren können. Nebeneinander liegend, nur mit Nase und Mund Weras Gesicht spürend, wurde ihm deutlich, dass es nicht Eifersucht war, die sie antrieb, so rigoros zu sein. Als sie noch einmal wortlos ihre Lippen bewegte, fühlte er das Imperfekt in dem Satz: als ich dich liebte.

Nach der soundsovielten Zigarette, dem soundsovielten Überschreiten der Verabschiedungszeit, als sie einmal fast zwei Stunden vor einem Lokal gestanden hatten, in dem sie genauso gut noch hätten sitzen können, hatte sie ihm fast beiläufig gestanden, dass sie keine Angst davor habe, eine feste Beziehung einzugehen, sondern befürchte, gerade dieser Wunsch, diese übermäßige Sehnsucht danach würde sie anstiften, das Erfüllte vorsichtshalber wieder zu zerstören. Bisher habe sie immer Männer gesucht, von denen sich zu trennen ein Leichtes gewesen sei, die zu einem gewissen Anteil geradezu Arschlöcher gewesen seien. Ihr erster Freund hätte sie nach der Trennung regelrecht verfolgt und noch Jahre danach mit Briefen und Telefonanrufen traktiert, bis er schließlich Selbstmord beging. Eine schlimme, schlimme Sache, eine Unverschämtheit, hatte sie gesagt.

Dieses Mal trug Wera keine Unterwäsche mehr, aus der sie einwilligend schlüpfen musste, und sagte kein Wort, während sie miteinander schliefen. Er war es, der sie vorher ausgekleidet hatte, vorsichtig ihr den Pullover über den Kopf geschoben, mit viel Mühe ihre Arme aus dem engen T-Shirt genommen, ihre Jeans aufgeknöpft, von den Beinen her über die Fersen gezogen, den Büstenhalter, ohne ihren Körper umzudrehen, geschickt abgenommen und dann den Slip an beiden Seiten der Hüfte gefasst und über ihre Schenkel, Waden und Knöchel heruntergezogen hatte. Beim Ausziehen, hatte er noch gedacht, stören immer die Füße, und war froh gewesen, dass sie betrunken war und ihm nicht zusehen konnte.

Sie kannten ihre Gewohnheiten noch nicht vollständig, aber er wusste, dass sie es unmöglich fand, von Männern zu verlangen, sich beim Pinkeln zu setzen, dass sie die Löffelchenstellung beim Einschlafen als unmännlich bezeichnete und es bevorzugte, ihren Kopf auf die Brust des Geliebten zu legen. Weißt du, hatte sie ihm einmal ganz offen gesagt, warum du mir von Anfang an gefallen hast? Maxim hatte den Kopf geschüttelt. Als Antwort hatte er gehört, dass er klein war und kleine Männer ehrgeizig seien. Sie will, dachte er, von Zeit zu Zeit ein junges Mädchen sein und ihn anhimmeln dürfen. Das machte ihm den Satz, du bist meine Frau, unendlich leicht. Denn das ganze gefährliche Spektrum von Besitzergreifungen, die darin verborgen sein konnten, verlor auf einmal seine Schwere. Er war es, der sie im getrübten, alkoholischen Zustand zufrieden ausgekleidet und gewaschen hatte, ohne darüber nachdenken zu müssen, wie kompliziert ihr Zusammenleben werden würde. Er brauchte ihr also gar nicht zu antworten, das hatte sie ihm deutlich zu machen versucht, sondern einfach nur zu wissen, dass ihre einzige Angst darin bestand, er könne nicht fähig sein, das Spiel, Mann und Frau zueinander zu sein, mitzuspielen.

Deshalb unternahm er erst gar nicht die Anstrengung nachzufragen, was denn los gewesen sei, sondern küsste sie gleich am ganzen Körper und kümmerte sich um ihre Handinnenflächen, die Zuneigung suchten. Maxim legte ihre Beine so zurecht, dass er ihr Geschlecht mit den Fingern öffnen konnte. Wera schien es gerne zulassen zu wollen, dass er sich ihrer, wie einem geretteten Körper die Dankbarkeit vorwegnehmend, nun auch bediente. Ihre Hände führte er an seinem Körper entlang, deutete auf die Stellen, die sie zu berühren hatte, leckte lange ihre Schamlippen, penetrierte sie mit den gestreckten und zu einem Keil geformten Fingern und ergriff ihre Handgelenke. Ihre Arme spannte er hoch über das Kopfkissen und fuhr mehrfach mit der Zunge über die geöffneten, rasierten Achselhöhlen, von dort entlang über ihre Rippen, die jetzt deutlich herausstanden. So breitete er sie, die ihren Kopf schweigend zur Seite gedreht hatte, unter sich aus.

Wie etwas, von dem er nicht wusste, ob er davon kosten dürfe, erschien ihm Weras weißer Körper im schwachen Schimmer der äußeren Welt. Hingezeichnet mit scharfen Strichen, Konturen ohne lange Verläufe ins Dunkle geätzt, die nicht mehr auf einen anwesenden Körper verwiesen, der sich auch entziehen konnte. Er befürchtete, auf einer Fotografie, grobkörnig und hart belichtet, zu liegen. Wie um sich zu vergewissern, dass immer noch sie es war, seine zukünftige Frau, mit der er schlafen wollte, leckte er noch einmal eine der empfindlichen Höhlen unter den Achseln. Auf seiner Zungenoberfläche konnte er die kaum sichtbar nachgewachsenen Härchen spüren, die sie sich täglich unter dem Duschstrahl abrasierte. Statt ihres Körpergeruchs schmeckte er die bittere Chemie des Achseldeos und musste sich mit den Knospen seiner Geschmacksnerven über den dünnen Film tasten, den das Spray hinterlassen hatte, bis zum Hals, wo der synthetische Frühlingsgeruch in den süßlichen Sommer ihres Parfüms überging, das für seine Zungenpapillen ebenfalls unangenehm herb war.

Maxim schluckte, einmal, zweimal, fuhr mit der Zungenspitze den gleichen Weg zurück, bis er die Grenze des klebri-

gen Films wieder erreicht hatte, und presste die raue Zungen-
breite darauf und leckte den chemischen Belag kräftig weg.
Nach einer Weile schmerzte ihn das Zungenband. Den gleichen Vorstoß unternahm er von der Achselhöhle in Richtung
Rumpf, bis zur ersten Rippe, die unter der dünnen Haut-
schicht abzutasten ihm regelrecht Freude bereitete, als könne er
sich nun in einem ansonsten dunklen Raum orientieren.

Mit flach gehaltener Zunge und weit geöffnetem Mund,
dachte er, Weras Hautpartien sozusagen auf ihren Stoffwechsel
hin überprüfen und katalogisieren zu müssen. An der getroffe-
nen Rippe glitt er hoch bis zur Senke des Brustbeins, wo ihr
Körper gänzlich fest wurde, was ihm immer wieder Vorstellungen aus dem Biologieunterricht ins Gedächtnis rief, die Ver-
wunderung darüber, dass das Körperinnere von einer ganz anderen Konsistenz ist, als es die Haut nahe legt. Er erinnerte die
kindliche Idee, der menschliche Körper sei wie die Knetmänn-
chen, die er als Junge auf- und zerschneiden konnte und auf
deren innerstes Geheimnis er trotzdem nie stieß. Dann fuhr er
mit den Fingern spielerisch seine nassen Zungenspuren nach,
umfasste mit beiden Händen ihren Rumpf, hob ihn kurz an,
strich mit den Handflächen über ihre Seiten wie über ein un-
bekanntes aber gutes Material. Knetmasse, dachte er wieder,
angenehm fest und unmöglich hineinzudringen, auch wenn
man sie zerteilen würde.

Maxim beugte sich über Weras Oberkörper und legte seine
Zunge an einer zufälligen Stelle an, stolz darüber, wenn er auf
seinen eigenen Speichel wie auf Fahrbahnen gestoßen war, die
er als Kind manisch für seine Spielzeugautos in den Sand
getrieben hatte. Bis er eine ihrer Brustwarzen entdeckte. Er
saugte nicht an ihr, sondern traktierte die Papilla von mehreren
Seiten Anlauf nehmend mit der ausgestreckten Zunge, als
würde er die Daten über den Zusammenstoß seines Mund-
muskels mit der aufgerichteten Hautknospe erheben wollen.

Insgeheim lobte er ihre flachen Brüste, die durch Weras gestreckte Haltung fast ganz im Oberkörper verschwanden und deshalb das plötzliche Auftauchen der Brusthöfe unter seiner ausgebreiteten Zunge nicht ankündigten. Als er von seiner Umspielung der Papilla zurück zu der Achselhöhle schnellte, zuckte ihr Körper heftig vor Erregung zusammen, unsicher, ob dies eine wohlige oder möglicherweise schon schmerzliche Reaktion war, dehnte sich aber gleich wieder über die Länge des Bettes, um Maxim den Zugang zu den reizbaren Stellen nicht zu versperren.

Erneut presste er seine Zunge in die gespannte Mulde ihrer Achsel und wunderte sich, dass das aufgetragene Deo trotz seines intensiven Ableckens immer noch zu schmecken war. Wiederholte die kreisenden Bewegungen auf beiden Seiten, tastete ihren weichen Bauch ab, bezog nun auch die Schenkel mit ein und fühlte sich fast ein wenig schwindelig, wenn er von einem ihrer Fußrücken schnell hoch zu ihrem Geschlecht fuhr und seinen Kopf wild darüber kreisen ließ. Dann suchte er nach unentdeckten Stellen und hatte jungenhaften Spaß daran, die Festigkeit ihres Körpers mit seinen Zungenbewegungen zu beschreiben, freute sich über ihre muskulösen Partien, leckte auch diese weg, bis er nur noch seinen eigenen Speichel aufspürte. Kurz war er in Versuchung, sich vor dem muffigen Geruch seines antrocknenden Speichels zu ekeln, der ihn an die modrige Feuchtigkeit von Spermaflecken auf Wäschestücken erinnerte, die nicht zum Trocknen ausgehängt wurden.

Maxim bildete sich ein, er hätte über ihren ganzen Körper onaniert, hätte einen dünnen Film seiner Körperflüssigkeit über ihre ausgebreitete Haut gestrichen, mit seinem obsessiven Mund alle Unterschiede zwischen ihr und ihm weggeleckt und war angewidert von der Vorstellung, nun mit seinem eigenen Spiegelbild schlafen zu müssen. Er war abgestoßen von der Erinnerung, wie er als Junge seinen Penis in den Mund zu nehmen versucht hatte, um den salzigen Geschmack seines Spermas selbst kosten zu können. Für einen Augenblick schauderte Maxim vor seinem Begehren zurück, mit ihr das Gedächtnis an seinen eigenen jungenhaften Körper geleckt zu haben. Als er ihre Hand um seine Hoden fassen spürte, drang er in sie ein. Sein Gesicht ganz nah an ihres gepresst, seinen Atem an ihrem Ohr, war dieses Mal er es, der flüsterte, ja sagte, ich komme jetzt.

Friedhelm Karges
Fast eine Kindheit

Mutter, weißt du denn nicht, was du tust? Schoß der Familie. Ich weiß, du tust nichts, du bügelst nur. Aber ich bin erst vier Jahre alt. Was wirst du tun, wenn ich mit zwölf Jahren in Kaufhäusern stehle? Ach, du wirst mir zeigen, wie es geht. Na wenigstens. Aber der Vater spricht eine andere Sprache, ein ganz anderes Stück, wie mir scheint. Probt ihr denn gar nicht? Und was wirst du tun, wenn ich mit achtzehn kleine Kinder quäle? Jetzt übertreibe ich? Na warte nur ab. Und leg die Schienen, sodass man auch nachkommt. Tu nicht, was man dir sagt, folge nicht! Mach keine Mätzchen.

Aber es lohnt die Mühe nicht, ich muss da allein durch. Hier gibt es keinen Halt. Zunächst muss ich wohl straucheln, um wenigstens den Kokon abzustreifen. Mein Gott, wird es lange dauern? Gott ja.

Ich werde lernen müssen, unter Wasser zu atmen. Halb erstickt werde ich müde ans Ufer tappen. Na hoffentlich ist dann wenigstens Frühling. Bestimmt muss ich als Erstes Feuer machen. Das Holz ist feucht. Wie alles. Man kann nichts erkennen. Einschließlich meiner Person. Pfeile fliegen, surren durch die Luft, manchmal treffen sie die Falschen. Das macht aber nichts, ein bisschen Schwund ist immer. Es muss alles aufgegessen werden! Bei Übelkeit bitte die Fenster schließen, wir möchten unter uns bleiben.

Eines war von Anfang an klar. Der Hunger würde stärker werden mit jedem Biss. Gier nach mehr. Ich werde hinter so vielen Masken zu euch sprechen, bis ihr mir alles glaubt. Und lügen muss ich, damit ihr wisst, wie die Wahrheit ist. Vor Anbruch eines jeden Tages wird das Meer kochen vor Feuer.

Und Menschen werden aufstehen und frühstücken.

Und ich habe etwas entdeckt. Es erfasst mich und verschlingt mich in einem. Mutter, ich sprach dich eben persönlich an. Ich bin vier Jahre alt, aber ich werde rasend schnell älter, und ich weiß, ich weiß, ich weiß ... DAS DA! Was gerade erst beginnt, für mich, wird nicht nur meinen Körper erfassen. Mutter, ich glaube, du bist damit überfordert. Jetzt schon. Nein, ich bin nicht altklug, sondern besessen. Es ist auch diese Perspektive. Ich sehe immer nur Beine in Nylonstrümpfen. Und die Röcke sind so kurz, dass mir fast schwindlig wird.

Hier mache ich einen Schritt. Wie beim Film, die Vorgeschichte ist erzählt, der Hauptcharakter eingeführt. Am unteren Bildrand lesen Sie: Neun Jahre später. Im Kino müssten sie sich zudem an einen neuen Schauspieler gewöhnen, der meine Person darstellt. Aber nicht hier. Ihr Kopf ist das Kino, ich bin der Projektor.

Also, ich bin dreizehn Jahre alt und meine Schwester ist fünfzehn. Sie spielt in dieser kleinen Geschichte keine Rolle. Und dennoch ist sie wichtig für meine pubertäre Entwicklung. Wer schon einmal eine Fünfzehnjährige durchs Schlüsselloch beim Duschen beobachtet hat, wird mir beipflichten. Mein Sexualtrieb ist omnipotent, er beherrscht mich. Ich masturbiere mehrmals täglich, sitze in der Schule in der ersten Reihe. Ich tue es überall, nach Möglichkeit heimlich. Dem aufmerksamen Beobachter wird schon mal mein verklärter Blick aufgefallen sein. Wenn ich mich recht erinnere; es gab Rückmeldungen darüber.

Neben dem Onanieren verspüre ich noch den unwiderstehlichen Drang, meine Kommentare und Bemerkungen ungefragt zum Unterricht beizusteuern. Damit unterhalte ich meine Mitschüler. Der Stoff ist so trocken und die Röcke sind so kurz. Überall Schenkel, weißes zartes Fleisch, in Nylon oder nackt. Ein Reizklima umgibt mich, wohin ich auch sehe. Es war alles zwanghaft, ich war ein Triebtäter. Mein Verbleib in der ersten Reihe war unerlässlich.

Ein heißer Sommer stand bevor. Ein Erlebnis von vielen. Es markierte einen, nein, ich muss sagen den wichtigsten Abschnitt meiner Jugend.

Wir sind mitten in den siebziger Jahren. Popmusik. Teenager tragen Schlaghosen und lange Haare. Unsere Eltern haben den Zweiten Weltkrieg miterlebt und sind als Vorbilder untauglich. Die Wirtschaftswunderbäuche wachsen und die Miniröcke werden immer kürzer. Meine Familie verbrachte die Sommerferien auf dem Lande, unweit von Köln. Unsere Nachbarn hatten sich dort ein Wochenendhaus hingestellt. Mein Vater war wesentlich an der Planung und am Bau des Hauses beteiligt. Ich mochte es gerne, wenn mein Vater auch in den Ferien hart arbeitete. So blieb ihm tagsüber wenig Zeit, mich zu reglementieren, und am Abend war er müde und schlief rasch ein. Gewissermaßen als Gegenleistung für seine Arbeit durften wir in diesem Haus Urlaub machen.

Am liebsten erkundete ich allein die Bauernhöfe der Umgebung. Ich war frühmorgens auf und ging gerne mit dem metallenen Gefäß Milch holen. Und die Eier! Ja, die Eier! Mit den Eiern hatte es eine besondere Bewandtnis. Sofort sprang ich auf, wenn es hieß: «Es sind keine Eier mehr da!» Ich lief los und vergaß das Geld mitzunehmen. Ich rannte zum Bauernhof und kam völlig außer Atem und in begehrlicher Erwartung dort an. Es war kein Bauer da. Ich hatte jedenfalls nie einen gesehen. Es gab ein Fachwerkhaus mit Holzläden und die Fenster hatten alte kaputte Gardinen. Auf den Wäscheleinen hing immer dieselbe weißgraue Wäsche. Direkt neben dem Haus befand sich ein baufälliger Stall mit einem Heuboden. Einige Hühner liefen herum und taten, was sie tun mussten.

Als Erstes klopfte ich an die Haustür, wenn ich ankam. Es

hing auch eine alte Glocke neben der Tür mit einer Kordel daran. Aber die Kordel war zu kurz.

Oft musste ich eine ganze Weile warten, bis sie endlich herauskam. Rebecca! Rebecca war fast einen Kopf größer als ich. Die Erwachsenen sagten, sie sei verrückt oder sonderbar, jedenfalls kein geeigneter Umgang. Unser Nachbar, dem das Ferienhaus gehörte, meinte irgendwann zu meinem Vater «Das ist ein Luder». Auf meine Frage, was denn ein Luder sei, bekam ich zur Antwort «Ein böses Mädchen».

Erwachsen zu werden erschien mir in dieser Zeit alles andere als erstrebenswert. Die Antworten, die man mir gab, waren entweder unbefriedigend oder wie in diesem Fall eine glatte Lüge. Sei's drum. Ich mochte Rebecca sehr. Wir spielten kleine Theaterszenen, die wir uns selbst ausdachten. Nur für uns. Im Stall. Rebecca und ich hatten eine Form der Kommunikation, in der WAS wir sprachen, ich meine die Bedeutung der Wörter, keine große Rolle spielte. Zumindest hielten wir uns damit nicht sehr lange auf. Unsere «Gespräche» waren für uns fast ausschließlich ein Vorwand. Ein Unterfaden für eine subtilere Form der Kommunikation, wenn man so will. Auf diese Weise stellten wir eine Verbindung her, die etwas anderes erfasste, als mit dem Verstand zu begreifen war. Ich konnte es jedenfalls nicht erklären. Allerdings gab es auch niemanden, dem ich es hätte erzählen können.

Um die Eier zu holen mussten wir auf den Heuboden. Sie kletterte vor mir die Leiter hinauf mit ihrem kurzen Röckchen. Mir wurde immer ganz heiß dabei. So dicht vor der Nase hatte ich bis dahin noch keinen Mädchenpo gehabt. Wir suchten gemeinsam Eier. Ich fand das alte Fachwerkhaus, in dem Rebecca wohnte, so ehrlich: Es gab nicht vor, etwas Besseres zu sein wie dieses ordentlich verputzte Wochenendhaus, in dem meine Familie die Ferien verbrachte.

Zu meinem Leidwesen brauchten wir nicht jeden Tag Eier.

Für die Milch mussten wir nicht die Leiter rauf. Einmal ließ ich die Eier fallen, zu Hause, damit ich nochmal hin musste. Und manchmal, wenn sie mit ihrem kurzen Rock vor mir die Leiter hochstieg, ging sie besonders langsam. Meine Hand wollte immer an diesen runden köstlichen Apfelhintern fassen. Immer und immer und immer wieder. Ich hielt mich jedes Mal mit großer Mühe davon ab. Bis auf, ja … bis auf dieses eine Mal. Wir krochen auf den Knien im Heuboden herum und suchten nach Eiern. Meine Hand legte sich wie von selbst auf diesen runden festen glatten Po, der nur zur Hälfte bedeckt war von ihrem baumwollenen Höschen. Es war so unendlich schön, es war alles zugleich und Rebecca hielt inne. Eine, zwei, drei … vielleicht vier Sekunden, bis sie sich drehte und in den Schneidersitz vor mich hinsetzte. Hätte sie mir jetzt eine geklebt, wäre es egal gewesen. Eine weitere Weile passierte gar nichts, außer dass wir uns ansahen. Ich war gebannt. Was hatte ich getan? Bestimmt war ich zu klein für sie, zu jung. Rebecca war drei Jahre älter als ich. Noch älter als meine große Schwester. Die großen Mädchen in der Schule tätschelten mir immer den Kopf.

«Komm am Sonntagnachmittag hierher», war alles, was sie sagte. Sie legte die Eier, die wir gesammelt hatten, vorsichtig in die Schachtel. Wir kletterten gemeinsam hinab. Als ich den Hof verließ und meine Hand hob zum Gruß, kam es mir vor, als sei ich ein wenig gewachsen. Zu Hause erschien mir alles nebensächlich. Ich nahm die Geschehnisse vordergründig gelassen, aber innerlich loderte, ja brannte ich, je näher der Sonntag kam. Alles sollte anders werden.

Ich war so gespannt, als ich schließlich am Sonntagnachmittag rüber zum Bauernhof eilte. Ich wollte riechen, wie sie zwischen den Beinen roch. Und ich wollte ihre weiße Haut zwischen den Schenkeln sehen und darüber fassen. Und in der Gabelung, wo die Beine zusammentrafen, hatte ihr Höschen eine Wölbung.

Da musste ich sehen, wie es darunter aussah. Wenn ich daran dachte, wurde mein Kopf heiß wie im Fieber, und mein Herz schlug sehr schnell, ganz wild. Beinahe wäre ich nachts aufgestanden und zu ihr rüber, schnell, und ihr sagen, dass sie es mir zeigen soll, es wär ganz wichtig. Es gab nichts Wichtigeres.

Gar nichts.

Auf dem Hof war alles wie immer. Wäsche auf der Leine, meine Eierlieferanten scharrten herum. Vom Bauern oder einer Bäuerin keine Spur. Vielleicht war Rebecca eine Waise. Vielleicht hatten ihr Vater und ihre Mutter bei der Heuernte einen nie geklärten Unfall gehabt. Egal. Für mich war sie der wichtigste Mensch auf ERDEN. Die Stalltür war geschlossen, was sonst nicht vorkam. Ich öffnete und ging hinein.

Rebecca saß im Halbdunkel des Stalls einfach nur da und wartete. Vielleicht wartete sie überhaupt nicht. Sie saß nur da. Sie hob den Kopf und sah mich an. Sie lächelte. Sie hatte etwas, was sie mir zeigen wollte, das konnte ich fühlen.

Wenn ich mich recht erinnere, sagten wir beide nichts. Ich hörte mein Herz laut schlagen. Sie saß genau in der Mitte der Scheune. Als hätte sie den Platz für uns beide ausgewählt. Ein paar schmale Streifen Sonnenlicht fielen durch die Ritzen der Bretter.

Becci, so tu etwas, bitte, ich weiß doch nicht, was ich tun soll, flehte ich in meinem Innern. So als würde sie in ein Bett schlüpfen, kroch Becci bis zu den Schultern unters Heu. Da lag sie. Sie schaute mich unverwandt an und drehte und wand ihren Körper, so als würde sie sich ausziehen. Jetzt streckte sie den Arm nach mir aus und deutete an, dass ich zu ihr kommen solle. Ich schlüpfte zu ihr. Sie nahm meine Hand und führte sie unendlich langsam über ihren Körper. Becci war nackt. Eine Offenbarung. Über den Bauchnabel hinauf zu ihrem Busen. Hier nahm sie meine Finger und ließ sie einzeln über die harten kleinen Knospen gleiten. Nach einer Weile führte sie

meine Hand weiter. Diesmal nach unten, zu ihrer leicht be-
haarten Wölbung. Becci öffnete etwas die Schenkel und legte
meine Hand auf ihren Schlitz. Oh, das war feucht. Sie spreizte
die Schenkel noch etwas weiter und steckte meinen Finger bei
sich hinein. Es war glitschig und warm da drin. Es war so erre-
gend und so unbekannt und doch auch so, als wäre ich angekommen, wo ich schon immer hingehörte. Das Licht, das ich
durch die Ritzen in der Wand sehen konnte, leuchtete ganz anders. Es erschien mir klarer. Das hatte man mir bis jetzt also
vorenthalten. Glück, ja das musste Glück sein. Ich legte meinen
Kopf an ihre Schulter und fühlte ihre Hand, wie sie mir durchs
Haar strich und über die Wangen. Nie hatte mich jemand so
angefasst.

Während ich meinen Finger in ihrer glitschigen kleinen
Spalte leicht bewegte, grub sich Beccis Hand in meine Hose
und legte meinen Schwengel frei. Ihre Hand an meinem
Schwanz. Ich fühlte, dass er noch härter wurde. Das war eindeutig besser, als es selbst zu tun. Ich führte meinen Finger tiefer
in ihre warme Frucht hinein. Ich sah meiner großen Freundin
ins Gesicht. Sie glühte, ihre Lippen waren rot wie Kirschen, sie
küsste mir die Stirn, die Augen, die Wangen und den Mund. Sie
war jetzt noch schöner und sie war mein. Als würde ich sie len-
ken wie der Reiter sein Pferd. Mit einer kleinen Bewegung
meiner linken Hand reagierte sie, und als sich unsere Münder
trafen, drang ihre Zunge zwischen meine Lippen. Wir atmeten
gemeinsam. Bis in die Zehenspitzen. Sie packte mich unter den
Achseln und zog mich über sich. Vorsichtig steckte sie meinen
Piephahn in ihr feuchtes Etwas. Oh, Rebecca, das machen wir
aber jetzt öfter! Rebecca hatte Mund und Augen weit aufgerissen und presste mich ganz fest an sich. Etwas von dieser Art
ein oder zweimal am Tag, und ich würde mich auf der Welt
schon zurechtfinden.

Wir lagen eine Zeit lang einfach nur so da. Eng umschlungen. Und ich war glücklich wie noch nie. Gleichzeitig begriff ich die Welt nicht mehr. Ich meine natürlich meine kleine Welt. Was machten denn die Eltern, die Lehrerin, die Lehrer und überhaupt alle Erwachsenen. Wie konnten sie alle weitermachen mit dem täglichen Einerlei, wenn sie dergleichen erlebt hatten? Wie konnten sie nur ihre Zeit verschwenden, Formeln an die Tafel malen oder Verben konjugieren, wo es doch so was gab. So etwas Unglaubliches, alle Sinne Beherrschendes. Wie konnten sie bloß Autos waschen und Linsensuppe kochen und Speckwürfel schneiden?

Ich kam zu dem Schluss, dass sie es entweder nicht kannten oder sich nicht erlaubten, weil es aus einem unerfindlichen Grunde verboten war. Was Rebecca und ich getan hatten, musste in der Erwachsenenwelt verboten sein. Eindeutig war jedenfalls, dass keiner der Erwachsenen, die ich kannte, dies je getan hatte. Das waren allesamt Geschlechtsneutrale. Wahrscheinlich auf künstlichem Weg gezeugt.

Als ich am Abend nach Hause kam, sah ich sofort, das es verboten war, was ich mit ihr getan hatte. Keine Ahnung, wer was und woher wusste. Vielleicht hatte uns jemand beobachtet. Und mit einem Schlag war der Zauber weg.

«Da gehst du nicht mehr hin!» Mein Vater sprach das Machtwort. Ich sah ihm ins Gesicht. Zum ersten Mal hatte ich das bestimmte Gefühl, dass ich ihm etwas voraus hatte. Die Strenge in seinem Gesicht hatte einen Riss bekommen. Er war wütend, aber er war auch unsicher. Ich wartete mit erhobenem Haupt, das verwirrte ihn. Ich sah ihn an und wartete auf seine Reaktion. Es herrschte Stille in der Küche und eine knisternde Spannung. Und während er ausholte, um mir eine zu scheppern, sah ich unverwandt in seine Augen. Er konnte mich nicht treffen, nicht wirklich. Ich hatte etwas erlebt, dessen er NICHT fähig war. DAFÜR tat er mir Leid. Ich drehte meinen Kopf leicht, um nach meiner Mutter zu sehen. Schoß der

Familie, welche Rolle spielst du hier? Diese warme weiche Frucht konnte ich unmöglich mit ihr in Verbindung bringen.

Ich hörte die Ohrfeige schallen. Sie wissen es nicht besser. Die armen Eltern.

Für gewöhnlich nimmt man in diesem Alter die Welt der Erwachsenen eins zu eins wahr. Man nimmt sie sich als Vorbild. Sie, die Erwachsenen, sagten, Rebecca sei ein böser Mensch. So nahm ich an, ich müsse, da ich das, was wir getan hatten, als über alle Maße wohltuend empfand, ebenso böse sein. Sie pflanzte aber auch einen Keim in mich. Eine Spur von einem inneren Gefühl, das mir Sicherheit gab. Erst mal jedenfalls. Natürlich ist es töricht, an eine Sicherheit zu glauben. Aber als Dreizehnjähriger nahm ich es gerne, um in die nächste Sphäre zu gelangen.

Die Ohrfeige meines Erziehers an diesem Abend markierte das Ende meiner physischen Bestrafungen. Pech gehabt Alter, aber dir wird schon was Neues einfallen. Verbunden mit der Ohrfeige war das Verbot, Rebecca wieder zu sehen. Da aber schon diese Ohrfeige ihre gewünschte Wirkung verfehlt hatte, sah ich keinen Grund, das Verbot zu befolgen. Irgendwann beim Spielen mit den anderen Kindern verdrückte ich mich klammheimlich. Mein Vater hatte eine Platzwunde am Kopf, die von einem Arbeitsunfall herrührte. Der Nachbar musste meinen blutenden Vater in die Klinik fahren, wo die Wunde genäht wurde. Gerne will ich an dieser Stelle erwähnen, dass ich an diesem «Unfall» nicht ganz unbeteiligt war.

Ich machte mich auf zum Bauernhof, um meiner großen Freundin alles zu erzählen. Die Vorfreude war diesmal noch größer. Ich malte mir aus, wie ich Rebecca ausziehen würde. Ich war erregt und betrachtete die ganze Zeit die Finger meiner linken Hand. Immer wieder hielt ich sie an die Nase und roch daran. Mit keinem Tropfen Wasser hatte ich sie seit gestern benetzt. Mit jedem Meter, den ich vom Wochenendhaus weg und ihrem Bauernhof näher kam, wurde mein Schritt leichter. Es gibt nur dieses eine, grenzenlose Urvertrauen, dem man sich völlig hingeben will.

Ich komme am Bauernhof an und klopfe an die Tür. Etwas ist anders. Ich lange nach der Schnur und läute die Glocke. Aber ich fühle, dass Rebecca nicht hier ist. Ich bin bestürzt. Das darf nicht sein. Es ist aber so. Eine alte Dame öffnet die Tür. Sie ist in Schwarz gekleidet, hat ein fahles Gesicht und ganz schmale Lippen. Sie kann nicht mit Rebecca verwandt sein. Rebecca wohnt nicht mehr hier. Sie ist jetzt in einem Heim untergebracht. Ich glaube es nicht. Muss es aber doch glauben. Ich sage nichts zu der alten Frau. Ich drehe mich um und gehe. Mit jedem Schritt entfernte ich mich von mir selbst. Nie zuvor war ich einem Menschen so nah gewesen. Diese Welt der Erwachsenen, in die ich jetzt zurück musste – in dieser Welt würde meine Seele keinen Platz finden. Am liebsten hätte ich mich auf der Stelle in Luft aufgelöst, um zu sehen, was übrig bleibt. Stattdessen kehrte ich in ein Vakuum zurück. In eine schlechte Imitation des Lebens.

Ich gehe und nehme Rebecca mit mir. Ihren Apfelhintern, ihre Hände und ihre Lippen. Ich halte meine Finger an meine Nase und sauge ihren Geruch tief ein.

Martina Bölk
Die Liebesschule

Sie griff zum Hörer.

«*Ja? – Oh, hallo.*»

Sie telefonierten nicht oft miteinander. Er meldete sich alle drei, vier Wochen. Es war ja auch teuer. Obwohl – er verdiente sicher ganz gut da drüben. Sie strich sich die Haare aus der Stirn. Zum Friseur müsste sie auch mal wieder.

«*Wie geht's?*»

«*Ach gut, danke. Das Übliche. Das Wetter ist scheußlich hier. Anna ist ein bisschen erkältet.*»

Schlimmer waren nur noch Gesprächspausen. So wie jetzt. Diesmal hatte sie die besseren Nerven. Er fing wieder an.

«*Woran denkst du?*»

War das nicht eigentlich eine Frauenfrage? An Männer, die darauf mit «An nichts» antworteten? Sie musste lächeln.

«*Man müsste eine Liebesschule einrichten.*»

Sie wurde rot. Manchmal geschah ihr das, dann fielen ihr plötzlich Wörter und ganze Sätze zu, mogelten sich über ihre Zunge und waren schon in der Welt, bevor sie begriff, was geschehen war. Schweigen am anderen Ende der Leitung. Er räusperte sich.

«*Liebesschule? Wie meinst du das?*»

Gut, wie er wollte. Sie war schließlich keine siebzehn mehr.

«*Ich dachte nur gerade … Anna kommt ja auch irgendwann in die Schule … Und da dachte ich, dass es doch komisch ist, was man alles so lernt … es gibt ja die verrücktesten Kurse … also meine Kollegin Beate zum Beispiel … du kennst sie glaube ich auch noch … also die macht jetzt einen Kurs in Gummigrafie.*»

Kleine Pause. Er nahm ihr Angebot nicht an, ließ sie einfach weiterreden.

«Aber die wirklich wichtigen Sachen, also Kindererziehung zum Beispiel oder eben auch Sex und so, das muss man sich alles ganz alleine beibringen. Und weiter als bis zum angelernten Arbeiter schafft man's in der Regel dann auch nicht.»

Sie biss sich auf die Lippen. Hoffentlich fühlte er sich jetzt nicht auf den Schlips getreten. Sie hatten eine kleine Affäre gehabt, bevor er in die USA gegangen war. Nett, aber nicht besonders aufregend. In keiner Hinsicht. Es wunderte sie eigentlich, dass er immer noch anrief. Wahrscheinlich fühlte er sich ein bisschen einsam.

«Und wie sollte so eine Liebesschule aussehen?»

Da erschien Anna in der Tür, laut heulend, den Teddybär an sich gedrückt.

«Du, ich muss aufhören. Anna ist aufgewacht. Wir können ja nächstes Mal weiter darüber sprechen. Tschüss.»

Sie atmete auf, nahm ihre Kleine in die Arme und verjagte schnell noch ein paar Monster, damit sie wieder schlafen konnte.

Er rief am nächsten Abend wieder an.

«Ich bin neugierig auf deine Liebesschule.»

Sie hatte nicht wirklich darüber nachgedacht. Schließlich hatte sie genug andere Dinge zu tun.

«So eine Liebesschule müsste natürlich ein angenehmer Ort sein, eine alte Villa vielleicht, in einer schönen Landschaft, mit einem verwilderten Garten, alten Rosen und einem kleinen mit Wein umrankten Pavillon.»

Sie sah aus dem Fenster, wo gerade in der frühen Dunkelheit ein grauer Novemberregen niederging.

«Innen sind hohe Räume mit Stuck und Holzböden, große Flügeltüren, jedes Zimmer ist in einer anderen Farbe gestrichen, und überall gibt es Sofas und große Betten, Polster und Kissen aus Seide, weiche Teppiche . . .»

Lachte er?

«Die Badezimmer sind mit orientalischen Fliesen ausgelegt und haben runde Badewannen in der Mitte, und am Rand stehen Flakons mit verschiedenen Düften . . .»

Sie geriet ins Schwärmen. Mit Dekorationen kannte sie sich aus, ohne dass sie bisher viele Möglichkeiten gehabt hatte, was daraus zu machen. Es reichte gerade für zwei Zimmer mit Duschbad. Er lachte wirklich.

«Das hört sich nach typisch weiblichen Sehnsüchten an.»

«Da sind auch nur Frauen», meinte sie eingeschnappt.

«Und die Männer?»

«Die haben ihre eigene Liebesschule. Wie es da aussieht, weiß ich nicht. Wahrscheinlich nüchtern und praktisch mit viel Metall. Und jedes Zimmer inklusive Bad mit Internetanschluss», setzte sie boshaft hinzu.

Wieder lachte er.

«Ich dachte eigentlich, so eine Liebesschule wäre dazu da, dass Männer und Frauen lernen, besser miteinander, äh . . .» Na endlich, jetzt wurde er auch mal verlegen, *«umzugehen. Aber wenn sie sich gar nicht treffen . . .»*

«Doch», meinte sie großzügig, *«sie treffen sich schon, aber erst nach drei Monaten. Ein Vierteljahr lang beschäftigen sich die Frauen mit sich selbst, mit ihrem Körper, mit ihren Träumen. Sie werden verwöhnt. Es gibt wunderbares Essen. Und sie haben nichts anderes zu tun, als herauszufinden, welche Gerüche sie lieben, wie sich verschiedene Stoffe auf ihrer Haut anfühlen, was ihnen ein Gefühl von Luxus und Sinnlichkeit gibt.»* Wie war sie eigentlich plötzlich zur Expertin für den Ausbildungsablauf in Liebesschulen geworden?

«Die Meisterin . . .»

«Die Meisterin?»

«Na, die Frau, die die ganze Schule leitet. Sie ist wunderbar, weißt du. Um die sechzig und unglaublich interessant. Sie kennt alle Tricks,

hat jede Stellung schon mal ausprobiert und weiß, wie man nur durch Atmen zum Orgasmus kommt. Sie hat in ihrem Leben schon mit Hunderten von Männern (und natürlich auch Frauen) geschlafen. Normalerweise ist sie ganz diskret. Aber manchmal lässt sie sich doch hinreißen und erzählt von ihren Erfahrungen. Wir sitzen dann am Kaminfeuer in flauschigen Bademänteln um sie herum, in der Mitte ein Tablett mit Früchten und Süßigkeiten, und lauschen ihr gebannt. Habt ihr auch so einen Meister?»

«Äh, ja, ich glaube schon. So ähnlich.» Er grinste. *«Und wenn er sich vom Internet losreißen kann, erzählt er uns auch manchmal was.»*

Sie lachte auf.

Bevor sie auflegten, versprach er ihr, Montag wieder anzurufen.

Das Wochenende verging schnell. Ihre Tochter übernachtete bei einer Freundin, und sie nutzte die Gelegenheit, sich die Haare schneiden zu lassen und mal wieder über einen Flohmarkt zu bummeln. Stimmengewirr, Durcheinander, der muffige Geruch alter Kleider. Sie liebte es zu beobachten, wie abgelegte, unscheinbare Dinge plötzlich Glanz bekamen und wieder zum Leben erweckt wurden, weil jemand sie sah und haben wollte. Am letzten Stand entdeckte sie das Moskitonetz.

Zu Hause steckte sie es in die Waschmaschine und befestigte es dann über ihrem Bett. Es bauschte sich im Luftzug. Im Keller fand sie noch die alten Lichterketten von der Einzugsfete und drapierte sie an der Decke. Am Sonntagmorgen frühstückte sie im Bett mit frischen Croissants und Milchkaffee. Der Regen konnte nicht durch den Schleier um ihr Bett dringen. Später räumte sie das Bad auf, fand in einem alten Karton eine angebrochene Packung Henna. Wahrscheinlich noch von ihrer alten Mitbewohnerin. Sie selbst konnte sich gar nicht mehr erinnern, wann sie das letzte Mal … Der Geruch, der aufstieg, als sie das Henna mit heißem Tee anrührte und auf ihren Haaren verteilte, brachte ihr die Zeit zurück, als sie noch nicht zwanzig war, Indienkleider trug und mit ihrem ersten Freund nach Paris trampte.

Montagabend wartete sie schon auf seinen Anruf. Sie hatte leise Musik aufgelegt, eine Kerze angezündet. O Gott, wie billig, dachte sie und löschte die Kerze, zündete sie später wieder an. Als das Telefon schließlich klingelte, schrak sie zusammen. Diesmal hatte sie sich vorbereitet, sich ausgemalt, wie die Frauen in der Liebesschule, nach Massage und ausgiebigem Frühstück, in der Hausbibliothek ein obszönes Buch ausleihen oder im so genannten Roten Salon zwischen Spiegeln und dicken Teppichen alles ausprobieren würden, was es an erotischer Wäsche gab.

Als sie seine Stimme hörte, fremd trotz allem, konnte sie sich nicht mehr vorstellen, ihm davon zu erzählen.

«*Wie geht es dir?*»

«*Gut, und dir?*»

«*Auch gut.*»

Er räusperte sich.

«*Ich bin heute ein bisschen durch Antiquariate gestöbert und habe ein Buch entdeckt, das dich interessieren könnte. Das Kamasutra. Sagt dir das was?*»

Sie erinnerte sich vage. Ihre Eltern hatten ein Taschenbuch gehabt, das sie als Jugendliche heimlich durchgeblättert hatte. Bilder von Tempeln, Statuen, Frauen, die auf einem Bein standen, das andere um die Hüften eines Mannes geschlungen.

«*Das ist eine indische Liebeslehre, uralt schon, 1500 Jahre oder so. Mit lauter praktischen Anweisungen, wie man sich in der Liebe oder beim Sex verhalten soll. Stellungen und alles Mögliche. Es hat mich irgendwie an deine Liebesschule erinnert. Zum Beispiel, wie man sich*

einrichten sollte.» Er zitierte: *«Dein Schlafzimmer sollte nach Wohl-
gerüchen duften und mit einem weichen Bett unter einem seidenen
Baldachin ausgestattet sein, dessen saubere weiße Laken und üppige
Polster übersät sind mit frisch gepflückten Blumen.»*

Machte er sich über sie lustig?

*«Es reicht auch bei weitem nicht aus, irgendwelche Stellungen zu
können. Hier sind noch 64 andere Künste aufgeführt, die man beherr-
schen sollte, wenn man guter Liebhaber oder eine gute Liebhaberin sein
will. Hör mal, nur eine kleine Auswahl: Gesang, Tanz, das Spielen
von Musikinstrumenten, Gedichte improvisieren, Massage der Kopfhaut und des Körpers ... Lernt ihr das eigentlich auch auf eurer Liebesschule?»*

Das hätte er natürlich gern. Ein paar Mal hatte er sie damals
gebeten, ihm Schultern und Nacken zu massieren, weil er
Kopfschmerzen hatte.

«Kann sein.»

Er hatte sie nie massiert. Sie hatte auch nicht oft gefragt. Er
hatte immer so müde ausgesehen, wenn er zu ihr gekommen
war. Sie hatte sich seine restliche Energie lieber für später auf-
heben wollen.

Er las inzwischen weiter vor: *«Gartenbau und Pflanzenmedi-
zin, Blütenblätter arrangieren, Vögel und Blumen in Seiden- und
Wollstoffe weben. Ich möchte mal wissen, wann die eigentlich gearbeitet haben.»*

Immerhin war er froh, dass die *«Konstruktion von Beriese-
lungsapparaten und anderen Apparaten»* in sein Ressort fiel. Sie
nahm dafür *«Kinderpsychologie, die Beherrschung von Dialekten
und Fremdsprachen und Kenntnis von Wörterbüchern und lexika-
lischen Werken»* für sich in Anspruch.

Sie legte auf mit einem vagen Gefühl von Unruhe und Enttäuschung, das sie in die Küche gehen und den Abwasch erledigen ließ. Sie erinnerte sich an seine ständige Müdigkeit, als
sie zusammen waren, an die Fachbücher, die er noch bis zu ihr

mitschleppte, an seine Weigerung, abends nochmal wegzuge-
hen, nicht mal an ihrem Geburtstag. Dabei hatte es eigentlich
ganz viel versprechend angefangen. ‹Blumen in Seidenstoffe
weben.› Er hatte ihr noch nicht mal welche mitgebracht. Miss-
mutig wrang sie den Lappen aus und hängte ihn über die
Spüle. Und jetzt rannte er über Flohmärkte und kaufte Bücher
über Liebeskunst. Wem wollte er damit eigentlich was bewei-
sen?

Zwei Tage später kam eine E-Mail von ihm. Eine Fotografie.
Sie erkannte die Tempelfiguren wieder. Die Frau hatte ihre
Arme um den Hals des Mannes geschlungen, ihr rechtes Bein
um seine Hüfte und bog sich ihm mit ihrem ganzen Körper
entgegen. Der Mann stützte mit einer Hand ihren Rücken, mit
der anderen hatte er ihren Oberschenkel ergriffen. Auch er
hatte ein Bein um ihre Hüfte gelegt. Beide sahen versunken
aus, ihrem Spiel und ihrer Kunst hingegeben. Sie sah sich das
Bild lange an, fasziniert von der Selbstsicherheit, die sie aus-
strahlten.

Als er wieder anrief, erzählte sie ihm von der Bibliothek in der
Liebesschule und vom Roten Salon.
    «*Magst du eigentlich Dessous?*»
    Sie hatte nie welche bei ihm getragen. Es wäre ihr komisch
vorgekommen für einen müden Mann vor dem Fernseher.
    «*Ich glaube, das gefällt allen Männern.*»
    «*Und welche Art von Unterwäsche findest du schön?*»
    Ob er wohl jemals schon einer Frau zarte Unterwäsche ge-
kauft hatte? Waren seine Finger über Spitzen geglitten, hatten
Stoff befühlt, und hatte er versucht, ihn sich auf der Haut einer
ganz bestimmten Frau vorzustellen? Oder ließen Männer wie
er solche Einkäufe von einer Sekretärin erledigen?
    «*Ich weiß nicht so genau.*» Er klang verlegen. «*Strapse finde ich*

sehr erotisch, dazu schwarze Strümpfe, eine Unterhose muss nicht sein.»

«Keine Unterhose?»

«Na ja.» Verlegenes Lachen. *«Ohne find ich's schöner.»*

«Würdest du so etwas anziehen?», fragte er.

«Ach, ich hab mit Strapsen keine Probleme.»

Für wen hielt er sie. Sie hatte sogar welche. Aber das konnte er nicht wissen.

Einige Tage später kam ein Eilpaket aus den USA. Darin ein Hauch aus schwarzer Seide und Spitze und mehrere Paar Seidenstrümpfe. Sie wartete, bis ihre Tochter im Bett war, und zog die Korsage an. Die Seide schmiegte sich eng an ihren Körper und betonte ihre Taille, der Busen wurde etwas herausgedrückt, sah dadurch noch voller aus, als könnte die Spitze ihn gerade noch halten. Alles passte ganz genau. Seine Hände konnten sich offensichtlich gut erinnern. Sie setzte sich probeweise in verschiedenen Posen in einen Sessel, zog die sündhaft teuren hohen Pumps dazu an, die sie sich neulich gekauft hatte. Sie gab zu viel Geld aus in letzter Zeit. Aber meine Güte, wann hatte sie sich schließlich zum letzten Mal Schuhe gekauft. Als sie den Karton wegräumen wollte, entdeckte sie am Boden einen kleinen Notizzettel: «Ich würde mich freuen, wenn du das bei unserem nächsten Telefonat tragen würdest.»

Das hätte er wohl gern.

Jeden Abend, wenn Anna im Bett war, streifte sie Korsage und Seidenstrümpfe über. Sie konnte sich nie so richtig daran gewöhnen, selbst wenn sie sie stundenlang trug, war ihr immer noch die Linie bewusst, an der die Strümpfe endeten und ihre Oberschenkel nackt wie sonst nie sichtbar wurden.

Er rief eine Woche nicht an. Sie war wütend. Saß er jeden Abend vor dem Telefon und stellte sich vor, dass sie Strapse trug und auf seinen Anruf wartete? Sie wollte ihr normales Leben weiterführen. Doch egal, ob sie bügelte, abwusch oder las, sie kam sich immer vor wie eine Schauspielerin, die vorübergehend in einem Stück die Rolle des Aschenputtels spielt und eigentlich ein ganz anderes Leben führt. Sie gewöhnte sich an, Mineralwasser aus Sektkelchen zu trinken, zündete beim Abendessen Kerzen an und kaufte riesige Blumensträuße, die sie teilweise auf dem Tisch verstreute, was ihrer Tochter sehr gefiel.

Sie würde ihm kein Wort davon erzählen.

Als er wieder anrief, platzte sie gleich nach den Begrüßungsfloskeln heraus.

«Ach, ich dachte, ich mach mir heute mal einen gemütlichen Abend, so richtig in ollen Jogginghosen und einem alten labbrigen Sweatshirt.»

Er lachte amüsiert. Sie hatte das sichere Gefühl, dass er ihr kein Wort glaubte und merkte, wie ihre Wangen heiß wurden.

«Ich würde dich gern sehen – in deinen ollen Jogginghosen», sagte er nach einer Weile rau.

Sie räusperte sich. *«Was macht die Liebesschule»*, fragte sie leichthin.

«Oh, wir sollten letzte Woche Bilder sammeln, die uns anmachen. – Hast du die Fotografie bekommen, die ich dir per E-Mail geschickt habe?»

«Ja.»

«Die Frau hat mich so an dich erinnert. Dieser Schwung von der Taille zur Hüfte, für mich ist das der Inbegriff von Weiblichkeit. Ich musste oft daran denken. Manchmal ganz komisch.» Er lachte. *«Wenn ich eine geschwungene Stuhllehne sah, einmal sogar bei einer Salatschüssel. Als ich in dem Buch das Bild fand, war plötzlich alles wieder da, deine Haut, dein Geruch. Ich bin fast erschrocken. Ich habe mir eine Kopie gemacht. Die trage ich immer mit mir herum, und*

wenn ich auf langweiligen Kongressen sitze, hole ich sie raus und gucke sie an.»

Sie schwieg. Erinnerte sich plötzlich an seine Hände. Kräftig, aber mit langen Fingern. Dunkler als ihr Körper.

«Ich würde mich freuen, wenn du die ollen Jogginghosen auch bei unserem nächsten Telefonat anziehen würdest.»

«Du wusstest, dass ich die Wäsche jeden Abend tragen würde, oder?»

«Ich habe es gehofft. Ich war nicht sicher. Erst als du von den Jogginghosen geredet hast.»

Das nächste Mal fragte er sie, was sie sonst noch anhatte.

«Ein rotes Samtkleid.»

«Wie sieht es aus?»

«Eng anliegend, lang, mit einem tiefen Ausschnitt und einem hohen Seitenschlitz.»

«Sitzt du auf dem roten Sessel vorm Fenster?»

«Ja.»

Er bat sie, das Kleid hochzuziehen und ihr Bein auf beiden Seiten über die Sessellehnen zu legen.

«Wie fühlst du dich?»

«Sehr nackt.»

Sie erzählte ihm von da an immer, was sie trug. Manchmal wünschte er sich, dass sie es für ihn auszog, dass sie sich mit gespreizten Beinen vor den Sessel kniete oder auf den Teppich legte. Sie erzählte ihm, wie sie mit Strapsen ins Büro gegangen war und das Gefühl hatte, alle Männer würden es wissen und sie mit Blicken ausziehen. Einmal verbrachte sie eine halbe Stunde damit, den Telefonhörer über ihren Körper zu bewegen und ihm zu erzählen, wohin sie ihn als Nächstes legen würde. Sie hörte nur seinen Atem.

Martina Bölk

Eines Abends fand sie einen dicken Briefumschlag mit Bildern, indischen Miniaturen, auf denen Paare in den verschiedensten Liebesstellungen abgebildet waren.

«Unser Meister meinte, es wäre langsam an der Zeit, unser Repertoire auch in dieser Hinsicht zu erweitern.»

«Findest du die nicht teilweise sehr akrobatisch?», meinte sie zögernd.

Er lachte. *«Manche schon. Mir gefallen am besten die im Stehen. Weißt du noch?»*

Sie hatten sich auf einer Party kennen gelernt, sich wie zufällig gleichzeitig auf den Heimweg gemacht. Er hatte sie in einem Hauseingang genommen. Im Stehen. Sie war über sich selbst überrascht gewesen, wie sie dastand, mit einem Fremden, an die Wand gepresst, stöhnend vor Lust, ohne sich zu schämen und auf mögliche Passanten zu achten. Es war eine einmalige Episode geblieben.

«Ich wünsche mir was zu Weihnachten.» Er klang verlegen.

«Was denn?»

«Eine Unterhose von dir, aber du musst sie mindestens drei Tage getragen haben. Ich will dich endlich wieder riechen.»

Über Weihnachten und Silvester hatten sie keinen Kontakt. Er machte eine kleine Rundreise, und sie besuchte wie jedes Jahr ihre Mutter. Sie hatte ihn selbst gebeten, nicht dort anzurufen. Aber jetzt vermisste sie ihn mit einer Intensität, die sie erschreckte. Nachts wälzte sie sich im Bett hin und her, erwachte mit klopfendem Herzen aus Träumen, an die sie sich nicht erinnern konnte. In einer dieser Nächte kam ihr die Idee mit dem Fünf-Minuten-Spiel.

«Unsere Meisterin hat uns ein Spiel empfohlen. ‹Les cinq› nennt sie es. Schon was für Fortgeschrittene, meinte sie. Das geht so: Jeder darf sich vom anderen abwechselnd etwas wünschen. Das kann alles Mög-

liche sein, ein Striptease, eine Fußmassage, geleckt werden, gefesselt
werden, küssen ... Nach fünf Minuten ist der andere dran.»

«Und dabei läuft eine Uhr?»

«Ja. Wenn sie klingelt, hört man auf mit dem, was man gerade
macht.»

«Und wann ist das Spiel zu Ende?»

«Wenn beide es nicht mehr schaffen, nach fünf Minuten aufzuhö-
ren.»

«Was würdest du dir als Erstes wünschen?«

Sie wollte geküsst werden. Nur auf den Mund. Ohne sich zu
umarmen oder sich mit den Händen zu berühren. In der Nacht
hatte sie sich ausgemalt, wie es wäre, wenn ihre Lippen sich zunächst nur ganz vorsichtig berühren würden, wie zwei Fühler,
erschrocken fast beim ersten Kontakt, wie dann die Zungen
langsam anfangen würden, einander zu erkunden, in die
Mundwinkel und dann in das Innere eindringen würden, gie-
riger würden, der ganze Körper irgendwann nur noch Mund
wäre mit dem Bedürfnis sich zu öffnen, sich hinzugeben, zu-
zupacken, zu beißen, wie die Körper sich aneinander drängen
würden. Sie hatte sogar die Uhr gestellt, um herauszufinden,
wie lange fünf Minuten waren. Danach würden die Lippen
pochen, brennen, wären rot und zerbissen und so groß wie
noch nie.

«Erzählst du mir morgen, was du dir wünschst?»

«Ich wünsche mir, dass du dich mit der Wäsche, die ich dir geschenkt
habe, auf mich legst und mich mit deinem ganzen Körper streichelst.
Ich würde deinen Arsch anfassen und dabei dein Gesicht angucken.
Weißt du eigentlich, wie toll du aussiehst, wenn du erregt bist. Allein
dein Gesicht zu sehen ...» Er brach ab.

Es kam vor, dass sie morgens nicht zur Arbeit ging. Sie zog seine
Wäsche an und legte sich wieder ins Bett, wenn Anna zur Schule

gegangen war. Stundenlang malte sie sich aus, wie er sie vögeln würde, erinnerte sich an die Szene im Hauseingang, grub ihr Gesicht in das verschwitzte Hemd, das er ihr zum Austausch geschickt hatte, presste ihre Möse gegen ein Kissen zwischen ihren Beinen, berauschte sich an ihrem eigenen Stöhnen.

Wenn Anna aus der Schule kam, fand sie eine frisch geduschte, singende Mutter vor.

«*Ich kann nicht mehr*», jammerte sie abends am Telefon. «*Ich werde langsam blöd. Ich denke nur noch an Sex.*»

Er lachte. «*Mir geht es nicht besser.*»

«*Weißt du noch, wann du mir das erste Mal von der Liebesschule erzählt hast?*», fragte er eines Abends.

Sie überlegte. «*Im November irgendwann, es war nasskalt und dunkel draußen. Daran erinnere ich mich.*»

«*Vor genau drei Monaten.*»

Sie schwiegen. Lange.

«*Wo bist du?*», fragte sie endlich. Atemlos schon.

Er lachte und legte auf.

Es klingelte an der Haustür.

Lutz Walther
California Dreaming

Vor einigen Jahren studierte ich an der University of California in Davis, einer kleinen Stadt zehn Meilen westlich von Sacramento. Der Juli jenes Jahres war unglaublich heiß. Tagelang stieg das Thermometer auf über 118 Grad Fahrenheit, etwa 45 Grad Celsius. Der Asphalt auf den Parkplätzen der *Malls* schmolz langsam dahin. Mein Freund David hatte mich und andere zum Abendessen eingeladen – David war ein leidenschaftlicher Koch kreolischer Gerichte. Wieder einmal stand *Gumbo* auf seinem Speiseplan, jenes brennend scharfe Gericht der Cajuns aus den Südstaaten, das aus Stangensellerie, Paprika, frischen Chilischoten, Knoblauch, Tomaten, Okra, mehreren Pfeffersorten und dem typischen dunkelbraunen Roux zubereitet wird. Das Ganze auf Reis. Wir trafen uns also wie verabredet gegen halb sieben in seinem Apartment und tranken erst einmal ein paar Biere. Die stickige Hitze in seiner Wohnung war unerträglich, die Luft stand, die *air-condition* war defekt. Jemand hatte die Fenster geöffnet, vollkommen sinnlos. Zudem trieb uns der Alkohol noch mehr Schweiß über den Körper. Wir – fünf Frauen und vier Kerle – trugen nur das Notwendigste: Shorts und T-Shirt. Alles klebte am Körper. Nach etwa zwei Stunden Zubereitung und *socializing* begann David seinen *Gumbo* zu servieren. Es war das schärfste Gericht, das ich je gegessen habe. Wir alle standen oder saßen irgendwo herum, kauerten in irgendwelchen Ecken, auf Stühlen, Sesseln, auf dem Sofa oder auf dem Fußboden und genossen dieses phantastische Mahl. Wir schwitzten aus allen Poren: *Pure sweat* lief mir den Nacken herunter, von meiner Stirn tropfte der Schweiß unaufhörlich auf den Teller und mein Gaumen brannte wie Feuer.

Neun erhitzte dampfende Leiber, zusammengepfercht in einem kaum zwanzig Quadratmeter großen Raum. Was für ein Gelage! Mehr Bier war gefragt. Wir fühlten uns wie nach dem dritten Aufguss in einer finnischen Feuchtsauna und wussten, dass uns dieser Tag schon allein wegen des Essens im Gedächtnis bleiben würde.

Der Abend zerfloss wie zähe Lava; nach Sonnenuntergang kühlte sich draußen die Luft allmählich auf angenehme 30 Grad ab. Gegen elf Uhr kam einer aus der Gruppe auf die Idee, schwimmen zu gehen. In Zentralkalifornien geht man nicht zum Strand, um zu baden, sondern sucht sich einen der vielen, von Studenten bewohnten Apartmentkomplexe, die in der Regel mit *swimming pool* und *hot tub* ausgerüstet sind. Der Vorschlag wurde sofort angenommen, wir stiegen in zwei Autos und fuhren los. Es war sternenklar: Die Milchstraße hing wie der durchsichtige Schleier der Venus am nachtschwarzen Himmel. Die Palmen schliefen bereits. Wir hatten Glück: Keine Polizeistreife hielt uns an, kein Besoffener rammte uns, und der Zugang zum Apartmentkomplex in der G-Street war unverschlossen. Was würde passieren, dachte ich kurz, wenn alle in Shorts und T-Shirt ins Wasser stiegen, womöglich mit Schuhen, wie ich es einige Wochen zuvor am Bear Hole, der natürlichen Staustufe des Chico Creek, gesehen hatte? Ich konnte mir noch nicht recht vorstellen, dass sich alle komplett ausziehen würden. Ich dachte in diesem Moment an meinen Mitbewohner Patrick, der mir einige Tage zuvor versichert hatte, er habe tatsächlich seine Freundin nach drei Monaten zum ersten Mal ganz nackt gesehen. Amerika ist ein prüdes Land, hatte er gesagt. Nun ja, ganz so sicher war ich da nicht mehr. Also: Es zogen sich alle aus. *Headlights* nennt man die schneeweißen Brüste wohl gebräunter Amerikanerinnen, leuchtende Doppelmonde auf dunkelbraunem Grund. Ich war von Sinnen. Doch ganz im Gegensatz zu meinen Erwartungen sprangen wir nicht ins Schwimmbecken, um uns abzukühlen, sondern in den heiß sprudelnden Whirlpool.

Zunächst tobten wir wie toll im Wasser herum. Der Pool war kreisrund und mit etwa drei Metern im Durchmesser groß genug für neun Leute. Meggie und Tracy unterhielten sich miteinander, fassten sich an den Händen und tauchten gemeinsam unter. Caitriona hüpfte wie ein Jojo auf und nieder und sang dabei irgendein irisches Volkslied. Richard machte wild schnaufend Tauchübungen. Ich stellte mich in die Mitte des Pools und wusste nicht recht, was ich tun sollte. Nach einer Weile sah ich, dass Floris direkt vor David stand, Haut an Haut, *dick to butt*, und langsam ihren Hintern im Kreis bewegte. Ich konnte Davids Gesicht nicht sehen, bemerkte nur, dass er seine Hände um Floris' Taille gelegt hatte und sie langsam nach vorne über ihren Bauch und auch höher gleiten ließ. Die Kreisbewegung ihrer Hüften wurden runder und geschmeidiger. Was die beiden da taten, war unschwer zu erraten. Ich stand kaum mehr als einen Meter entfernt, direkt vor ihnen. Floris hatte die Augen geschlossen und genoss ihre Bewegungen. Ich beschloss, diese ebenfalls zu genießen. Augenblicklich schwoll mein Glied in die Waagerechte. Das Geschehen um mich herum versank im heißen Wasserdampf; ich sah nur noch diesen mächtigen Oberkörper vor mir. Floris legte ihren Kopf in den Nacken und drückte ihre Oberweite noch weiter nach vorne. Mein Gott! Ich stand breitbeinig inmitten der brodelnden, schäumenden Brühe und griff mit beiden Händen an meinen eigenen Hintern – was blieb mir anderes übrig. Floris bewegte sich nun auf und nieder, sodass sich bei jedem Emporsteigen der zarte Ansatz ihrer Schamhaare zeigte. Mir schlotterten die Knie. Ich musste in die Hocke gehen, sodass ich mich nun mit den Augen knapp über der Wasseroberfläche befand und genau auf Floris' schwarzes Dreieck schaute.

Obgleich ich kaum wegsehen konnte (und auch nicht

wollte), nahm ich mir schließlich doch vor, kurz nachzuschauen, was die anderen so taten. Ich bewegte mich, immer noch kniend, einen Schritt zurück, drehte mich um und kam unversehens am gegenüberliegenden Beckenrand an. Ich drehte also meinen Kopf und stieß mit der Nase frontal in Berrits offene Möse. (Dass es ihre Haare waren, die mich da umfloren, konnte ich natürlich erst einige Augenblicke später erkennen.) Sie hatte sich an den vorderen Beckenrand gesetzt, um ebenfalls dem Treiben der beiden zuzuschauen, und nicht bemerkt, dass ich mich genau auf sie zubewegte. Sie erschrak, als ich mit ihr zusammenstieß, schloss instinktiv die Beine und presste mein Gesicht noch tiefer in sich hinein. Mein Glied pochte vehement gegen die Beckenwand, als gäbe es dort unten noch eine Öffnung. Mit meinem Kopf zwischen ihren Schenkeln, glitt Berrit vom Beckenrand ins Wasser. Ich war gezwungen einzutauchen. Meine Nase kreiste, meine Zunge arbeitete, meine Hände vergruben sich in ihren Po. Sekunden vergingen – oder waren es Minuten? –, bis mir beinahe die Augen aus den Höhlen traten. Endlich zeigte Berrit Erbarmen und gab mich frei. Mein Kopf schob sich zwischen ihren Brüsten hindurch nach oben. Kaum hatte ich die sprudelnde Oberfläche erreicht, verpasste sie mir einen flüchtigen Kuss und glitt ihrerseits nach unten, um sich meiner anzunehmen. Ihr Mund verschlang meine Männlichkeit, ihre Hände massierten Oberschenkel, Rücken, Hintern und so weiter, und ich sah nur noch die Sterne …

Dann geschah es. Fast unmerklich öffneten sich die Türen der im zweiten Stock liegenden Apartments, und neugierige Blicke zeigten sich: Männer. Wie Raubtiere schlichen sie von allen Seiten näher und starrten über die Brüstung auf uns herab. Die Pools lagen in der Mitte der Anlage, allen gierigen Blicken schutzlos ausgeliefert. Zunächst ließen wir uns nicht beirren, versuchten die ungebetenen Gäste zu ignorieren und badeten weiter. Einige von uns bemerkten sie wohl erst, als sie die

Treppe hinabstiegen. Mehr als ein Dutzend lüsterner Augenpaare platzierte sich hinter dem halb hohen Zaun, der die Pools umgab. Das leise Zischeln ihrer Zungen wuchs zu triebgeschwängertem Gemurmel. Meine Lust welkte jämmerlich dahin (und mit ihr die göttliche Berrit). Die Stimmen schwollen allmählich zu lüsternem Gebrabbel, geilem Grölen, jodelndem Jauchzen. Die Szene von oben: ein Pool mit fröhlich hüpfenden Nymphen und Bacchanten und darum eine Horde geiler Affen auf einem Zaun. Wenige Minuten waren vergangen, da tauchten plötzlich zwei Cops auf. Der eine blieb etwas zurück, der andere trat an den Beckenrand und sagte nur ein Wort: *«OUT!»*

Das Wasser der *hot tub* gefror *instantly*. Wir stiegen heraus, schüttelten uns und versuchten uns mit den Händen, so gut es ging, abzutrocknen. An Handtücher hatte natürlich niemand gedacht. Neben mir stand Berrit. Wir tauschten erhitzt ein paar Nichtigkeiten und hatten Mühe, in dem achtlos hingeworfenen Kleiderhaufen die richtigen Hosen und Hemden zu finden. Das Grölen der Masse war verstummt; nur ihre gaffenden Blicke verlangten nach mehr. Ich war gerade dabei, den Schnürsenkel meines linken Schuhs zu binden, da sah ich, wie Floris und Tracy wieder ins Wasser stiegen. Auch David war schon drin. So zogen Berrit und ich, während wir uns schulterzuckend anschauten, unsere Kleidung wieder aus. Was war geschehen? Wie ich später erfuhr, hatte sich Floris in all ihrer prachtvollen Weiblichkeit direkt vor dem Cop aufgebaut und ihm bedeutet, dass wir unser mitternächtliches Bad bereits hatten beenden wollen, jedoch von jenen Männern und ihren ‹eindeutigen Kommentaren› belästigt und eingeschüchtert wurden. Der Cop glaubte ihr, *indeed*, und ging sogleich zu den Kerlen, um sie aufzufordern, in ihre Wohnungen zurückzukehren. Man beschloss den Rückzug.

Wir standen also wieder im warmen Wasser und wussten nicht so recht, was wir von dieser Entwicklung der Dinge halten sollten. Ungläubig blickten wir uns einige Momente lang an, als die geile Bande – wir hätten es ahnen müssen – wieder auftauchte. Zu früh, dachte ich etwas hämisch, denn die Cops, die sich erst 50 Yards entfernt und das Geschehen beobachtet hatten, kamen ebenfalls zurück. Sie forderten uns höflich auf, unser Bad nun doch zu beenden. Wir zogen uns also zum zweiten Mal an. Beim Hinausgehen bat Floris ihrerseits die beiden Cops, uns vor möglichen Verfolgern zu beschützen. Die Beamten standen daraufhin Wache, während wir den Apartmentkomplex verließen. Wir stiegen wieder in unsere Wagen und fuhren – ein wenig feucht, aber nicht allzu ernüchtert – nach Hause.

Heike Prassel
Fluchtversuch

«Fahr zu!», sagte er.

Meine kleine neue Lacktasche flog in den Kindersitz, und statt ihrer landete er neben mir. Sein Arm umschlang einen prall gefüllten Beutel. Mit der anderen Hand richtete er die Pistole auf mich.

«Los, fahr zu und keine Zicken. Tu, was ich sage, dann passiert dir nichts.»

Ich brauchte drei Startversuche, klammerte mich ans Lenkrad und wagte ihn nur aus den Augenwinkeln anzusehen. Er trug ein grobes Sakko. Darunter erkannte ich das Blau einer Arbeitshose. Der Beutel musste ein Werbegeschenk sein. Schwarz mit gelben Rallyestreifen. Wäre ein Hinweis für die Polizei, dachte ich und fädelte in den Verkehr ein. «Wohin denn?»

«Auf jeden Fall schneller! Was bist du für eine Schnecke?»

«Entschuldigen Sie», stammelte ich. «Feierabendverkehr.»

Achselzuckend versuchte ich ein Lächeln, aber es reichte nur zu einer Grimasse. Dabei gluckste es in meinem Hals. Ich hätte gleichzeitig jammern und losprusten können. Zwischen meinen Beinen wurde es heiß, als würde ich mich gleich nass machen. Seine Hand tätschelte den Beutel. Da steckte nichts Lebendes drin, aber er griente, als wäre es der Po einer Schönen.

«Wir könnten den Stau vielleicht umfahren, wenn Sie sagen wohin.»

Er sah mich an, als hätte ich urplötzlich die Augenfarbe gewechselt und lächelte. Obwohl er bestimmt Ende dreißig war, sah er aus wie ein Junge mit den halbkreisförmigen Falten um die Mundwinkel. Seine Zähne standen schief. Er grinste sie hervor.

«Rauf zum Wald, Baby.» Beinahe fiel die Waffe aus seiner Hand. Er legte sie zur Seite und zog eine Zigarette raus, zündete sie an.

«Zum Parkplatz.»

«Da sind mehrere.»

«Der ‹park and ride› am See.» Brustschwellend zog er ein. Ich wartete auf die Rauchwolke. Vor Monaten hatte ich aufgehört, aber jetzt hätte ich mir gleich zwei auf einmal anstecken können. Er schien den Rauch gefressen zu haben. Klopfte wieder auf den Beutel.

«Hier drin ist meine Zukunft.» Mit jedem Wort entwich Qualm. Dann endlich atmete er aus und ich ein.

«Wenn ich hier abbiege, geht's schneller.»

«Das reicht für Hawaii oder Florida», träumte er.

«Erst mal zum Parkplatz?»

«Vielleicht eine Villa in Miami Beach.»

«Was jetzt?» Letzte Möglichkeit. Ich bog ab über eine durchgezogene Linie. Da stand ein Polizeiwagen in der Seitenstraße. Ich war schon vorbei, aber sie hatten mich gesehen und fuhren los.

«Mensch Scheiße! Jetzt fahr aber zu!»

«Nutzt nichts. Da kommt ein Bahnübergang.» Ich verlangsamte, doch er merkte es.

«Gib Stoff, verdammt nochmal!»

Mit Wucht aufs Gas. Rot. Schweiß überall. Die Schranken kamen auf mich zu. Ich jagte darunter weg.

«Die sind wir los. Trotzdem, fahr da vorne besser rechts rein.»

«Das ist ein Umweg. Wenn Sie …»

«Wer bestimmt hier, Baby?» Er stieß den Beutel in den Fußraum und wandte sich mir zu, den Arm über die Lehne gelegt. Ich strich meine Haare aus der Stirn und bog ab.

«Du fährst aber gut.»

«War mal Taxifahrerin.»

«Hast einiges erlebt, was? Und was machst du heute so?»

«Hausfrau.»

«Komm schon, das glaub ich nicht.»

«Wieso?»

«Du siehst nicht aus wie eine, die gerade vom Aldi kommt.» Er betrachtete mein Knie. Und während ich für eine Frau mit Kinderwagen bremste, glitt sein Blick stückchenweise hoch. Meine Nippel stellten sich auf. Unter dem weißen Seidenstoff war das fatal. Auf einmal kreisten seine Finger auf meiner Schulter. Völlig frei lag die Straße jetzt. Ich raste vorbei an geparkten Autos, an Vorgärten und Häusern. Seine Hände waren stark, packten zu.

«Was hältst du von einer Villa in Miami?»

Unter dem Sakko erahnte ich eine imposante Brust. Sein Lächeln explodierte.

«Warmes Wetter, nackte Körper. Das würde dir sicher gefallen.»

Ich ging in eine lang gezogenen Kurve. Die Stadt lag hinter uns.

«Ich könnte dich mitnehmen.»

Er rückte ran.

«Hätten Sie eine Zigarette?», unterbrach ich ihn.

«Lass den Quatsch», raunzte er, ließ seine Hand aber weiter spielen.

«Ich nehm dich mit. Da drin ist mindestens eine halbe Millionen. Das reicht für uns beide.»

Wenn ich an einem der Feldwege abbiege, schoss es mir durch den Kopf, würde er über mich herfallen: Er zerrt mich auf den Rücksitz zwischen die Hundehaare. Mein Rock rutscht hoch. Mit seinen gierenden Händen zerreißt er meinen Slip. Fühlt, dass ich rasiert bin. Das macht ihn fertig. Meine Bluse reißt er mit einem Ruck runter. Der Stoff fesselt meine

Hände auf dem Rücken. Seine Zunge findet den Weg zu meinen Brüsten. Spielt damit. Sekunden später würde ich seine Geilheit in mir spüren.

«Es war ganz einfach. Die haben die Kohle direkt rausgerückt.»

Alles Blut sammelte sich in meinem Schoß. Ich drückte mich in den Sitz und ließ meinen Muskel spielen. Hinter den Feldern begann der Wald. Ich fuhr direkt darauf zu.

«Die hatten richtig Angst vor mir. Hast du Angst vor mir?»

«Nein.»

«Nicht?»

«Ich bin geil auf dich.»

Ich bog in den Parkplatz ein. Sein Arm rutschte von der Lehne und ich verkniff mir ein Grinsen. Der Wagen holperte über die Schlaglöcher. Ich genoss den Druck zwischen den Beinen, fuhr neben den einzigen Wagen, der verborgen am hinteren Ende stand, drehte den Zündschlüssel.

Seine Hand legte sich auf meinen Schenkel, genau dort, wo der Saum des Rockes begann. Ich ließ ihn machen.

«Das kostet Sie aber was.»

Er vertiefte seine Halbkreise und ließ die Hand weitergleiten.

«Einen Tausender.»

«So viel?» Er rutschte zu mir rüber und wollte seinen Mund auf meinen pressen. Ich drehte den Kopf weg.

«Das ist mein Festpreis.»

«Hm?»

«Festpreis – ich verlange nicht mehr von Ihnen als von den anderen auch?»

«Welche anderen?»

«Ich sagte doch, ich bin Hausfrau. Mache nur Hausbesuche. Tausend Mark pro Termin.»

Er wich zurück. Betrachtete meine Bluse, den Rock und warf sogar eine Blick auf meine kleine neue Lacktasche.

«Kommen Sie, einen Tausender wird es Ihnen doch wert sein.»

«Mach keinen Scheiß.» Mit ernster Miene sah er älter aus.

«Stimmt aber», grinste ich. «Mein Mann ist Klempner. Da bleibt nicht viel hängen.»

Ich schob meinen Rock über den Po, kniete mich auf den Sitz und schob eine Fußspitze zwischen seine Beine.

«Hör auf!»

«Nun stellen Sie sich mal nicht an. Bei all dem Schotter in dem Beutel.» Ich wollte mich auf ihn schieben, doch er wehrte ab.

«Was soll das denn jetzt?», fragte ich. Das schöne Gefühl zwischen den Beinen war tot.

«Das will ich von *dir* wissen.»

«Was?»

«Machst du das – mit dem Tausender?»

«Quatsch.»

«Und woher hast du das Geld für dieses Lackding?»

«Das Spielchen hier war doch deine Idee.»

«Deswegen musst du nicht gleich übertreiben. Keiner hat von dir verlangt, die Hure zu mimen und gleich neue Taschen zu kaufen.» Er schlug die Tür auf, kramte die Schlüssel für seinen eigenen Wagen raus und packte den Beutel.

Die Rallyestreifen – jetzt fiel es mir wieder ein: Den Beutel hatte er von der letzten Handwerksmesse mitgebracht. Ich zog den Rock zurecht.

«Gib's zu, das hat dich doch angemacht.»

Er stand schon draußen, beugte sich runter zu mir. Die Falten um seine Mundwinkel hingen so tief, als hätte ich gerade seine Sportsendung unterbrochen.

«Dann würde ich zu so einer gehen», schnauzte er, im Begriff die Tür zuzuschlagen.

«Vielleicht wär's besser!»

«Jedenfalls ...», er riss sie nochmal auf. «Jedenfalls will ich wissen, wie du an die Tasche kommst. Und jetzt fahr zu. Um sechs bringt deine Mutter den Kleinen, und der Hund muss auch raus.»

Caroline Weller
Der Duft des Holzes

Eigentlich hätte Gesa misstrauisch werden sollen, als ihr Dad kurz vor den Semesterferien plötzlich von Arbeit schier überrannt wird und unbedingt ihre Hilfe im Betrieb braucht. Aber als liebende Tochter kennt sie selbstverständlich ihre Pflichten, packt einige Sachen und zieht wieder für ein paar Wochen zu Hause ein.

Bis sie sich vor drei Jahren entschloss, ihr berufliches Heil in Marktforschung und Unternehmensanalysen zu suchen, hoffte ihr alter Herr noch immer, dass sie sich für ein Studium der Holztechnik entscheiden und seine Nachfolge im elterlichen Betrieb antreten würde.

Als Gesa mit ihrem ganzen Stolz, einem nahezu schrottreifen Golf-Cabrio auf den Firmenparkplatz ihrer Eltern fährt, fühlt sie sich sofort wieder in die Vergangenheit versetzt. Dieser Geruch der Hölzer, die in der Halle hinter der Schreinerei ihres Vaters lagern, hat für sie immer etwas ganz Besonderes. Auch wenn es ihren Dad schier zur Verzweiflung gebracht hatte, wenn sie als kleines Mädchen zwischen den Maschinen herumlief – alles um sie herum schien ein einziger Abenteuerspielplatz zu sein. Natürlich hatte sie die üblichen Unfälle: Sie fiel vom Holzstapel oder verarbeitete ein schon perfekt zugeschnittenes Stück Edelholz zu Kleinholz – zum Ärger des Gesellen, der Stunden damit verbracht hatte, es anzufertigen.

Mit fliegenden Fahnen kommen zwei Deerhounds um die Ecke gestürmt und rennen sie beinahe um. «Schön, dass du da bist Kleine, mir ist da eben mein Rechner abgestürzt, als ich ins Internet wollte ...» Sofort belegt Gesas Vater sie mit Beschlag – kurz und schmerzlos, wie immer.

Am nächsten Tag hat sich bereits alles eingespielt, sie stolpert ständig über einen der zwei Hunde und pendelt zwischen Schreinerei und Büro. Ausnahmsweise hat ihr alter Herr auch nicht übertrieben: Es gibt tierisch viel zu tun, und die Hektik ist alles außer langweilig.

Abends läuft sie wie früher mit den beiden grauen Riesen durch die Halle, genießt den Duft und schließt die Tore ab. Manchmal nimmt sie sich auch ein Buch mit und verzieht sich für ein paar ruhige Stunden auf einen der Holzstapel ...

Als sie um kurz vor acht wie üblich die Halle abschließen will, stürmen plötzlich die beiden Deers an ihr vorbei und veranstalten einen Riesenradau. Sobald sie wieder unter Kontrolle sind, öffnet sich das Tor vorsichtig einen Spaltbreit, und ein hellbrauner Lockenkopf erscheint. Einigermaßen überrascht blicken sie zwei haselnussbraune Augen an und registrieren belustigt ihre verzweifelten Bemühungen, die grauen Riesen zurückzuhalten. Die einzige Methode, die beiden ruhig zu stellen, ist, sie mit dem Objekt ihrer Begierde anbändeln zu lassen – schlagartig verschwindet das Grinsen, und der Lockenkopf bemüht sich um Haltung unter dem Ansturm der Hunde ...

Eine halbe Stunde später sind die Fronten geklärt – David heißt er und ist seit vier Monaten der neue Betriebsmeister. Er sieht gut aus. Nicht im herkömmlichen Sinn – er hat einige Ecken und Kanten. Zum Beispiel eine einfach nur riesig zu nennende, knochige Nase. Eine Narbe über dem linken Augenlid. Aber wirklich schöne Augen und ein schrankbreites Kreuz. Seine Haare sind witzig – schulterlang, hellbraun und ein bisschen lockig.

Sie unterhalten sich kurz über die Hektik im Betrieb, dann verabschiedet sie sich höflich, um mit den beiden Quälgeistern einen Spaziergang zu machen.

Als Gesa ein paar Tage später nach Feierabend mit Buch und ausnahmsweise einer Flasche Rotwein auf einem Holzstapel sitzt, fühlt sie sich plötzlich beobachtet. Da steht er ganz ruhig auf dem Gang unten und schaut zu ihr hoch. «Ich glaube, ich habe noch nie eine seltsamere Lesecouch gesehen, als deine da.» Langsam geht er zur Leiter und klettert hoch. «Welche Literatur muss man denn im Holzlager lesen?» Sie hält ihm ihr Buch unter die Nase – «Paradies» von Toni Morrison. «Worum geht's?» Hat er nichts Besseres zu tun, als sich hier nach Feierabend über die afroamerikanische Literatur des ausgehenden 20. Jahrhunderts zu unterhalten? Zwei Minuten später sitzen beide nebeneinander, während sie ihm einen groben Abriss der Handlung gibt.

Nach anderthalb Stunden und der Flasche Wein meint er plötzlich: «Du hast Recht – so unbequem ist es hier eigentlich gar nicht!» – «Sage ich ja – aber Sitzfleisch hab ich jetzt trotzdem keins mehr. Außerdem muss ich noch eine Sightseeingtour machen ...» – «Eine was?» – «Die Hunde rauslassen!»

Am nächsten Abend ist sie wieder an ihrem Stammplatz. Und wieder steht er unten und beobachtet sie schweigend. Diesmal hat er eine Flasche Wein unterm Arm. «‹Literaturkritik zweiter Teil unter Alkoholeinfluss› oder was soll das werden?» – «Vielleicht ...», lacht er zurück. Das Lächeln ist ansteckend und macht sie kribbelig. Sein Arm streift ihren, als er nach oben geklettert ist und sich neben ihr niederlässt. Sofort bekommt sie eine Gänsehaut und zuckt zusammen. Sein Grinsen wird breit, als er es bemerkt.

Schweigend sitzen sie nebeneinander – trinken Wein und vermeiden es, sich direkt anzuschauen. Plötzlich streicht seine Hand vorsichtig über ihren Unterarm nach oben. «Was tust du eigentlich hier? Ich weiß, du hast fundiertes Wissen in Sachen Fertigung und Verwaltung, aber das ist doch nicht wirklich das, was du willst, oder?» Langsam dämmert es ihr: Er hat die Verbindung zwischen ihr und ihrem Vater nicht gezogen. Bevor sie dazu kommt zu antworten, stürmt ihr Vater den Gang herunter und stutzt erstaunt, als er die Zweisamkeit auf dem Holz entdeckt. «Gibt's da oben etwas umsonst? Komm Gesa, hilf mir mal lieber, ich glaube, unser Netzwerk gibt den Geist auf. Ich such dich schon überall!» – «Hey Chef, so spät sollte hier aber keiner mehr Überstunden machen! Und schon gar nicht am Freitag!», plustert sich David neben ihr auf. Und erntet nur einen belustigten Blick ihres Vaters. «Meine Tochter hat noch immer selbst gesagt, was sie dachte – oder? Also kommst du jetzt runter, oder muss ich diesen unfähigen Servicetechniker herbeizitieren?»

Der Seniorchef ist zwar ein Genie, wenn es ums Holz geht, aber im Bereich der Netzwerktechnik liegt ganz klar nicht seine Kernkompetenz. Gesa verfügt auch nicht über ein Informatik-Studium, aber sie würde sich wenigstens Gedanken über die eventuellen Auswirkungen machen, bevor sie das Netzwerkkabel aus dem Server rupft – ganz im Gegensatz zu ihrem Vater.

Eine Stunde später ist sie wieder auf dem Weg zum Holzstapel – natürlich hat sie ihr Buch oben vergessen. Auf halber Höhe der Leiter stehend, bemerkt sie ihn. Lang ausgestreckt auf einer Decke liegt er da, das Buch in der Hand, und lächelt sie an. «Da habe ich ja wohl auf einer ziemlich dicken Leitung gestanden, oder?», grinst er. «Komm her, du hattest Recht mit deinem Kommentar zum Rassismus unter den einzelnen Gruppen ... außerdem lässt es sich hier mit einer Decke noch besser aushalten!»

Eine Zeit lang sitzen sie schweigend nebeneinander. ‹Er riecht gut! Eine Mischung aus Holz und Casran von Chopard. Guter Geschmack›, denkt sie gerade, da spürt sie plötzlich wieder seine Hand an ihrer: Er zeichnet unsichtbare Linien auf Gesas Handrücken, gleitet über das Gelenk weiter in Richtung Ellenbogen. Prompt läuft eine Gänsehaut ihren Rücken herunter. Ihr Blick hängt wie gebannt an seinen Fingern, die jetzt ihren Oberarm hinaufgleiten, kurz auf ihrer Schulter liegen und dann in den Nacken wandern. Er hebt ihr Kinn an. Diese hellbraunen Augen. Seltsame Farbe. So leuchtend. David beugt sein Gesicht näher zu ihr und fragt leise: «Darf ich dich küssen oder hetzt du dann die beiden Riesen auf mich?» – «Kommt ganz darauf an», stammelt sie verkrampft – ganz vertieft in den Anblick seiner Lippen. Er stutzt – «Auf was?» – ‹Seine Augen sind zum Versinken wie geschaffen›, schießt es ihr durch den Kopf, dann berühren sich ihre Lippen. Es ist ein wundervoller, vorsichtiger Kuss. Ihre Hände machen sich selbständig und gleiten an seinen Armen nach oben. Gesas ganzer Körper kribbelt: «Wow ... ich hätte nie gedacht, dass der Chef so interessanten Nachwuchs produzieren könnte!» Der Kuss wird endlos, intensiv und herrlich. Dieses Gefühl, das jeden Gedanken auslöscht und im Hirn nur noch eine Mischung aus romantischer Watte und heißer Erregung zurücklässt ... Man verliert den Boden unter den Füßen, schaut aus fünfzehn Metern Höhe nach unten und denkt einfach nur ‹Höher! Weiter! Mehr!›

Mit ihr an seinen Brustkorb gepresst, lässt er seine riesigen Hände ihren Rücken hinunterwandern. Langsam sinkt er nach hinten und zieht sie mit sich. «Solche Überstunden könnte ich mir täglich gefallen lassen ...», murmelt ihr Superman und knabbert an ihrer Unterlippe. Vorsichtig zupft Gesa seinen Zopf auseinander und lässt die Hände durch sein Haar gleiten. Weich. Knisternd. Und sein Körper fühlt sich phantastisch unter ihr an ... Sein ersticktes Stöhnen jagt Gesa einen Schauer durch ihre Nerven, und sie reibt ihr Becken an seinem Schoß. Dann rollt er sich herum, legt sich auf sie, nimmt ihre Beine und schlingt sie um seine Hüften. Jetzt ist sie es, die am liebsten vor Lust vergehen möchte: Mit kurzen, gezielten Bewegungen bringt er sie fast zum Abheben! Er hört nicht auf, steigert seinen Rhythmus sogar und saugt sich dabei an einer dieser höchst empfindlichen Stellen, direkt unter ihrem rechten Ohr fest ... Mit einem Knall explodiert ein Orgasmus zwischen ihren Beinen und rast ihr Rückgrat hinauf!

Riesig leuchten seine Augen über ihr – hellbraun und – ziemlich erschrocken. Er schaut sich um – und beginnt zu lachen. Da erlebt sie gerade einen himmlischen Höhepunkt und er findet es lustig? Nicht gerade begeistert von seiner Reaktion versucht Gesa sich aufzurichten, bis sie bemerkt, dass er auf den Boden ein paar Meter unter ihnen schaut. Der «Knall» war wohl nicht nur in ihr zu hören: Irgendwie haben beide es geschafft, das Buch so auf die Kante des Holzstapels zu manövrieren, dass es im Eifer des Gefechts runtergefallen sein musste. «Vielleicht sollten wir lieber aufhören, bevor wir auch noch da unten landen?», fragt David und zieht sich zurück. Seine Augen haben einen etwas seltsamen Ausdruck angenommen – distanziert, in sich gekehrt. Er ist im Rückzug begriffen. «Moment – ich verstehe das nicht so ganz – was ist passiert?», hält Gesa ihn auf. «Na ja, ich überfalle dich hier so ...» Kaum zu glauben: Er hat ein schlechtes Gewissen! Gerade so, als hätte er sie zu irgendetwas gezwungen. Bis sie ihn davon überzeugen kann, dass er ihr keine Gewalt angetan hat und sie mehr als nur ein wenig Spaß dabei hatte, vergehen einige Minuten. Seine Reaktion passt so gar nicht in das Bild, das sich Gesa von ihm gemacht hatte ...

Eine Zeit lang sitzt das Paar eng aneinander gekuschelt auf dem Holz und schmust. Es ist das einzige Wort, das wirklich passt. Beide genießen die Nähe des anderen, küssen und streicheln sich, ignorieren jedoch das spürbare, tiefe sexuelle Prickeln.

Fünf Tage haben sich Gesa und David nicht gesehen, nachdem sie sich mit einem ewig dauernden und doch viel zu kurzen Kuss am Tor der Halle verabschiedet haben. Das perfekte

Timing des alten Herrn, sie mit Beschlag zu belegen, lässt ihr keine Chance, auch nur in die Nähe des Holzstapels zu kommen.

Mittwochabend. Endlich ist es kurz nach sieben, und die Ruhe des leeren Büros lässt Gesa die Ruhe für eine ausführliche Internetrecherche. Konzentration ist trotzdem Mangelware. Immer wieder wandern ihre Gedanken über den Hof, durch die Halle … ihr Blick fällt durchs Fenster, auf das Tor gegenüber. Im schmalen Lichtkegel der Hofbeleuchtung sieht sie seine Silhouette – ruhig und gelassen lehnt er an der Wand und schaut zu ihr herüber.

Eine Bewegung auf dem Bildschirm lenkt sie ab, sie schließt das Programm, schaut wieder hoch und – weg ist er! Jetzt lässt sie der Gedanke an ihn nicht mehr in Ruhe. Mit zitternden Händen fährt sie den Rechner herunter, aktiviert die Datensicherung und verlässt das Büro. Mit Schmetterlingen im Bauch geht sie hinüber zur Halle. Drinnen ist es fast dunkel – die Deckenbeleuchtung lässt nur wenig Licht durch die Gänge zwischen die Hölzer fallen. Langsam kommt er aus dem Zwielicht auf sie zu. «Du hast mir ganz schön zu schaffen gemacht … Wie kann sich jemand bloß so in meinem Kopf festsetzen?», fragt er, als er dicht vor ihr stehen bleibt. Ihre Zunge versagt den Dienst und klebt am Gaumen, sonst würde sie ihm sagen, dass sie auch nicht den leisesten Schimmer habe.

Sein Zeigefinger gleitet vorsichtig über ihren Nasenrücken, seine Augen schauen in sie hinein. Es fühlt sich an, als ginge er auf dem Grund ihrer Seele spazieren, während er mit einer Hand leicht über die Wände ihrer Nerven streicht. Innere Elektrizität. Anspannung. Wärme. Wohlige Betäubung … Die Phantasie geht durch. Und sie fühlt, dass er jeden ihrer Gedanken sehen kann!

Eine Hand liegt auf ihrer Schulter, gleitet an ihrem Arm abwärts zur Hüfte. Langsam wandert sie nach hinten und zieht sie

an sich. Noch immer verursachen seine Augen einen Höllen-
aufstand in ihrem Hirn; seine Hände auf ihrem Körper haben
den gleichen Effekt in ihrem Bauch ...

Noch immer diese Augen – als er sie endlich küsst, ist es fast
eine Erlösung.

Er löst sich, nimmt ihre Hände und zieht Gesa lächelnd mit
sich. Vor der an «ihrem» Holzstoß angelehnten Leiter bleibt er
stehen. Beide wissen, dass es dieses Mal keinen Weg zurück
gibt. Also nach oben, auf das Holz ...

An die Leiter gelehnt, dreht er sich zu ihr um und zieht sie
wieder langsam zu sich heran. Nicht dass sie ausweichen wollte
... Seine Hände legen sich in ihren Nacken, seine Daumen unter ihr Kinn. Er kommt Gesa riesig vor. Aber sie fühlt sich
trotzdem nicht klein. Es gibt Menschen, die leben von der
Energie anderer – saugen den Elan und die Kraft aus ihrem Gegenüber heraus und lassen eine unsichere, in die Defensive ge-
drängte Person zurück. Diese Erfahrung hat Gesa schon des
Öfteren gemacht. Bei David ist alles anders – in seiner Gegenwart fühlt sie sich größer und kraftvoller, als sie in Wirklichkeit
ist. Ein gutes, sicheres Gefühl.

Häufig wendet Gesa ihren ganz eigenen Selbstschutz vor
Personen an, die ihrem Gefühlsleben nahe kommen könnten.
Sie findet sofort etwas Negatives an diesem oder jenem Menschen. David gibt ihr gar keine Zeit, darüber nachzudenken,
was an ihm verkehrt sein könnte oder was er vielleicht in Zukunft alles falsch macht. Ihr Blick hängt an seinem Gesicht, sie
fühlt sich richtig geladen vor Energie, ihr Körper kribbelt, und
fast ärgert sie sich ein wenig über seine Ruhe.

Gerade will sie Luft holen und etwas sagen, da kommt er ihr
zuvor: Dreht sie herum, sodass ihr Rücken an das Holz gedrückt ist. Sie stellt sich vor, wie es aussähe, wenn jemand sie
beide so sähe – sie mit großen Augen in seinem Blick gefangen,
er zwischen ihren Beinen, sein offenes, helles Jeanshemd wirft

herrliche Falten auf seinem Rücken, die sich bei jeder Bewegung seiner Hüften verändern ...

Ruckartig lässt er sie los – starrt sie an. «Komm mit ...» Gesa wäre beinahe ein «Endlich!» entwischt, als er schnell die Leiter raufklettert. Oben angekommen, schaut er auf sie hinunter, streckt ihr seine Hand entgegen und hilft ihr auf den Holzstapel. Ihre Beine fühlen sich an wie das viel zitierte Gummi. Im Rest der diffusen Hallenbeleuchtung sieht sein Gesicht weich aus – als hätte jemand die harten Kanten geglättet.

Irgendwie bringen beide es fertig, übereinander herzufallen, ohne auf kürzestem Weg wieder unten im Gang zu landen, sondern auf seiner weichen Decke. «Du warst dir deiner Sache wohl sehr sicher, oder?», fragt ihn Gesa, der Länge nach auf seinem Körper ausgestreckt. «Nein, überhaupt nicht ...», brummelt er. «Ich hab hier auf dich gewartet ... aber du bist erst jetzt gekommen.» Aber Gesa hat nun eigentlich keine Lust mehr auf eine Unterhaltung. Ihr schwebt da etwas Erotischeres vor ...

Langsam ziehen sie sich gegenseitig aus, bis beide nur noch im Slip nebeneinander liegen. Seine Haut ist heiß, die Härchen auf seinen Oberschenkeln richten sich bei jeder noch so kleinen Berührung auf. Sie verliert ihr Zeitgefühl in dem Moment, als sich seine Augen in ihren Blick versenken. «Du hast richtige Katzenaugen. Blau und mit vielen kleinen grünen Splittern übersät ... und wenn deine Pupillen ganz klein sind, sieht man einen gelben Ring ... seltsam ... schön ...»

David kniet zwischen ihren Beinen, seinen Blick auf ihr Gesicht gerichtet, als er langsam ihren Slip nach unten zieht. Es ist unerträglich, seine Augen sind so erschreckend intensiv ... Sie lässt sich fallen, lehnt sich zurück und konzentriert ihre Sinne auf das Fühlen. Große Hände legen sich um ihre Knöchel, spreizen ihre Beine ein wenig und gleiten dann über die Knie nach oben, fahren über die Innenseite ihrer Oberschenkel und ... halten Millimeter vor dem Ziel ihrer Wünsche an. Gleiten wieder nach außen, schieben sich unter ihren Po, streicheln weiter nach oben, an den Seiten entlang. Plötzlich sind sie weg. Einfach verschwunden. Sie krümmt sich, streckt den Rücken durch und die Arme nach ihm aus, in der Hoffnung, ihn zu erreichen und wieder zurückzuholen. David lässt sie zappeln. Sie kann sich nicht beruhigen, ihr Körper wehrt sich gegen diesen rüden Zärtlichkeitsentzug und versucht, ihn wieder zu finden.

Genauso plötzlich wie sie verschwanden, sind seine Hände wieder da: Er legt sie in Gesas Kniekehlen und drückt ihre Beine nach oben, drängt sie auseinander, sodass sie weit offen vor ihm liegt. «Bleib so!», kommandiert er mit rauer Stimme und küsst eine heiße Spur auf ihrem Schenkel nach oben. Die schnellen, kleinen harten Schläge, die seine Zunge auf ihrer Klitoris vollführt, bringen sie so weit, dass sie ihre Lust nicht mehr kontrollieren kann. Mit beiden Händen öffnet er vorsichtig die Scham, leckt mit breiter Zunge über ihr Geschlecht, legt dann seinen Mund darüber und beginnt – langsam, dann mit schnellem Rhythmus – zu saugen. Immer wieder jagen kurze, heftige Orgasmen durch Gesas Unterleib, bis die Intensität einfach zu stark wird und sie ihn irgendwie aufhalten muss. Kraftlos liegt sie in seinen Armen, jede Energie in ihrem Schoß versammelt und sich fragend, ob sie daran je wieder etwas ändern kann …

«Schau mich an.» Er stützt sich mit seinen Armen neben ihrem Kopf ab und senkt sich langsam auf sie herunter. Sein Blick drängt sich in ihr umnebeltes Bewusstsein. Sein Körper auf ihrem, die Haut wie elektrisiert. Mit einer weichen, rotierenden Bewegung seiner Hüfte bringt er seine Erektion an ihr Geschlecht und dringt langsam, jeden Millimeter genießend, ein.

Dieser Moment, dieses Gefühl ist beinahe noch intensiver als jeder Höhepunkt. Oder ist es ein Orgasmus für sich? Dieses langsame aber unwiderstehliche Vordringen zu spüren … zu fühlen, wie sich ihr Inneres an IHN anpasst und immer tiefer hineinzieht …

Seine Augen lassen sie nicht los, geben ihr keine Chance, sich in die eigenen Gefühle zurückzuziehen. Jedes Mal wenn sie die Augen schließt, bringt er sie dazu, sie sofort wieder zu öffnen. «Nein, lass mich jetzt hier nicht allein … aahhh … ich will deine Lust sehen … sieh mich an, bitte …» Die Gefühle, die sein Rhythmus, sein Sex, seine Zärtlichkeit bei ihr auslösen, sind beängstigend. Fast hat sie Angst vor einem weiteren Höhepunkt – sie weiß genau, dass sie in Ohnmacht fallen würde, wenn es dazu käme.

Sein Rhythmus wird schneller, die vom Schweiß nassen Körper kleben aneinander fest, jede Bewegung verursacht saugende Geräusche.

«Oh jetzt … jezzzzt … Gesaaa!!» Seine Augen werden groß und sein Blick abwesend. Mit einem kehligen Geräusch stößt er noch einmal zu und presst seinen zuckenden Körper in seiner ganzen, wunderschönen Länge an Gesas Gestalt.

Er fängt sein Gewicht mit seinen Armen ab, um sie nicht zu erdrücken. Sich unter ihm ein wenig windend, genießt sie es, seine Haut auf ihrer zu spüren, ihre Hände über seine Arme, seinen Rücken und diesen herrlichen Po gleiten zu lassen. Die Muskeln in seinem Hinterteil spannen sich bei ihrer sanften Berührung an, und … er küsst phantastisch!

«Au, was ist das – irgendwas piekst in meine Schulter!» – «Warte – Moment, hör doch mal auf zu zappeln!» David versucht über ihre Schulter zu sehen, und seine Bewegung lässt beide erzittern. «Wow, eigentlich will ich hier ja noch gar nicht raus, aber wenn du ‹verletzt› bist …», grinst er sie an, als er eine Hand zwischen ihre aneinander geschmiegten Körper schiebt und vorsichtig das Kondom festhält, während er sich zurückzieht. Ihre eigene Gedankenlosigkeit wird ihr schlagartig bewusst. Sie hatte nicht bemerkt, dass er es sich übergezogen hatte. Gleichzeitig ist sie beeindruckt von seiner Besonnenheit. Und der Intensität dieses Aktes, den Gefühlen, die David in ihr auslöste.

«Los, dreh dich um, ich will mir deine Schulter ansehen … Oh, sorry, ich glaube, du hast dir da einen ziemlichen Splitter reingezogen – der muss raus. Und dann brauchen wir was zum Desinfizieren!» Fachmännisch und ungerührt «operiert» er ihre Schulter, während Gesa vor dem scharfen Schmerz zurückzuckt. Nachdem er mit seinem Werk zufrieden ist, kriegt sie noch einen kurzen tröstenden Kuss, dann schnappen sie sich ihre Klamotten und machen sich auf den Weg ins Büro – er will die Wunde unbedingt desinfizieren.

Zur Hälfte an- und ausgezogen laufen sie als dunkle Schatten über den Hof und spurten die Stufen zum Büroeingang nach oben. Im «Giftschrank» findet er ein Desinfektionsspray und geht damit recht großzügig auf Gesas Rücken los. Endlich hat er die schmerzhafte Behandlung beendet, pappt ein Pflaster über die offene Stelle und lässt seine Lippen über ihren nackten Rücken wandern … hmmmm.

Geschickt manövriert sie ihn im Dunkeln durch die Büros, bis sie an ihrem Schreibtisch angekommen sind. Er lehnt sich dagegen, zieht sie an sich – seine Hände wandern wieder an ihrer Wirbelsäule nach unten, legen sich auf den Po und pressen sie gegen seine Hüften. Vorsichtig löst sie sich aus der Umarmung, gleitet an seinem Körper abwärts. Ehe er reagieren kann, hat sie die Knöpfe seiner Jeans geöffnet und befreit sein kostbares Stück aus der Enge. Sein nackter Oberkörper hebt sich als riesiger Schatten über ihr empor – sie kniet vor ihm und hält seinen steifen Schwanz in ihren Händen … und fühlt sich unglaublich machtvoll. Gesa will ihn vor Lust vergehen, schreien und stöhnen hören … Seine Augen leuchten, und sein Gesicht spiegelt pure Wollust wider. Dieser Anblick, dieses Gefühl fährt ihr in den Schoß. Aber sie konzentriert sich jetzt nur auf ihn. Langsam, quälend langsam saugt sie ihn immer tiefer ein. «Oooaauhhh … warte, nein, … Jeezzzzussss … was stellst du … mit mir an …», stöhnt er mit zusammengebissenen Zähnen, als sie anfängt, rhythmisch vor und zurück zu gleiten, an ihm zu saugen und seine Hoden zu streicheln.

«Wenn du so weitermachst … aaaahhh … dann …!» Als sie ihn aus ihrem Mund herausgleiten lässt, prallt er federnd gegen seine Bauchdecke … «Was dann?!» – «Oohhhh … dann kann ich … nicht aufhören …», stöhnt er, während sie IHN wieder tief einsaugt. Jedes Mal, wenn sich ihre Blicke treffen, spürt sie sein Geschlecht zucken. Und als ob genau dieser Anblick zu viel für ihn wäre, wirft er den Kopf in den Nacken und schließt die Augen. O nein, wer hat sie da eben immer wieder aus der Versenkung zurückgeholt? Keine Chance! «Schau mich an! Sieh mir zu!» Sie will ihm in die Augen sehen – genau in dem Moment, wenn er sich nicht mehr zurückhalten kann … Sein Blick wird starr, als er Gesa dabei zusieht, wie sie die Eichel mit der Zunge umkreist und an dieser herrlichen, dicken Spitze saugt, ihn immer wieder ein und aus gleiten lässt. Dann plötzlich fühlt sie sein Geschlecht zucken, vibrieren, und mit einem kehligen Schrei erreicht er seinen Höhepunkt.

Erst als seine Knie nachgeben und er seine Hände um ihren Kopf legt, hält sie inne. «Gesa … warte, willst du mich umbringen, oder was hast du vor?», grinst er zu ihr herunter und hilft ihr wieder auf die Beine. «Ich glaube kaum, dass du mich hier raustragen willst, oder? Das war einfach nur … Wahnsinn!» Hmmm, mit einem Seufzer schmiegt sie sich an seinen herrlichen Körper, versinkt in seinen Brustmuskeln. Ein paar Minuten stehen beide so in ihrem Büro, versuchen irgendwie wieder Kraft zu bekommen und die «Ereignisse» der letzten Stunden zu verarbeiten.

«Hast du dein Auto hier?», fragt er leise.

«Ja. Ich hab sogar eine Decke dabei …»

«Woher weißt du schon wieder, was ich gedacht habe?»

«Hm – keine Ahnung. Ich dachte, es wäre meine Idee gewesen ...»

«Los, lass uns wegfahren!»

Die Nacht ist warm und klar – eine echte Cabrio-Nacht! Also, Dach auf und raus aus der Stadt! Es fühlt sich gut an, ihn neben sich zu haben, stellt sie in Gedanken versunken fest. Nach einer Viertelstunde Fahrt stellt sie den Wagen auf einer Wiese am See ab. Der Mond ist nicht ganz voll, reflektiert aber gerade genug Licht, um die Landschaft rundherum erkennbar zu machen.

David steigt aus, geht um den Wagen herum und öffnet – ganz Gentleman – ihre Tür.

«Mylady ...»

«Aha ...»

«Würden Sie mir die Ehre geben ...»

Sie lächelt ihn an und befürchtet schon, ganz unfeierlich loslachen zu müssen, als er sie plötzlich in seine Arme nimmt und langsam, unendlich zärtlich küsst!

«... hier die Nacht mit mir zu verbringen?»

Roland Koch
Ins leise Zimmer

Etwas das zwischen ihnen unvorstellbar ist: ein Flirt. Nach der Probe bleibt es für einen Moment still, und er denkt, wie es wäre, sie zu umarmen. Es müsste heftig sein. Zuschnappend, wie mit den Beißwerkzeugen eines Insekts, ohne Humor, niemals loslassend. Sie stehen in dem grellen Neonlicht, als ob sie da mehr voneinander sehen könnten. Sie reden aber nicht über sich. Auf ihrer Oberlippe liegt ein Schatten von Härchen, wie ganz junges frisches Gras. Wenn er ihre kleinen Füße zum ersten Mal berühren würde. Wie sie sich vorsichtig auf ihn setzte, auf dem Boden, die Beine leicht gespreizt, die Fußsohlen parallel. Die Haare auf ihren Unterschenkeln. Der helle Spalt. Sie ist den ganzen Sommer über nicht in der Sonne gewesen, so weiß sind ihre Beine.

Ihre Stimme, die sie schonen muss: ihre Lippen, ihre Zunge, ihr Gaumen, ihre Stimmbänder. Wenn sie singt, als ob sie eine andere wäre, nicht diese zarte junge Frau, ein anderer Mensch, ein Tier, das so singen muss vor Schmerz, oder weil es sich vermehren will. Sie steht da und atmet flach und wird immer schöner, als wäre sie ein Wunsch, der in Erfüllung geht. Jetzt sieht sie aus, als wäre sie seine kleine Schwester, die er nicht berühren darf. (Sie ist so etwas wie seine jüngere Schwester.)

Er steht herum und wartet auf sie. Er spürt, dass sie nicht mehr mit ihm sprechen will. Gerade deswegen bleibt er und sieht, wie sie für die anderen lacht. Er will, dass sie ihn ansieht, ihn anspricht. Ihre Augen niederschlägt. Aber sie geht mit den anderen. Ihre stumpfe Zunge. Rund, wie ihre Füße. Dabei ist sie schon lange am Zug, er hat viel zu viel gesagt, angedeutet, verraten. Er kann nur nicht warten. Und du, wofür hast du zwei Hände? (Eine Frage, die er nicht gestellt hat.) Sein Gefühl, dass sie ganz neu ist: er hat sie noch nie gesehen, noch nie von ihr gehört, er könnte sie nicht einmal beschreiben. Wenn sie spricht: so, als würde endlich ein Fenster geöffnet. Ihre Brüste sind klein, wie für Kinderhände bestimmt, jede passt in einen Esslöffel, sie wären gerade groß genug, um ein kleines Nagetier zu säugen.

Gute Heimfahrt, wünscht sie ihm.

Das meint sie ehrlich. Wie ein Faden, der tief einschneidet. Er bleibt stehen, als könne sie spüren, welche Schmerzen er empfindet. Er horcht, er will, dass es ganz still wird. Er will ihre Gedanken erhorchen. Aber die anderen möchten zu Ali Baba, und er wird nicht gefragt, ob er mitkommt. Vielleicht haben sie ihn früher auch nicht gefragt, und er ist einfach mitgegangen, ohne darüber nachzudenken. Aber jetzt haben sie sich verabschiedet, und er kann nicht mehr zurück. Er sieht ihr nach, sie tut so, als würde sie zu einem wichtigen Termin eilen, er bemerkt nur das Gleichgültige, das schnelle Vergessen. Morgen haben sie ihre Probe zu zweit, den ganzen Nachmittag, Rosenkavalier. Dann ist immer noch Zeit.

Eine Pflanze, die in ihm wächst: das ist sie. In der Straßenbahn starrt er auf das Fett zweier Mädchen, die Döner essen. Er hat immer das Gefühl, als müsste er ihr aushelfen, ihr etwas ausleihen, seine Körperflüssigkeit, sie befeuchten, er befürchtet, dass sie trocken bleibt, ungerührt (die Impotenz einer Frau, die keine Erregung zustande bringt). Wie sie ihren Pullover ausgezogen hat, weil ihr zu warm war (als ob sie ihm etwas zeigen wollte). Sie hat keinen Freund, keine Freundin, vielleicht keinen Sex, vielleicht hat sie davon genug, und es fehlt ihr nichts. Ihre Stimmbänder erregen sich, ihr Zäpfchen schwillt an, sie stößt die Musik aus, das ist alles. Ihre Stimme ist noch schöner geworden.

Ihr Zimmer, das er noch nie gesehen hat, unaufgeräumt, die Wäsche verstreut, das ungemachte Bett, ihre schmutzigen

Schuhe. Sie verschläft, sie kommt oft zu spät. Ihre Schuhe hat sie noch nie geputzt. Ihre Augenbrauen. Als hätte sie eine weite Reise gemacht. (Die Entfernung zwischen ihnen.) So, als sei sie schon wieder aufgebrochen. Und als sei er ein Stück zurück, könne sie nicht einholen oder komme zu früh.

Er hat sich schon lange verraten. Sein Atmen verrät ihn. Während er am Klavier sitzt und spielt, atmet er anders als sonst. Sie streicht sich mit den Händen durch die Haare. Sie ist auch nervös, aber nicht wegen ihm. Den Rosenkavalier hat sie noch nie gesungen. Sie hat nicht das verhalten Ironische in ihrer Stimme. Er beobachtet sie, während er spielt. Ihre rote Notenmappe mit der knappen Aufschrift, die er gern zur Erinnerung hätte (für später, wenn er alt ist). Er überlegt, wie es ist, mit jemandem zu schlafen, der so ist, wie er selber gern wäre. Er gerät aus dem Rhythmus, er hinkt hinterher. Er würde gern die Probe erleben, bei der sie etwas (alles) falsch macht, weil sie ihn sieht, weil sie an ihn denkt. Er bildet sich ein, dass sie seltener erkältet ist als früher, nicht mehr verschnupft, und er weniger höhnisch.

Während er von Takt zu Takt hüpft, schreitet, auf Baumstämmen balanciert, die den Fluss hinabtreiben, bricht sie ab und trinkt Wasser aus einer großen Plastikflasche. Sie friert. Sie setzt eine schwarze Wollmütze auf. So ist sie. Ihre Stimme ist betörend. Wenn sie in der Pause raucht (was sie nicht soll), ist es ein Schmerz, den sie sich zufügt, als ob sie sich schneidet und er zusieht.

Sie macht sich Notizen. Ihre Schrift: als ob sie untertreiben müsste. Einmal hat er eine Karte von ihr bekommen. In einem Umschlag. Eine Karte ohne Anrede, ohne Erklärung, ohne Verabredung, ohne Abschied. Das war in den Theaterferien, und er steigerte zwei Wochen lang seine Hoffnung. Bei ihrem Wiedersehen musste sie schnippisch sein, sie hatte ihm ja diese Karte geschrieben.

Ich habe es geschafft, sagte sie.

Sie meinte aber nicht ihn (als ob sie es geschafft habe, ihre Angst, ihr Misstrauen, ihren Widerstand aufzugeben), sie hatte es einfach geschafft, pünktlich zur Probe zu erscheinen.

Wieder (immer) ist er kurz davor zu erklären. Wieder ist er kurz davor zu weinen. Sie singt «I Could Have Danced All Night». Etwas, das sie nie sagen würde. Wie er im Duett mitsingt. Wie betrunken und doch auch vollkommen nüchtern. Jedes Mal, wenn sie aufstehen und gehen will (eine Kollegin wartet draußen), das Gefühl von endgültigem Abschied.

Sie setzen sich noch einen Moment. Wie kann er sie dazu bringen zu bleiben?

Ob sie noch einmal die «Zueignung» singt? Sie lächelt, erschöpft, so als ob sie schon zusammen im Bett gewesen wären, sie sieht glücklich aus.

«Ja, du weißt es», singt sie (als ob sie sich über ihn lustig macht).

Wie sie wieder aus der Flasche trinkt, als protestiere sie gegen die ordentliche Welt, gegen ihn, der für diese Ordnung steht, den sie verachtet deswegen. Weil er immer pünktlich ist? Weil er so zuverlässig ist? Weil er will, dass die Proben erfolgreich laufen? (Sie will manchmal alles zerstören.) Sie gibt ihm die Hand, er lässt den Kopf hängen, murmelt mit gespitztem Mund (es wäre die Umarmung, die er brauchte).

Erst als sie in der Tür steht, gibt sie ihm Signale. Sie gibt ihm immer Signale. Dann, wenn er sie nicht will, wenn er sie nicht mehr brauchen kann. Sie winkt ihm, lächelt, ruft, jetzt, wenn er nicht hinsieht. Dann sagt sie etwas. Sie wollten sich doch abends treffen. Etwas essen gehen. Donnerstag. Sie holt ihn am Bahnhof ab, um acht. Sie wartet am Bahnsteig.

Er tut, als sei er nicht überrascht. Das alles hat sie mehr gehaucht als gesprochen, als sei es eine ihrer Allüren, dass sie immer hauchen müsse, aber er werde sie schon verstehen, er werde genauso gut von ihren Lippen ablesen. Sie hat leise und schnell gesprochen, gehetzt, als sei es eigentlich nicht erlaubt, mit ihm zu reden. Wenn er seine Nase jetzt in ihr Haar graben könnte, an ihr riechen, sie erriechen, die nie einen Geruch hat, wie ein Kind. Er nickt nur und bittet sie anzurufen, wenn sie nicht kann.

Sie kommt, das sagt sie fröhlich und verlockend, wie er es noch nie von ihr gehört hat.

Er kniet hinter ihr, sie wendet sich um und sieht ihn verwundert an, verwundert, weil er so einfühlsam ist. Er macht es langsam, wie ein Hauch, so leicht und lange er kann, er deutet die Bewegungen nur an, um ihr nicht wehzutun. Jetzt versteht sie ihn, wenn sie ihn von hinten in sich aufnimmt, sie versteht, dass er es gut meint. Er wartet, macht Pausen, bis sie ganz langsam und von selbst anfängt, sich zu bewegen, bis sie ihm entgegenkommt, sich mehr streckt, sich öffnet, feuchter wird, sich nicht mehr von ihm treiben lässt, sondern ihn umschließt. Oder sie liegt oben, er sieht nichts von ihr, an dem Wippen ihrer Haarspitzen erkennt er, was sie tut, was sie als Nächstes vorhat. Er spürt ihr Bemühen, zu kommen, das rührt ihn so, dass er geduldig wird, mitleidig, sie leicht streichelt, und gerade das, sein scheinbares Nachlassen oder Abwenden, bringt sie zum Schreien. Oder sie schluckt schweigend sein Sperma, sie behält den Geschmack für sich. Seine Tonart. Sie reitet auf ihm, mit dem Rücken zu ihm, so leicht geht das, sie ist beweglich, elastisch, sie vergisst alles andere, wenn sie schreit, sie haucht nicht mehr, ist nicht mehr gehetzt, sie vergisst die Allüren, sie vergisst aufzustehen.

Ja, sie berührt ihn. Nein, sie hat ihn noch nie berührt. Am meisten liebt er sie, wenn sie widerspricht. (Also fast immer.) Oder wenn sie reserviert ist, klug, wie die Frau eines guten Freundes: was alles nicht möglich ist zwischen ihnen.

Alle sehen ihnen seit Wochen zu, keiner ahnt es. (Ja, du weißt es.)

Als ich jung war, hat sie einmal einen Satz begonnen. Sie ist sechsundzwanzig.

Ihr Streit, ihre Erbitterung, wie sie die Backen aufbläst: zum Krieg. Der vollkommene Tag wäre der, an dem sie aufatmet. Sein Lieblingslied ist jetzt ein Schlager aus den sechziger (fünfziger?) Jahren: «Wenn dieses Lied erklingt, bin ich schon nicht mehr da.» Das singt ein Moderator und Komiker, der eine eigene Band hat und alte Schlager neu aufnimmt.

Ihre Augen. Er muss an die Farben der Bretagne denken. Wenn der Wind nachlässt. Als wäre sein Herz eine Fahrradklingel, deren Deckel sie abschraubt, um den einfachen Mechanismus verständnislos zu betrachten: weil er zu laut geklingelt hat. Oder sie zeigen sich gegenseitig schwere, graue, unhandliche Gussstücke, die sich nicht ergänzen.

Halb eins im Hauptbahnhof. Wieder ein Abschied. Er weiß, was ihm morgen als Erstes einfallen wird. Am liebsten würde er mit ihr ans Meer fahren. Vielleicht im März. Es ist kalt, aber die Tage werden schon lang. Dann wären die störenden Töne weg.

Er möchte auf andere Art glücklich sein. In der Winterdämmerung am Rhein ein beleuchtetes Schiff. Das Klopfen der Gefühle. Oder mit ihr nach Paris, seinen Freund besuchen. Wären sie dann nicht alle drei zu Hause? Er geht von der Haltestelle zu Fuß. Zweimal setzt eine Amsel zum Singen an. In ein paar Tagen ist Vollmond. In der Nacht schläft er nicht. Er hört alte Aufnahmen mit Elisabeth Schwarzkopf. Er macht sich Notizen für seine Komposition.

Schon im Zug trifft er den Tenor Maier, der auch zum Hauptbahnhof will. Er erzählt von seinen Geldproblemen. Sie verabschieden sich, bevor sie aussteigen. Maier geht vor, er bummelt hinterher. Dann sieht er sie mit Maier am Anfang des Bahnsteigs stehen, die beiden unterhalten sich, sie begrüßt ihn nebenbei, gibt ihm die Hand. Sie ist klein, viel kleiner, als er sie in Erinnerung hatte. Sie trägt ihren schwarzen Wintermantel mit den Goldknöpfen. In der Straßenbahn treffen sie wieder Maier. Sie spricht nur mit ihm. Endlich steigen sie aus. Sie gehen zu Ali Baba. Sie reden, aber vom Singen, von Besetzungen, von Rollen, die sie noch vor sich hat, nicht über sich. Er kommt sich lächerlich vor, weil er Kondome eingesteckt hat. Sie bestellt Weißwein, er Bier, etwas, das nicht zusammenpasst. Das Essen nimmt er kaum wahr, so sehr wartet er auf den richtigen Moment. Oder besteht der richtige Weg darin abzuwarten, am entscheidenden Punkt nichts zu sagen? Sie erzählt von ihrer Familie, ihrer Schwester, sie sieht ihn an, aber ihre Augen sind abgeschirmt, er spürt, dass er kaum Raum hat, sich zu bewegen. Zwei Musiker aus dem Orchester kommen herein, nicken ihnen zu, er schafft es nicht, sie zu grüßen. Er denkt an ihr Zimmer, das er heute Abend sehen wird, wenn sie wieder zugänglicher geworden ist.

Als er sagt, dass er etwas für sie komponiert, ist es plötzlich still.

Nur ein Lied, sagt er, versteh das doch nicht falsch.

Sie antwortet nicht, und sie fallen beide, wie mit einem Aufzug, an dem die Seile gerissen sind, in einen schalltoten Raum, in den keine Geräusche aus dem Restaurant mehr gelangen, in dem sie nicht mehr miteinander sprechen können, weil der Schall nicht bis zu den Ohren des anderen dringen würde. Er versucht zu lachen, aber auch das ist hier unmöglich. Sie will zahlen, er lädt sie ein, sie sagt aber nicht danke. Sie stehen in der kalten Nacht, es schneit ein bisschen, er bittet, sie begleiten zu dürfen, aber sie geht entschlossen in Richtung Hauptbahnhof, sie begleitet ihn, sie geht so schnell, dass selbst er Mühe hat mitzukommen.

Es ist Vollmond, sagt er.

Nein, das ist noch nicht so weit, erst in ein paar Tagen.

Sie läuft und läuft vor ihm weg. Am Bahnhof verabschiedet sie sich. Bis morgen, sagt sie.

Sie haben ja die Probe. Er weiß jetzt, wie es in ihrem Zimmer aussieht, er sieht die Decken und Teppiche, die Wandbespannungen, die die Geräusche dämpfen.

Ja, tschüss, sagt er. Dann ist sie weg.

Nach einer Station verlässt er den Zug und läuft zurück zum Hauptbahnhof, aber erst als er in der Straßenbahn sitzt, weiß er, dass er zu ihr fährt.

Bettina Hesse
Einverleibt

Der Regen fällt heftig, Ströme auf dem Dachfenster, an der Grenze zwischen Einlullen und Sintflut. Ein Wetter fürs Bett. Dort liegt sie und denkt, wär das schön, wenn er jetzt käme. Und manchmal, manchmal eben nur, geschieht genau das, wovon man träumt! Da nämlich: auf dem letzten Treppenabsatz hört sie das schnelle, trockene Schrubben seiner Tennisschuhe, dieses aufregende Geräusch, das stets sein Kommen ankündigt, auch wenn dieser Laut an sich nicht schön klingt. Lächelnd stellt sie sich seine geschmeidigen Bewegungen vor, den federnden Schritt und wie die Jeansnaht ihm dabei die Hoden massiert – nach vier Stockwerken vielleicht schon ausreichend für eine Unruhe unter den Schwellkörpern – ein Gefühl oder eher Zustand, den sie einmal zu spüren wünscht, nur ganz kurz wenigstens. Eine ausgewachsene Erektion nämlich glaubt sie merkwürdigerweise zu kennen.

Sie hört, wie er seine Tasche auf den Boden stellt, dann klingelt der Schlüssel so lange, bis er im Schloss steckt und gedreht wird. Wohlige Anspannung ergreift sie. Sie fühlt sich wie eine Braut. Mit dem Hintern über das Betttuch hin und her rutschend, noch tiefer unter die Decke, wo auch die Hände bleiben, bündeln sich ihre erotischen Erinnerungen. Wie in Trance wachsen sie zu unbändiger Vorfreude. Auf das Geheimnis. Denn das ist es mit ihm. Er besitzt eine Kraft, neben der körperlichen, die alles möglich macht. Intensiv und ansteckend. Sein Rhythmus, seine Bewegungen in ihr ... endlich – hoffentlich! – bis sie wieder in ihrem Kreis ankommen würden, einem Rund aus Glut, Augen und Sex. Verheißung kann wunderbar sein, wenn sie wirklich Heißes enthält, das so fühlbar nah liegt, so dicht am Leben, dass es überspringt. Da, das Geräusch der sich schließenden Wohnungstür. Seine Locken werden triefnass sein? Und er, wie ist er, geil oder erschöpft? Komm, hier liegt dein Vulkan!

Der Regen zwang ihn aufzuhören. Auch wenn er lieber weiter gearbeitet hätte, dieses Deck zu Ende entladen, damit er nicht nochmal hin musste. Dann war ihm plötzlich eingefallen, dass sie zu Hause sein könnte. Eine herrliche Vorstellung, sie nun endlich wieder zu sehen, zu berühren. Begeistert hieb er auf den Punchingball in der Umkleide neben dem Achterdeck. Auf keinen der anderen Seeleute wartete eine so wunderbar weiche und wollüstige Frau. Wolllust wird jetzt mit drei ‹l› geschrieben – hatte sie in ihrem letzten Brief behauptet –, und genüsslich ließ er die *lll*s über den Gaumen lollen. Frauen willig spüren, das erregte ihn, nicht das Nehmen.

Und jetzt ist er angekommen, steht in der Tür. Irgendetwas riecht anders in der Wohnung. Nach Ingwer und frisch gegossener Blumenerde. Das Bild einer weichen grünen Hügellandschaft taucht plötzlich aus seiner Kindheit auf, vielleicht ist es auch nur eine Abbildung aus jener Zeit. Rundliche Konturen, wie ihre Hüften. Die schwarze Bewaldung, lockig auf ihrem Hügel. Dicht fühlt er die Enge in seiner Hose. Gleich wird er ihre spüren, heiß und nass. Er schnuppert – kein Rauch! Dann schläft sie vielleicht. Nackt? Nackt! Er schwingt seine regenschwere Jacke über den Kleiderständer, der wackelt, dann erst ruft er ihren Namen, leise und eindringlich. Ein *Hhmmm* hört er – ihr Timbre ist wie untergezogene Sahne im Lieblingsdessert. Die ganze Frau ist wie Nachtisch, wie eine erlesene Crème mit selten Lust anregender Wirkung. Magisch. Auf dem kurzen Weg zum Schlafzimmer wachsen Aufregung und Schwanz. Wie immer nach einer langen Fahrt.

Sie lacht. Alles an ihr lacht, sämtliche Lippen und ausgebreiteten Arme. Sie sieht seine Augen und entdeckt darin die betörende Gewissheit: nach so vielen Nächten hohler Sehnsucht und Hände, nach den Träumen von allem, was Mann ist, beschert ihr sein Blick die klare Aussicht auf Erfüllung. Trotz der langen Pause, des Entbehrens, der Erwartung. Bei ihrer ersten Wiedervereinigung – er kam aus Shanghai – hatte er nicht mal die Tennisschuhe ausgezogen, die Gier war so pur, so erbittert, dass sein Reißverschluss ihr frisch rasiertes Willkommen aufschürfte und sie dann in einen Trudel von Traurigkeit entließ. Sie dachte an die Mädchen, die er gehabt hatte, und er daran, dass er nie, nie tief genug in sie eindringen könnte. Dieses Wiedersehen wird anders. Die Gier ist nun Verlangen nach dem anderen, den man kennt in jedem Geruch und Zustand. Ihr halber runder verlockender Kubikmeter zittert.

Da fliegt die Bettdecke in die Ecke und er ist vor ihr lächelnd und in voller Größe, ein Glanz aus Begehren. Und begehrenswert. Allein dieser Blick, wie er ihn lenkt und hält auf ihre schwellend geöffnete Lust, erregt sie über alle Maßen. Er kniet sich, pudelt seine nassen Locken auf ihren braunen Bauch, fasst sie mit beiden Händen oberhalb der Hüfte und sammelt sachte schüttelnd ein paar Tropfen in ihrem Bauchnabel. Sie kichert, ist ungeduldig, richtet sich auf, ihm entgegen, will ihn spüren, ungeschützt. Der winzige See entleert sich aus ihrem Nabel und fließt den gewölbten Bauch herunter, bis er sich in der Spalte verliert. Da beugt er sich weit runter, spürt ihm nach, leckt den kleinen Mann im Boot und löst ihre Quelle, die schon den Damm ölt und seine schwieligen Daumen. Diese rauen Hände liebt sie so sehr, die Schwielen auf ihren Lippen, auf dem Kitzler hin und her – keiner hat das je so gekonnt. Sie dreht vorsichtig seinen Kopf, dem sein Körper folgt, holt ihn bei an der Hüfte, bis sie mit dem Mund an seine erstaunliche

Männlichkeit reicht. Sie leckt erst an der Eichel, umrundet sie mit der Zunge, saugt und lutscht sich weiter hoch, bis sie das prächtige Glied ganz aufnimmt, genüsslich, vollmundig. Es gefällt ihr, wie die Lust schmatzt und er in ihren Schoß stöhnt. Sie sind geübt. Tief lässt sie ihn eindringen, die Reflexe gehen im Verlangen baden, sie kann den Hals nicht voll kriegen. Vereint im rundvollen Lippenrad, ihren vorwitzigen Kitzler zwischen beiden Lippenpaaren und sein Glied schafttief zwischen dem ihren.

Er will nicht kommen. Nicht jetzt schon. Er möchte alle drei Frauen an ihr, die tiefen Geheimnisse ergründen. Wenn er doch fühlen könnte, was sie fühlt, wenn er in ihre Weichheit bricht. Sie soll auch in seine Weichheit dringen. Nun ihr Rücken, er küsst ihn über der Taille. Verliebt hat er sich erst in dieses Stück Haut, dann in sie, als sie auf dem Fahrrad fuhr, und sich zwischen der engen Hose und einem kurzen Oberteil diese Partie öffnete, ein unverhoffter Spalt wie eine zu allem entschlossene Jungfrau. Ein starkes Stück. Wenn er sie von hinten nimmt, schaut er nicht auf ihre dunkle Mähne, sondern immer auf diese Hautmulde kurz über den beiden Grübchen, da wo sie ihr Kreuz hohl macht. Es betört ihn jedes Mal. Oft singt sie ihr Lied dabei. Ohh, den Blick da auf ihrem Rücken, führt er stoßweise ihre Flanken und sie singt ihr stöhnendes Lied, schreit nach mehr, der Rhythmus klopft dumpf an seine Seele, er will auch mehr, ewig mehr, das Eichelmösenherz, es macht ihn rasend.

Sie öffnen das Dachfenster – ganz – der Regen rasselt herein, lässt alles schwellen, quellen. Das Buch am Bett, die Schokolade voller Wasserperlen, die ihren eigenen Rhythmus aufs Silberpapier trommeln. Auch Regen erregt. Das Wasser, die Nässe, das Rutschen, alles beschleunigt ihren Rhythmus, in dem sie sich aneinander klatschend lieben, während von ihren Körpern stäubend kleine Tröpfchen abplatzen. Unter dem Regen weiter zur Ekstase anschwellend, nähern sie sich ihm, besinnungslos, die Bewegung endlos steigernd, sufi, nur noch in wilder Liebe. Sie gleiten und glitschen, genießen offen gespreizt mit erhobenen Öffnungen und Eindringlingen, stecken ineinander und wütend rein und raus, reißen an Lust und Schmerz, bis beide eins sind, ununterscheidbar, wer duldet oder unterwirft ...

Und plötzlich, mitten aus diesem urmenschlichen Spektakel tönt ein tiefes Grunzen, und das ungeheure Regentier verwandelt sich, aufgehend wie eine Blume, allmählich in das andere Geschlecht – bis es keiner mehr von sich weiß.

Gaby Hift

Der Willsch

Das ist es, was ich sehe:

Das Auge vom Willsch, das genau in meine Richtung schaut, seinen geöffneten Mund, den wie im Gebet gedehnten Hals. Ich ahne mehr als ich sehe, was er da unten mit seinen Händen macht, obwohl das der Grund ist, weshalb wir im Dunkeln auf dem Boden liegen und durch ein Loch hinuntersehen auf den Willsch: um zu sehen, was er mit seinen Händen macht, aber ich kann den Blick nicht von seinem Gesicht wenden, weil ich mehr als alles in der Welt wissen will, ob er mich sehen kann, mein Auge, das ihn beobachtet. Zwar sieht er genau zu mir hin und das Loch, an das ich mein Auge drücke ist ziemlich groß, aber rund um mich ist die Dunkelheit vom Heuboden, sodass man es nicht wissen kann. Ich höre den schnellen Atem von Georg neben mir und das leise Weinen von Jakob hinten im Eck. Ich bin aufgespannt zwischen dem Auge vom Willsch und diesem Weinen. Der Blick aus dem Auge schießt mir in den Kopf und krallt sich mit Widerhaken in meinem Gehirn fest, das Weinen reißt mich an den Beinen nach hinten, sodass es mir den Bauch in den Holzboden presst und den Hals nach hinten biegt, genau wie unter mir den Hals vom Willsch. Das Auge vom Willsch verschwimmt jetzt, und falls es mich überhaupt ansieht, dann nicht mehr wie ein Menschenauge, sondern wie etwas anderes. Sein Mund geht immer weiter auf, nicht in die Breite, wo man lacht, nur in die Länge, klafft auf, länger als irgendein anderer offener Mund, den ich gesehen habe, zu einem fremden, langsamen Schrei. Zu hören ist aber nur der Atem vom Georg und das Weinen und etwas Rhythmisches, das mich nichts angeht, das ich nicht sehe, weil ich dem Willsch ins Gesicht schauen muss, wo jetzt Ungeheueres passiert: etwas zieht ihm das Fleisch von den Knochen nach hinten, die Haut spannt sich über einem länglichen Tierschädel, die Lippen geben die Zähne frei. Ich habe Bilder gesehen aus Raumschiffen, wo die Beschleunigung das Weiche von den Knochen abschält und die Astronauten mit klaffenden Schädeln hinausschießt ins All. Das ist es, was ich sehe. Dann kommt etwas auf mich zu, ein weißer Fangarm, er streckt sich nach mir aus und fällt dann ohne mich zu erreichen in einem absurden Schlenker in sich zusammen. Neben mir höre ich Georg leise lachen, er lacht, weil er ein Idiot ist, er ist vierzehn und ein Bub und alle vierzehnjährigen Buben sind Idioten. Jakob ist erst zwölf und kann noch weinen, dass es mir die Beine nach hinten reißt. Und es war Jakobs Stimme vorhin am Telefon, ich habe sie gleich wieder erkannt, nach fast zwanzig Jahren, obwohl sie damals eine Oktave höher gewesen sein muss: «Der Pürbacher Großvater ist gestorben.»

Die Erinnerung an die Pürbacher Sommer regt sich: ein muschelverkrustetes Tier, in Ruhe vom Meeresboden nicht zu unterscheiden, aber jetzt rappelt es sich in die Höhe, geritten wird es vom Willsch. Wir Kinder sprechen fast nie über ihn, wir nennen seinen Namen mit den Händen in den Taschen, als dächten wir an etwas anderes. Der Willsch ist Knecht, das gibt ihm einen düsteren Glanz. Es gibt nur noch wenige Knechte in Pürbach, allesamt alte Männer. Der Willsch ist aber ein junger starker Mann. Er arbeitet auf dem Feld mit nacktem Oberkörper, sein Rücken ist vernarbt, dunkel von der Sonne und vom Staub. Nur bei uns Kindern heißt es Dreck, beim Willsch gehört es zur Haut. Wir haben gesehen, was er auf der Matratze gemacht hat, aber keiner hat ihn jemals sich waschen sehen. Er schläft im Stall.

«Sie fährt mir da nicht mehr hin», sagt meine Mutter gleich nach dem ersten Jahr. «Das ist eine Perversion von deinem Vater, dass er diesen armen Mann zwingt im Stall zu wohnen. Ich will nicht, dass sie sich in so einer Umgebung aufhält.»

Ich frage Georg, er sagt, Perversion bedeutet das Unanständige. In meiner Erinnerung ist er immer schon vierzehn. Er sagt:

— *Der Willsch hat einen Schlauch wie ein Pferd.*

— *Was für ein Schlauch?*

— *Der zwischen den Beinen. Der Pissschlauch.*

— *Woher willst du das wissen.*

— *Weil ich's eben weiß. Weil ich ihn gesehen hab.*

Dass meine Mutter den Willsch arm nennt, ist entsetzlich. Ich möchte ins Zimmer laufen und auf sie einschlagen. Ich will schreien: Der Willsch leuchtet im Dunkeln, deswegen lässt der Großvater ihn in der Nacht nicht ins Haus! Sein Kopf wächst durchs Dach, und durch die Wände schwimmen die Fische!

Ich schäme mich für meine Mutter, ich bin jetzt Hirnwaise. Dafür baut die Existenz vom Willsch ein Gerüst in meinem Inneren.

Der Vater hat die Mutter umgestimmt, ich darf doch wieder nach Pürbach, weil Landluft gesund ist und es für Kinder nichts Schöneres gibt als einen Bauernhof. «Er wohnt doch nicht im Stall», hat er gesagt, «es ist ein kleines Appartement im Stallgebäude. Der Knecht schläft nie im Haus. Das ist halt so auf dem Land.»

Aber es ist kein Appartement. Es ist die dritte Box im Pferdestall. Auf dem nackten Boden liegt eine Schaumgummimatratze. Es gibt eine Kiste und ein Transistorradio. Ich habe mich auf die Matratze gelegt. Ich will herausfinden, ob er mich gesehen hat, mein Auge über dem Loch. Es ist Sonntag. Die Männer sind nach der Messe ins Wirtshaus.

«Was machst du da?» Jakob ist mir nachgegangen. Sein Gesicht ist vor Schmerz so zusammengezogen, dass es aussieht als ob ihn etwas ärgert. Ich schicke ihn auf den Heuboden hinauf, er soll durch das Loch schauen, damit es genauso ist wie mit mir und dem Willsch. Ich lege mir auch die Hände dorthin wo der Willsch sie gehabt hat, falls das einen Einfluss hat auf das, was man sieht. Die Hände vom Willsch sind groß, er kann mit seinen beiden Händen um ein Euter ganz herumgreifen. Er reibt sie mit Talg ein. Wenn Scarlet O'Hara in die Erde hineingreift und den Arm hebt und sagt «Tara! Die rote Erde von Tara!», dann denke ich an den Willsch. Nicht bei Rhett und bei Ashley Wilkes schon gar nicht. Ich weiß, dass Jakob an Segelschiffe denkt, wenn er mich heimlich ansieht. Jakob ist in Ordnung. «Hast du das Auge direkt über dem Loch?» Rufe ich hinauf. «Beweg dich ein bisschen, halt einmal das weiße Hemd ans Loch.» – «Ja», ruft Jakob. «Ja.» Ich sehe nichts. Dann krieche ich ganz leise zur Leiter und klettere hinauf. Richtig: er hat seine schwarze Mappe, in der er Bilder von Schiffen aufbewahrt, über das Loch gelegt. Er hockt hinten im Eck. Dieselbe Stelle. Dabei verdanke ich es ihm, dass ich den Willsch so gesehen habe.

Auf den Heuboden darf in diesem Jahr nämlich nur, wer im Club ist. Den Club haben die Buben erfunden. Es gibt einen Aufnahmetest. Man muss zuerst einen Regenwurm in zwei Teile beißen und beide essen, den toten Schwanz und den lebendigen Kopf. Die zweite Aufgabe sind Fragen über die Seefahrt, ich weiß alle Antworten, weil ich auch Captain Hornblower lese, und die dritte Aufgabe ist was ich nicht kann: auf den hinteren Apfelbaum steigen und hinunterspringen. Ich würde mir gern den Arm brechen oder das Bein, ich wäre stolz darauf, aber ich komme nicht hinauf, der erste Ast ist bei drei Metern und ich kann nicht klettern, ich merke mir alles, aber ich bin ungeschickt. Für manche Buben haben sie die Aufgaben geändert, einem ist immer schlecht geworden, bevor der Regenwurm unten war, da hat er stattdessen die Hand in einen warmen Kuhfladen stecken dürfen. Aber ich esse jeden Tag wieder meinen Wurm und dann sagt Georg: «Klettern.»

Am Nachmittag gehe ich alleine üben, es nützt nichts, ich rutsche und die Handflächen bluten. Auf einmal ist der Jakob da. Er sagt: «Ein Zeuge genügt.» Er macht mir eine Räuberleiter und ich steige, es ist unglaublich hoch, und hält die Arme auf und ich springe. Danach bleibt er mit den Armen um mich stehen, wir berühren uns nur ganz leicht, ein winziges bisschen, wir stehen sehr lange, ich schiele in sein Gesicht, es ist ganz zerknüllt, ich sage mir, dass ich jetzt nicht lachen darf, obwohl ich gerne möchte. Es würde aber eh nicht gehen, weil sein Herz so hart schlägt, dass ich nur vom Spüren durch seinen und meinen Pullover auch Angst habe.

«Passts nur auf, dass euch der Papst net erwischt.» Ich habe den Willsch nicht kommen hören. Er lacht nie, sodass man nicht weiß, ob er etwas ernst meint. Ich feixe und sage: «Der Papst ist mir wurscht» und mache einen Schritt von Jakob weg. Ich reiße einen Halm ab und tue so als ob er eine Zigarette wäre: «Alle Männer sind mir wurscht.» Aber das ist katastrophal falsch, weil der Jakob noch kein Mann ist und der Willsch jetzt vielleicht denkt, dass ich ihn meine und mir etwas einbilde. Man sagt, dass der Willsch eine gehabt hat, die jetzt tot ist, aber vielleicht ist das nur erfunden. Ich schlendere davon als ob ich ein geheimes Ziel hätte und beiße mir auf die Lippe.

Trotzdem hat Jakob gesagt, dass ich den Test bestanden habe und Georg hat mich zum Heuboden zugelassen. Jakob hat geschrien: das darfst du nicht!, obwohl er gewusst hat, dass jeder, der den Test bestanden hat, am Samstagnachmittag auf den Heuboden darf.

Ich krieche durchs Heu zu Jakob hinüber und gebe ihm die Mappe mit den Schiffen zurück. Ich spüre ihn so genau als ob ich es selber wäre, obwohl es mir egal ist. Unten packt es mich, ich schalte das Radio ein und sage «Willst du tanzen?» Es ist verrückt, weil der Willsch jeden Augenblick zurückkommen kann.

Ich drehe mich mit Jakob bis wir fast umfallen, dann stehen wir wieder. Nach einer Weile legt er seinen Mund auf meinen und schiebt mir die Zunge zwischen die Lippen. An der Oberlippe spüre ich, dass sie rau ist und kräftig. Er bewegt sie nicht. Sie ist in meinem Mund. Ich will es auch tun. Ich strecke meine Zunge aus. Ich will wissen, wie es in seinem Mund ist. «Das geht nicht», sagt Jakob, das Gesicht als ob ihm was wehtut, «der Mann steckt sie hinein. Weil er es dann gleichzeitig oben und unten hineinsteckt. Gleichzeitig.» Er sieht zu Boden. «Das ist Vollkommenheit.» Er steckt mir noch einmal die Zunge in den Mund, diesmal rühre ich mich nicht. Ich fühle etwas unten an meinem Bauch, etwas das anklopft. «Das nächste Mal steck ichs dir oben und unten hinein», sagt Jakob und tritt im Hinausgehen gegen das Transistorradio, dass es gegen die Wand knallt und das Pferd in der Nachbarbox steigt und schlägt mit den Hufen gegen die Bretter.

Das nächste Mal gibt es nicht. Im Winter ist ein großer Familienkrach, ich höre ihn in Fetzen aus dem Wohnzimmer: mein Vater und der Onkel Otto wollten den Pürbacher Hof verkaufen und da hat ihn der Großvater dem Willsch überschrieben gegen eine Leibrente. «Jetzt kann er im Stall schlafen, der alte Trottel», schreit mein Vater. «Von mir aus kann er krepieren. Auf mich braucht er nicht rechnen.» So habe ich erfahren, dass der Willsch im Haus wohnt, aber ich war schon dreizehn und es hat mich nicht mehr interessiert.

Das ist es was ich sehe: einen schwarzen Anzugrücken, der hinter dem Sarg vom Großvater hergeht. Das soll der Willsch sein. Der Rücken ist gebückt, mit grauen Haaren über dem Kragen, ich kenne ihn nicht. Überhaupt kenne ich hier keinen. Die Männer müssen die Buben aus dem Club sein, aber die Gesichter von damals sind verschwunden. Jakob ist Autovertreter. «Generalvertretung», sagt er. Sein Großer spielt schon Klavier. Zwischen den Gräbern sehe ich ihn von der Seite an. Sein

Gesicht ist jetzt breit und nach außen gedreht, nicht einmal die Nase stimmt mehr. Wie der Großvater ausgesehen hat, will mir auch nicht einfallen. Ich bin knapp gekommen und der Deckel war schon zu. Ich werfe eine Schaufel Erde auf den Sarg und stelle mich in eine Reihe neben Georg, Jakob und Tante Else, aber die Pürbacher gehen auf die andere Seite und schütteln dem Willsch die Hand. Georg erklärt mir, was ich nicht weiß: dass unsere beiden Väter damals versucht haben, den Großvater für unzurechnungsfähig erklären zu lassen, damit der Willsch den Hof nicht kriegt. Damit es nicht auffällt, dass keiner zu uns herüberkommt, wünschen wir uns gegenseitig herzliches Beileid.

Am Parkplatz sagt Jakob «War nett, dich mal wieder zu treffen. Beim nächsten Mal ...» Er stockt. Wir sind still. Horchen: beim nächsten Mal. Denken so heftig dasselbe, dass es mir vorkommt, das Bild müsste für alle sichtbar als riesiges Freiluftkino am Herbsthimmel erscheinen: ein Transistorradio, das gegen eine Bretterwand schlägt und dahinter ein schreiendes Pferd. Aus dem Unterholz des Erwachsenseins bricht das alte Gesicht vom Jakob: klein und zäh, ganz zusammengeballt vom Begreifenwollen.

Siehst du mich? Ja.

Wie die Synchronschwimmer wenden wir uns um und ziehen unsere Bahn, zurück in den leeren Friedhof hinein. Freude drückt uns die Köpfe hinunter.

Du traust dich ja doch nicht. So? Wirst schon sehen.

Wir gehen stumm, die Hände in den Taschen. Ich schiele hinüber, dem Jakob hat sich das Gesicht vor Anstrengung zusammengezogen, er ist wieder da.

Hinter einem Geräteschuppen müssen wir sehr lange still stehen bleiben, leicht ist es nicht, aber nach einer Weile ist es schon gut zwischen uns, es ist noch nichts, aber es ist schon gut. Dann tue ich es, ich bin die Ältere. Nur jetzt keinen sentimentalen Erwachsenenkram. Ich lege ihm die Hand zwischen die Beine, das ist am einfachsten. Es hat etwas Trotziges und ist ein bisschen wie ein Witz. Er wird gleich groß unter meiner Hand. Jakob nimmt meine andere Hand und legt sie sich auf den Mund und schaut drüber hinweg direkt in meine Augen. An seinem Blick sehe ich, dass er genauso überrascht ist wie ich, dass wir beide noch da sind, die Radiotänzer aus der Pferdebox.

«Was ist, wenn jemand kommt und uns sieht?»

«Wer soll schon kommen?»

«Der Willsch.»

«Jaa. Der Willsch!» Wir lachen.

Und weinen? Kannst du noch weinen, dass es mir die Beine auseinander reißt, wie mit zwölf? Kannst du das? Ja. Dann komm. Zwölf. High noon.

Sein Gesicht ist vor Aufmerksamkeit ganz weiß, da gibt's kein Verdrehen der Augen ins Ungefähre.

Willst mich sehen? Ja.

Ich ziehe mir den Trauerrock und die Strümpfe aus, die Unterhose gleich mit, ohne Getue, ich bin nicht zimperlich, und setz mich auf den feuchten Boden.

Erde zu Erde, Staub zu Staub.

Jakob kniet sich vor mir nieder, streckt einen nackten ET-Finger nach mir aus. ‹*Nach Hause!*› – und fasst mich an. Er untersucht mich, die Falten und Gänge, das Weiche und Nasse, er will wissen, wie es ist, er tastet und schaut.

He, Captain! Captain Hornblower! Kannst du das? Über das Meer aus Schleim segeln, das aus mir herausrinnt? Hart am Wind? Ja.

Ich drücke den Jakob an die Schuppenwand, hole mir seinen Schwanz am Fingerhaken raus und sehe mir alles an: wie er aus den Haaren herauswächst. Wie er lebt. Ich schlecke den Tropfen auf, den der kleine Fischmund ausspuckt, und fahre dem Jakob mit der Hand zwischen die Beine. Unter den Eiern ist es ganz heiß und schüchtern. Dann setze ich mich langsam auf ihn drauf, bis ich ganz voll bin und sich unsere Haare aneinander reiben. Wir sitzen still und schauen: zwei lockige Mädchen, die sich scheu aneinander drücken. Und nur die Haut weiß es besser. Sie sirrt vor Wachheit außen und innen. Wir sind Pioniere, niemand ist jemals hier gewesen. Ohne uns zu bewegen, dehnen wir uns in den Weltraum hinein, jede Pore atmet wütende Aufmerksamkeit. Rundherum toben Schlachten zwischen Engeln und Indianern, aber was kümmert uns dieses hysterische Federgesindel, wir schauen, schauen uns an.

He, Scarlet! Kannst du das? Mir die Erde von Tara auf den Schwanz schmieren? Leichenerde? Dass ich sie in dich hineinschiebe und dich die körnige Erde aufschürft, innen in deinem Inneren, und sie sich mischt in dir drinnen mit deinem Blut zu einem schlammigen roten Saft, die rote Erde von Tara? Kannst du das? Ja.

Das ist es, was wir sehen: Neben meinem Knie windet sich ein fetter Regenwurm, rosa und braun, ein Großvaterfresser. Jakob hebt ihn hoch und setzt ihn in das Gebüsch unserer vermischten Haare. Es ist feucht und dem Wurm ist es recht. Wir sehen ihm beim Kriechen zu. Dann hält ihn Jakob über mein Gesicht. Ich strecke die Zunge aus wie in der Kirche. Jakob lässt den Wurm nicht los, sondern tunkt das eine Ende in mich ein. Es ist nicht so einfach wie damals. Der Wurm bewegt sich in meinem Mund und es würgt mich. Der Ekel wringt meinen ganzen Körper aus und mein Inneres klammert sich an den Schwanz vom Jakob wie an eine Rettungsboje. Er zieht die Luft ein und schaut in mein Gesicht wie in ein Vexierrätsel. Dann zieht er den Wurm hoch und senkt ihn wieder auf meine Zunge und wieder zieht sich alles in mir zusammen, Jakob und der Wurm sind lebendig in mir, wieder und wieder.

Kannst du das aushalten? Ja.

Dann beiße ich den Wurm in zwei Teile, und Jakob weint

auf einmal. Er weint, wie mit zwölf, sodass es mir die Beine nach hinten reißt und ich mich an ihm festhalten muss.

How high the noon.

Er steckt mir die Zunge in den Mund, da wo gerade noch der Wurm war, sie ist süß und nass, er ist jetzt oben und unten in mir, gleichzeitig. Und wir beginnen uns zu wiegen, zu tanzen nach der Radiomusik und die Weichheit fährt in mich hinein wie ein Messer, wir sind die Radiotänzer.

Ich zwinge mich ihn anzusehen, ich lasse es nicht zu, dass die Melodie aus dem Radio mir den Blick verschmiert, der Doppelkörper dehnt sich immer weiter in den Raum, er braucht fast alle meine Kraft, aber es gelingt mir die Augen offen zu halten. Ich sauge es oben und unten gleichzeitig in mich hinein, mit meinem blinden, warmen Loch und mit meinen sehenden, kühlen Augen, ich lasse es nicht aus den Augen und nicht aus dem Sinn, was immer es sein mag. Mit äußerster Anstrengung gelingt es mir zu sehen, wie das Fleisch von den Knochen zurückgezogen wird und wie mich ein abgeschälter Schädel mit gespreiztem Mund von weither anstarrt, ich sehe das offene Auge und begreife, dass auch ich gesehen werde, dass mich das Auge über diese unermessliche Entfernung hinweg sieht.

Auf dem Rückweg, unsere schwarze Trauerkleidung ist mit Erde beschmiert, begegnet uns der Willsch, er taucht plötzlich auf und Jakob sagt: «Wo kommen Sie denn her? Vom Himmel gefallen?» Sein Tonfall ist ganz und gar ins Blöde verrutscht, und ich muss mir die Hand vor den Mund halten, um nicht zu lachen, wo unser Großvater doch heute beerdigt worden ist. Der Willsch streckt die Hand aus und sagt: «Ich möcht Ihnen noch mein Beileid aussprechen. Ihr Großvater war ein guter Mann.» Seine Hand ist genauso groß wie ich sie in Erinnerung habe und hält meine fest.

«Kommen Sie doch einmal im Sommer mit den Kindern heraus.» Er schaut Jakob an, «der ehemalige Pferdestall ist umgebaut zu einem Appartement, da ist genug Platz.» Er schaut zu mir hin: «Sie wissen schon, da wo ich früher gewohnt habe.» Vielleicht drückt er meine Hand wirklich fester, aber vielleicht bilde ich mir auch etwas ein. Jedenfalls erschrecke ich und ein warmer, nasser Schluck rinnt aus mir heraus in die Unterhose. «Die Landluft ist gesund», sagt der Willsch freundlich, «und für Kinder gibt's nichts Schöneres als einen Bauernhof.»

«Ja», sage ich. Jakob und ich grinsen uns an.

Himmel und Erde. Und sah, dass es gut war.

«Wir werden es uns überlegen. Danke, Herr …» Ich bemerke zu spät, dass ich vom Willsch keinen Nachnamen weiß, und so bleibt es dabei.

Isabelle Hipper
Rehrücken

Die Augen müde und weit aufgerissen rutschte Martha auf ihrem Fahrersitz nach vorn, ohne noch wirklich zu merken, dass die diesige Winterdämmerung der Finsternis gewichen war. Nebelschwaden woben sich gemächlich in die Dunkelheit. Um die angekündigten Staus zu umgehen, hatte sie sich eine Route über Land zurechtgelegt. ‹*Was für ein schönes Fest, gar nichts erwartet und doch, hm, wie eifersüchtig er war*›, ... als abrupt ... fremd ihr Schrei, fremd ihr Fluch, dumpf und hart der Aufprall.

Der Nebel war immer dichter geworden. So dicht, dass Martha beim Aussteigen geblendet wartete, bis die buschigen Schemen des Waldsaums von der engen Landstraße, deren Horizont jäh abbrach, zu unterscheiden waren.

Schwefelmilchig fällt der Scheinwerferstrahl auf eine äscherne Kontur vor der zertrümmerten Kühlerhaube. Martha muss in die Knie gehen, um sehen zu können; faulig süß, vielleicht metallisch auch, schießt der Geruch durch die Nase, schneidet ins Herz, fremdartig und irgendwie vertraut kitzelt das Flimmerhaar: palpierende Naht: geplatzt. Durch die quellenden Haufen wachsiger Gallertmasse sickert wie Leberwurst ... es fährt Martha in die Kehle; auf allen vieren sackt sie zusammen. Beim Würgen erblickt sie den pulsierenden, abgespreizten Hals des Rehs. Panisch springt sie auf und um den Wagen herum, will, dass alles aufhört, aufhören, dass alles wieder, dass diese Umklammerung, bitte, dieser schwere, feuchte Vorhang soll. Martha steigt in den Wagen, er tut keinen Mucks.

Zwei brüchige Lichtpunkte nähern sich von der Gegenseite. Die Umrisse sondiert sie mit eingezogenem Kopf. Es scheint eine Art Transporter zu sein, der seine Fahrt verlangsamt und an der Seite zum Halten kommt. Sie umfasst das Tränengas in ihrer rechten Manteltasche. Eine schlaksige Gestalt steuert durch die zähen Nebelschwaden auf Marthas Autotür. Instinktiv drückt sie den Knopf herunter. Ein Mann klopft an die Scheibe. Martha schlägt die Arme über den gesenkten Kopf.

Weiter hämmert der Mann gegen ihr Fenster: «Herzlichen Glückwunsch!», brüllt er, «hast du einen auf der Lampe oder was, wartet bis ihr einer hintendrauf kracht. Blöde Tussi. Komm sofort da raus, sonst haste gleich Schicht im Schacht.» Nun doch kämpferisch, wuchtet Martha sich aus dem Wagen, «halten Sie mal die Luft an, ja, wir brauchen einen Tierarzt, ein verletztes Reh muss genäht werden», sie deutet zur Kühlerhaube. «Wir haben jetzt anderes zu tun, pack mit an», kommandiert er knapp.

Sie haben Marthas Auto aus dem Waldstück heraus auf eine Wiese geschoben. «Bleib hier», befiehlt er und stakst mit langen Schritten zu seinem Transporter. Martha stolpert hinterher, keinesfalls will sie ihn aus der Sichtweite verlieren, «Sie können mich doch jetzt hier nicht alleine lassen ...» Aus seinem Wagen befördert er Filzdecke und Stange, schubst Martha beiseite: «Warte in deiner Karre, wenn ich fertig bin, hol ich dich.» Die Stange geschultert stapft er in Richtung des überfahrenen Rehs.

Der Mann kniet vor dem Tier nieder. Für die Jahreszeit ist der Typ nicht ausreichend angezogen, denkt sie und bleibt dicht hinter ihm stehen. Er begutachtet das noch lebende, hörbar röchelnde Reh, streichelt sanft den Hals, murmelt beruhigende

Laute «ja, ja, brav», krault die Gurgel. Das Reh und der Mann sehen sich an.

Die schaufelartige Hand massiert das Tier längs dem Rückgrat. Der Mann tastet langsam, mit den Fingerspitzen kreisend zum Bauch, ganz in die Nähe der Wunde, tätschelt zart um Geschlecht und Wunde; konzentriert klopft er lange so sachte fort. Sein gebeugter Nacken ist sehnig, wie der des Rehs. Ihr Atem stockt. Während seiner sanften Schläge fixiert er die Rehaugen, die ihn dankbar anblicken, so will ihr scheinen. Ein breites Handgelenk mit dickem Knöchel schwebt über den Eingeweiden. Martha holt scharf Luft, beißt sich auf die Hand. Knapp der Schlag ins Genick. Er schiebt das Reh sehr vorsichtig auf die Decke, «Fass an», sagt der Mann, mit schroffer Kopfdrehung Richtung Kadaver. Trotzig sieht sie ihn an, er schaut nicht, hält schon die beiden hinteren Deckenzipfel. «Besser, Madam läuft vorwärts, mit dem Rücken zu unserem Freund.» Sie legen das Tier zu dem Motor auf die Ladefläche.

«Steig ein», befiehlt er. Martha zögert.

Er zieht sein Hemd mit dem blutigen Ärmel aus, seine Gestalt im weißen T-Shirt leuchtet inmitten des Nebels wie ein Glühwürmchen. Er wendet sich ab, öffnet die Fahrertür. Die nun aus der Kabine strömende Helligkeit zeichnet einen schmalen Lichtkranz um die lange, muskulöse Rückansicht. Er kramt unter seinem Sitz herum und bringt einen öligen Lappen zum Vorschein. «Putz dir mal die Fresse, ist noch nicht Karneval», reicht ihr den Lumpen. Sie kann nun sein Gesicht erkennen, wahrscheinlich ist er noch nicht mal dreißig, dass er solche lachenden Augen hat, hätte sie nicht gedacht. ‹Saublöde Arschgeige›, Marthas tonlose Wut glimmt im widerlich stinkenden Lappen auf, Öl volles Rohr direkt an die Zirbeldrüse oder was,

feuert ihm seinen Scheißlumpen in die anscheinend unbetei-
ligte Visage, sachte weicht er aus und kommentiert ihren Fehl-
schuss: «Glückwunsch.» – «Du hast aber auch 'n Riss in der
Platte, du Luxus-Neandertaler», zischt sie, besinnt sich dann
ihrer Lage: «Was mache ich denn jetzt?» Woraufhin er mit
einem neuen Hang zur Dramatik entgegnet: «Bin ich Him-
beertoni?» Überrascht lacht sie auf, was für ein süßes Häschen,
denkt er.

«Meinetwegen kannst du hier stehen bleiben und auf besser
Wetter warten, hier kommt sicher so schnell keiner vorbei, mir
wäre das sowieso lieber», erwidert er, «die Batterien von meinem Handy sind alle, wohn hier in der Nähe, hab gerade einen
Motor gekauft, handle mit Gebrauchtwagen. Morgen küm-
mern wir uns um deine Limousine, und aus dem toten Reh
macht uns der Schorsch einen schönen Braten. Du rufst von zu
Hause aus deine Clique an, sagst, was passiert ist und wo du
bist, und dass du morgen mit repariertem Schlitten aufkreuzt,
klingt gut? Kann mich aber auch anders beschäftigen.»

Mario Prisnitz Gebrauchtwagen GmbH steht auf dem Transporter. Während sie die ungewohnten Stufen zum Beifahrer-
sitz etwas umständlich erklimmt, springt flink dieser Mario-
Mann auf seine Seite hoch, reicht ihr von der Fahrerkabine aus
einen kräftigen, blutverschmierten Arm hinunter. Es riecht.

Das volltonige Geräusch des langsam hochfahrenden Motors
beruhigt sie. Der Nebel hat alles verschlungen, ihren Wagen,
die Blutlache. Der Mann fährt langsam, konzentriert. Warm
wird es. Hellwach starrt Martha in den Nebel, taumelt, von der
nicht mehr ganz neuen Federung gerüttelt, auf ihrem Sitz hoch
und zurück, vor und runter.

Martha sieht auf sein flackerndes Profil. Der wachsame Gesichtsausdruck scheint außerdem tief belustigt. In der Dunkelheit erschimmert heller Flaum. Hals, Nacken, Arme, Hände und vor allem die Handgelenke, alles an ihm ist von einer stabilen Grazie, die Martha rührt, so stramm. Dieses Jungenhafte in der Haltung des Halses, Halsstarrige sozusagen, und lieber beiseite schauen und blinzeln, als voll dem anderen ins Gesicht zu sehen, sagt ihr zu und stößt sie gleichermaßen auch ab, denn es ist ihr nah, aber andererseits beobachtet sie ihn auch wie von sehr weit weg. So geschmeidig und vertraulich klebt er auf seinem Sitz an seinem wogenden Steuer, alles passt, taktil gefügt, äußerst taktil, und doch macht er einen auf groben Klotz. Feine, unordentliche Haare fallen ihm leicht gewellt ins Gesicht, wie ein römischer Legionär oder irgend so etwas sieht er aus. Sie fühlt sich zu Hause, will nirgends ankommen.

Sie biegen in eine von hohen Tannen umgebene Einfahrt, halten auf dem Hof voller Geräte. «Komm.»

Sie folgt ihm ins Haus. Eine schwarze Katze streicht Martha um die Beine. «Der Bär, der kleine Blödmann, wo treibst du dich denn rum, der Kleine, jaa kräftig wuckeln.» Es ist Marios Stimme, eine so zärtliche, die mit dem Kater flüstert, dass Martha etwas wie Eifersucht befällt. Unordentlich, die gute Stube, überall steht irgendwelcher Kram rum, der eher in eine Werkstatt oder auf den Sperrmüll gehört. «Das Telefon, sag deiner Clique, wo du steckst, die Adresse»; ohne sie anzusehen reicht er ihr den Apparat und eine durchgesessene Visitenkarte. «Schorsch, hey», ruft er, woraufhin sich ein tollpatschiger Mann im blauen Anton und Schraubschlüssel in der Hand auf der Kellertreppe zeigt, der dann listig zwischen Martha und Mario hin und her blickt. «Die Tussi muss heut hier schlafen, ihre Karre steht in der Kurve nach der dicken Eiche, müssen wir morgen flott machen. Komm Schorsch, hab was mitgebracht, kannst uns morgen zum Mittag machen, biste gerade den Senator am Schrauben?» Sie gehen hinaus.

Nach ihrem Telefonat sucht Martha das Bad. Rosane Kacheln, ziemlich angeschlagen, Risse in der Wand und Schimmelornamente. In dem großen runden Spiegel sieht sie ihr verschmiertes Gesicht, durch rostige Flächen, nur fragmentarisch. Aus dem verkalkten Hahn des niedrigen Waschbeckens rinnt kalt der Strahl.

Seine Halsschlagader taucht auf im Spiegel. «Mein Bruder», sagt er unbeteiligt eintretend, die Haare mit einem Ruck aus der Stirn schüttelnd, «hat Metzger gelernt. Zurzeit gehen Gebrauchtwagen wie sauer Bier.» Während er betont desinteressiert den Gasboiler anschmeißt, beobachtet er sie verhohlen von oben bis unten durch die Spiegelstücke. Er sitzt ruhig auf der gesprungenen altmodischen Wanne, wäscht dann seinerseits das Blut von den Händen. Bevor er hinter sich die Tür schließt, fasst er mit gesenktem Haupt schroff an seine Nase, gibt einen Schnäuzlaut von sich.

Martha fühlt sich in der Wanne sehr nackt, weil das Wasser nur lauwarm ist. Derweil erwärmt er die übrig gebliebenen Nudeln vom Mittag. Sie möchte nichts. Mario weist Martha sein Bett an und will selbst auf der Bank in der Küche schlafen.

Martha ist hellwach. Bilder des heutigen Abends bedrängen sie, die Eingeweide, das Blut, der verdrehte Kopf. Geborstene Materie schaukelt ihr vor Augen. Fremder Geruch aus den verknäuelten zahlreichen Decken und Kissen. Sie presst die Schenkel aneinander. Angespannt horcht sie, steht auf, sieht aus dem Fenster. Man kann noch immer nichts sehen. Die Schemen der unbekannten Gegenstände im Raum vermehren die Unruhe nur. Sie schließt die Augen, atmet tief, hält sich die Hände vors Gesicht, will sich in der Dunkelheit ausdehnen, aber in ihr ist es grell. Sie lauscht. War da ein Kratzen an der Tür? Ein Flüstern? Sie legt das Ohr an die Tür. Nichts. Ein schmales Rechteck aus Licht. Hochkonzentriert drückt sie die Klinke, wie um sie zu beschwören, nicht zu quietschen. Der Gang ist schummrig beleuchtet, aus der Küche dringt eine leise Stimme. Die knarrenden Dielen hält sie in Schach, indem sie bei jedem Schritt die Augen fest zupresst und die Luft anhält. Die Küchentür ist angelehnt. Sie kann sich nicht zurückhalten und horcht: «Ja, ja, ja, nein die stört uns nicht in unserer Schwulen-WG, Bär, ein Bär auf nackter Haut, schön schmusen, das ist geil, willste Milch, komm, da du Blödmann, ja …»

Martha windet sich gekrümmt in die Decken, kalter Schweiß. Etwas fährt ihr in den Mund, ein Finger, in Milch getunkt, saugen. Der Druck breitet sich von den Flanken übers Rückgrat. Die kräftige Hand knetet zart ihre Brust, langsam nur bewegt sich die Pranke. Martha schreckt mit heftigem Stechen zwischen den Beinen auf, sie ist alleine. Die Eingeweide, das Gallertartige, schwarze Würste, Gewitter unter der schweren Hand. Es klopft ihr Herz, warme Wellen laufen vom Haaransatz zu den Zehen. Pulsieren. Sein heftiger Atem streift ihren Hals, er sieht verändert aus, vielleicht ist es der Schorsch. Angriff der dicken Zunge, schnellt wuchtig, rhythmisch auf ihre. Sehnige Hand presst gegen ihren unteren Rücken, fleischiges Aufgehen, das offene Reh, seufzend wälzt sie sich.

Die harte Bank in der Küche ist unbequem, was solls, denkt Mario, einschlafen, auf seinem Bauch liegt leise schnurrend der Kater, langsam krault er ihm den Hintern, schließt die Augen, kräftig und langsam knetet er ihren Arsch. Geile Fotze, pack dich überall an, du magst das, das hab ich gesehen, pack dir an die Titten, hart, geiles Warzenwetter, pack dir an die feuchte Pflaume, hast 'ne geile Pflaume, an den Arsch, von hinten, richtig rein, will dich, du geile Stute, wills dir ordentlich machen, wenn ich dich genug gebürstet habe, bläst du mir einen.

Dicke Knospe, Martha fährt sich im Schlaf zwischen die geöffneten Schenkel, schnelle, harte Pfeile. «Stinkst aus dem Maul», der Kopf der schlafenden Katze auf seiner Schulter wird Mario schwer, er fährt auf, dann bläst du mir einen, fester, ich komm gleich. Das Katzenfell kitzelt Mario am Kinn und in der Nase, er kratzt sich. Martha schläft endlich tief, braust ihre Bahn entlang, er macht es ihr, langsam kreisend, stößt tief und vorsichtig, ‹bist 'ne geile Stute›, presst er stöhnend in ihr Ohr. «Bist 'ne geile Stute», murmelt Mario, sich unruhig auf der Bank zurechtrückend. Maunzend springt der Kater endgültig von seinem Bauch runter auf den Boden.

Es ist schon richtig hell, als Martha in der Küche auftaucht. Die durchs Fenster einfallenden Sonnenstrahlen blenden. Ungeduldig quäkend springt die Katze gegen das Tischbein. «Ja, du bist ein Blödmann, der Kleine, der Bär hat Hunger ...» Der kriegt wohl nicht genug vom Liebesgeflüster mit dem blöden Vieh, denkt Martha. «Hallo», sagt sie. «Das wurde ja höchste Zeit», er blinzelt verlegen. «Habt ihr so spät aus in der Hasenschule?» Geschäftig öffnet er die Dose Whiskas, «deine Karre steht fahrbereit im Hof», er spachtelt das stinkende Zeug ins Schüsselchen. «Ich will ja nicht gemein sein, aber jetzt haben wir zur Abwechslung auch mal unsere eigenen Projekte zu erledigen», bückt sich zum gierig aufspringenden Kater. «Für den Rehrücken haben Schorsch und ich auch alleine genug Schmacht.» Er stellt das Schälchen ab.

René Hamann
Sommer

In diesem Sommer haben sie sich wieder gesehen, zufällig, in einer klammen Bar, in der weder sie noch er üblicherweise verkehren. Sie haben sich angesprochen, ausgetauscht, sie haben Bier getrunken und am Ende ihre Telefonnummern gewechselt. Sie sind ihrer Wege gegangen: Sie ist auf ihr silbernes, kleines Fahrrad gestiegen, er hat den Fußmarsch zur Bahnstation angetreten. Sie hat nicht viel gedacht am Ende des Abends, sie hat sich lächeln gefühlt beim Abschließen des Rades vor ihrer Haustür, aber auch müde, als sie den Treppenweg aufwärts gehen musste. Dann ein wenig einsam in ihrer Wohnung. Eingeschlafen ist sie ohne Vorsatz.

Er hat an sie gedacht in der Bahn morgens, Schulmädchen und Plakate, sich Erinnerungsbilder vor Augen gerufen, dazu bildeten sich leise Sätze, die von ihnen gesprochen worden waren, damals, das ist lange her. Auch die Sätze, die sie nicht gesprochen, gerade seine Sätze, die endlosen Monologe und Lamenti, die in Briefen und Geschichten verschwunden sind, Brackwasser. Er denkt an seinen Anrufbeantworter, als er im Büro auf den Bildschirm starrt, ob sie anruft, ob er blinkt beim Nachhausekommen, ob er anrufen soll oder lieber warten ein paar Tage.

Die Strategien: Wie er damals nur in Strategien gedacht hat, der bekannte Scherz mit den Wartezeiten, drei Tage nach dem Nummernaustausch, nicht mehr, nicht weniger. Bei den Rendezvous nicht alles erzählen, Geheimnisse wahren. Die Entscheidungen abschauen, sie vordergründig getroffen haben, dabei eigentlich nur ihr abnehmen, ihr von den Augen lesen, wie man sagt. Dies alles erscheint ihm jetzt albern, in der Retrospektive, verklemmt und misstrauisch, zu Hause schaut er die Post durch, der Anrufbeantworter blinkt monoton, keine Anrufe, er schaltet den Fernseher ein.

Es ist schon zu spät, sie liegt mit angewinkelten Beinen seitlich auf ihrem Bett, einem einfachen Gestell, auf dem eine einfache Matratze liegt. Zu spät für einen Anruf, findet sie, ein amerikanischer Spielfilm flimmert über den kleinen Fernseher, der auf einem Holzstuhl neben dem Bett steht. Eine Sequenz, die in Italien spielt, in einer Hütte im Nichts, die Bilder sind wie Fotografien geschnitten, ein dunkelhaariger Mann, eine blonde Frau in Posen. Eine Trägheit der Wahrnehmung, die durch diesen Schrillton durchbrochen wird, langsam lenkt sie die nackten Beine auf den Boden, verweilt kurz, rappelt sich auf, öffnet die Zimmertür, hebt ab. Es ist seine Stimme, der sie jetzt zuhört, sie setzt sich auf den Boden, nachdem sie das Telefonat kurz unterbrochen hat, um eine Zigarette zu finden, neben ihr der Aschenbecher, starr bleibt das Bild an der Wand, das sie anschaut beim Hören, Sprechen.

Sie haben lange geredet und gut, denkt er, sie haben sich verabredet für den freien Tag am Ende der Woche, er bemerkt, dass er sich nicht konzentrieren kann auf sein Buch, die Wörter bleiben sinnlos, die Bilder kippen um. Er denkt an Sex, an sie; daran, dass sie ja nie miteinander Sex gehabt haben, obwohl sie oft nahe dran gewesen sind; Flammenbilder tanzen ihm vor der Nase, als er im Park auf der Wiese sitzt und auf sie wartet. Eine kurze, verstörende Affäre in der Mitte ihrer Bekanntschaft, ein kurzer Blick auf ihre Kniestrümpfe, die sie abrollte, auf ihre roten Füße beim Baden. Warum eigentlich nicht. Er stützt sich rückwärts auf die Hände, beobachtet einen Hund, der einen

Schwan in einen kleinen Tümpel jagt, heiß ist es in der Sonne, er zieht sich in den Schatten zurück.

Sie hat sich ein Sommerkleid ausgesucht zu dieser ersten Verabredung in dem schattigen Park, der quadratisch einen fehlenden Häuserblock ersetzt, ein künstlicher Tümpel in der Mitte. Es ist ein helles, mit gedeckten Rosatönen versetztes Kleid, das sie zuletzt als Jugendliche getragen hat, in der Schule. Man meint Blumenmuster zu erkennen, doch Blumen sind nicht abgedruckt. Er findet das Kleid ein wenig lächerlich, obwohl es in diesen Sommer passt, er macht einige verschmitzte Bemerkungen, die er ironisch verpacken kann, sodass seine Art, sich über sie lustig zu machen, eher auf Verbundenheit und Vertrauen schließen lässt, nicht auf Überheblichkeit, denkt sie. Sie hat sich neben ihn gehockt, einen Picknickkorb mitgebracht, sie öffnen eine Flasche Wein, essen mögen sie noch nichts.

Ein fester Blick aus ihren braunen Augen, die sich wohltuend von ihrem Kleid abheben, ihre runden Arme, die er nun betrachtet beim Austausch über Alltägliches, beim Abspulen von Erfolgs- wie Misserfolgsgeschichten, gegenseitiges Update. Und doch ein Neubeginn gemeinsamer Handlungen, wie er denkt, ein Neubeginn der Gespräche, die stattfinden in einem leicht beschwinglichen Ton. Manchmal zu leicht, wie er findet in einem nervösen Moment, in dem er sich fragt, wie es zu dieser Situation kommen konnte und wohin sie führen wird. Er erwischt sich bei Maßstäben seiner Vergangenheit, schüttelt sie ab. Die Weinflasche lassen sie halb voll stehen, es ist schon spät, am Parkrand stehen sie nebeneinander, umarmen sich zum Abschied, einem ersten, dem bald weitere folgen werden, das spüren sie, das liegt in der Luft.

Die Berührung bleibt haften, ihre Körper erinnern sich noch eine Weile auf dem Heimweg, warm schauen sie in die Augen der Passanten, die andere Empfindungen mit sich tragen, es ist spät, der Tag findet einen kühlen Ausklang, die Menschen steuern ihre Betten an oder die Gesellschaft anderer in kleinen, bedrängten Räumen mit Ausdünstungen, Alkohol und Zigaretten. In der Nacht ist es ein weiteres Mal das Telefon, das sie verbindet, Sehnsucht nach Stimmen, die lieblicher klingen, sanfter. Am Ende fallen sie auseinander, Träume, ein letztes Mal. Sie haben sich fürs Kino verabredet, am folgenden Tag sucht er einen Film aus, beschaut die Anzeigen der Kinos in der Innenstadt, schlendert am Rand der Fußgängerzone, das Büro hat Pause, es ist Mittag. Der Sommer steht auf seinem Höhepunkt, Hitze, die ihm auf den Kopf steigt. Softdrinks und Turnschuhe, er schwitzt in seiner Jeans, kurze Hosen kann er nicht tragen, Geschmacksgebot. Kurz denkt er an ihr Sommerkleid, das ihn jetzt lächeln lässt beim Gehen, er fragt sich, ob er sich schämen soll wegen seiner Scherze darüber, im Rückblick hat ihm das Kleid sogar gefallen, es hatte etwas Frisches, Luftiges.

Am Abend hat sie sich für etwas Unauffälligeres entschieden, Hose und T-Shirt, aufdrucklos. Sie tritt aus dem Haus, in gespannter Erwartung schließt sie ihr Rad auf und fährt in Richtung des Programmkinos, vor dem er auf sie wartet. Ihre Umarmung ist jetzt fester, eine Begrüßung, die beide leicht vibrieren lässt, doch keine Wangenküsse, keine Handberührungen, das wäre zu freundschaftlich. Gesten dieser Art werden vermieden, keine falschen Signale, denkt sie, spürt irgendwas, was ihr bekannt vorkommt, seine Anwesenheit, seinen Körper neben ihr an der Kinokasse. Einen Körper, den sie schon zu kennen glaubte und doch nie ganz, sie erinnert sich. Doch diese Erinnerung hat nicht den Charakter einer Ermahnung, denkt sie, sondern eher den einer Basis, sie setzt den Strohhalm einer Cola-Flasche an, von ihm für sie gekauft.

Im Dunkel des Kinosaals lächelt sie, als er ihre Hand ergreift, noch halb unabsichtlich, dann fester, ein Ineinandergreifen der Hände beim Mustern eines untertitelten Films, auf der die Sitze trennenden Lehne. Ein Biergarten nach dem Film, ein erster verhuschter, schüchterner Kuss in der Straßenbahn, in die sie ihr Rad mitgenommen hat, sie hält es mit der linken Hand, seine in der rechten. Ein zweiter Kuss dann vor dem Eingang ihres Hauses, einem Altbau im Studentenviertel, mit Holztreppen, kleinen, gedrungenen Studentenwohnungen. Sie nimmt ihn mit nach oben, fühlt sich danach, es wäre auch zu schade um diesen Abend, im Zimmer spielt sie ihm ihre neuesten Platten vor, Sommersounds, frisch gekauft, in Plastiktüten vor der Sonne geschütztes Vinyl. Sie lächelt, wippt im Takt, vor dem Plattenspieler kauernd, sie lachen. Die neunziger Jahre sind vorbei, die Dekade der paranoiden Liebe ist den Weg alles Sterblichen gegangen, denkt er auf ihrem Bettvorsprung, nicht weit von ihr entfernt, während sie die nächste Schallplatte auflegt, paar wissende Sätze loslässt, Verschwörungen und Mitwissen, das er goutiert, bevor er ihr langsam durch die Haare fährt, mit einer Hand, durch die Haare ihren Nacken massiert, leicht und federnd, als sie neben ihm sitzt und etwas erzählen wollte, was jetzt luftleer bleibt.

Stattdessen bewegen sich Lippen, der Geschmack ihrer Münder, der alle Gedanken übertönt mit einem Mal, die Gedanken an die Vorgeschichte ihrer Beziehungen, an die Folie ihrer ersten Liebe, die lange durchschien. Abgestreiftes Kleid, abgestreifte Jeans jetzt statt der Gedanken an die Männer und Frauen, mit denen sie vorher geschlafen hatten, Betrogene, Betrügende, nur sie selbst fehlen auf ihren Listen, wie sie still lächelnd feststellen. In dieser Nacht zählen nur noch die Handlungen, die Blicke.

Ganz aus der Nähe kann man sie nicht mehr erkennen, man sieht nur noch Hautschraffierungen, Poren, schließlich Fleischfarben. Leichte Musik übertönt die Geräusche der Luft, die über die Stimmbänder gedrückt wird, sie kommen zur Sache.

Klaus Modick
Inselliebe

Er stellte den Champagner in den Kühlschrank, den Flaschen-
kühler mit zwei Gläsern neben das Bett und platzierte ein paar
Kerzen so auf der Schminkkommode, dass sich ihre Flammen
im Spiegel vervielfältigen würden. Er spürte, dass seine dezent-
frivolen Vorkehrungen einen Anflug schlechten Gewissens
verrieten, besänftigte diesen Gedanken jedoch sogleich durch
die Echtheit der liebevollen Gefühle, die ihn beflügelten.

Dann fuhr er zum Flughafen. Die Abendmaschine aus Zü-
rich war pünktlich. Er wusste wohl um das Begehrliche in seinen Blicken, als er sie aus der Tiefe des Terminals auf sich zu-
kommen sah. Ja, sie war schön, sie war sexy – und sie war seine
Frau. Sie umarmten sich unter der Arrival-Tafel, auf der sich
die Ankündigungen ratternd zu immer neuen Konstellationen
verschoben. Ein erster, fast noch fremder, aber doch schon viel
versprechender und gewissermaßen die erneute gegenseitige
Besitzergreifung ankündigender Kuss. Auf der Heimfahrt sog
er lüstern den Duft ihres Parfüms ein, das durch Schweiß und
Schmutz der Reise leicht verunreinigt wirkte; die trockene,
nach Plastik schmeckende Luft des Flugzeugs schwang darin
mit und etwas, das er nicht kannte. Der Kitzel des Fremden in
der sicheren Ausstrahlung des Vertrauten, die vage Unsicher-
heit, ob sie je auf die Idee gekommen sein könnte, diese Ur-
laubswoche zu Flirts oder Seitensprüngen auszunutzen.

Nachdem sie ihn zweimal zur Messe begleitet hatte, wo er erfolgreich die Programme verkaufte, die in seiner Software
GmbH entwickelt wurden, hatte sie das Gefühl geäußert, dort
fehl am Platz zu sein. Da er, ohne es sich anmerken zu lassen,
dieses Gefühl von Anfang an teilte, stimmte er ihrem Vorschlag

nachdrücklich zu, die Messewoche zu einem regelmäßigen Kurzurlaub zu nutzen. Seitdem trennten sich einmal im Jahr ihre Wege: Während er seine Messegeschäfte abwickelte, fuhr sie abwechselnd auf eine Nordseeinsel oder, wie in diesem Jahr, in einen Schweizer Kurort. Die Regelung hatte sich bewährt. Er konnte sich uneingeschränkt der Vermarktung seiner Software und der, wie er es nannte, notwendigen Kontaktpflege widmen, während sie die Woche mit Lektüre und langen Spaziergängen füllte und es genoss, Zeit für sich selbst zu haben. Darüber hinaus bewahrheitete sich an diesem Arrangement einmal mehr die Erfahrung, dass kurze Trennungen die Liebe befeuern.

Locker hielt er mit links das Lenkrad, legte die rechte Hand auf ihr Knie und schob den Rocksaum höher. Das war eine charmante Erinnerung an den Anfang vor zehn Jahren, als sie ihn in dem klapprigen Auto zum ersten Mal nach Hause begleitet hatte. Damals trug sie keinen Rock, sondern Jeans, hatte aber seine Hand mit einem wohligen Schauer begrüßt, und es war ihr egal gewesen, dass in seinem Zimmer nichts vorbereitet oder arrangiert war; Champagner konnte er sich sowieso noch nicht leisten, aber sein Bett war breit und hatte beide freundlich umarmt.

Als sie jetzt in den Hausflur traten, sagte sie, sie wolle erst duschen nach der Reise, aber er küsste ihren Hals hinterm Ohr und fuhr mit der Hand an ihrem Rückgrat bis zur zarten Wölbung hinab, der alte Trick, sodass sie gar nicht anders konnte und eigentlich auch nicht anders wollte, als sich ins Schlafzimmer schieben zu lassen. Sie genoss seine Gier, ohne sie schon ganz teilen zu können, doch in der leichten Zerstreutheit, mit der sie sein Drängen in sich aufnahm, schwankte für den kurzen Moment seiner abschwellenden Erregung ein Gedanke vorbei, der vielleicht eher ein undeutliches Bild oder auch nur ein vage geahntes Gefühl war: Er duscht, sagte dies Gefühl, ohne sich recht in ihr Bewusstsein zu heben, geschweige denn zu Wort zu kommen, sondern verebbend in ihrem Körper stecken blieb – er duscht in mir eine andere ab. Er war sehr zärtlich, als sie nebeneinander lagen, und entschuldigte sich für seine Hast, indem er ihr Komplimente machte, die sie mit einem dankbaren Lächeln annahm und mit den Spitzen ihrer Fingernägel auf seinem Rücken quittierte.

Dann ging sie ins Bad. Während er den Champagner holte und die Gläser voll schenkte, die Kerzen anzündete und das Geschenk, das er ihr mitgebracht hatte, aufs Kopfkissen legte, hörte er sie durchs Rauschen der Dusche singen. «O Island in the Sun ...» sang sie, und er dachte, wie falsch sie singt und was für ein altes Lied.

Er legte sich wieder aufs Bett und wartete. Als sie ins Zimmer kam, glänzte ihr blauer Kimono im unruhigen Zwielicht der Kerzen verwischend auf. Öl auf Wasser, dachte er, oder, sie hob jetzt ihr Glas und nickte ihm durch die Perlen der aufsteigenden Kohlensäure zu, oder eine Lüge, eine Lüge des Lichts. Mit einer fahrigen Handbewegung strich er sich die Haare aus der Stirn und ergriff sein Glas. Sie stießen an, aber die Gläser trafen sich nur an den äußersten Rändern, sodass statt des hohen Singens ein trockener, splitternder Ton erklang, der für einige Momente wie ratlos im Raum hing.

– Für mich?, fragte sie und griff nach dem Päckchen auf ihrem Kissen.

Er nickte. Und in diesem Augenblick wusste er, dass er das Falsche gekauft hatte. Es war ein Geschenk an ihn, nicht an sie, und außerdem verräterisch im Hinblick auf das, was er seine Messekontakte zu nennen pflegte. Aber nun war es zu spät. Sie knotete die Schleife auf, schlug das lachsrote Papier zurück und versuchte, ihr Lächeln nicht gefrieren zu lassen, als sie abwechselnd das Geschenk betrachtete und mit fragendem Gesichtsausdruck zu ihm hinsah, fast so, als verstünde sie alles und gar nichts auf einmal.

Wie kommst du denn auf so was?, wollte sie sagen oder etwas Ähnliches, sagte aber nichts, sondern hob das merkwürdige Kleidungsstück ins Kerzenlicht. Er hätte sich am liebsten unter der Bettdecke verkrochen. Wie konnte er nur auf so was kommen? Grün schimmernde Seide, spitzendurchbrochen, teuer gewiss, aber zugleich auf unerklärlich unmissverständliche Weise ordinär. Ich bin doch keine Nutte, wollte sie sagen, sagte aber wieder nichts, sondern lachte ein kurzes, trockenes, fast hustendes Lachen. Ein Missverständnis, wollte er sagen, das ist für eine andere, sagte aber nichts, weil er die Wahrheit nicht über die Lippen brachte. Und vielleicht war es gar nicht die Wahrheit; vielleicht war es doch für sie, für sie und ihn, für ihn mit ihr.

– Ja also, sagte sie etwas hilflos und schüttelte kaum wahrnehmbar den Kopf.

Wie schrecklich, dachte er. Welcher Teufel hat mich geritten? Was tue ich ihr an? Und was gebe ich preis?

– Na ja, sagte er dann laut und versuchte, unschuldig, spitzbübisch höchstens, zu lächeln –, ich weiß auch nicht. Irgendwie dachte ich . . .

– Ich kann es ja mal, mal anziehen, sagte sie tapfer, stand auf, ließ den Kimono mit einer anmutigen Gebärde zu Boden gleiten, trat vor den Spiegel, durch den das gelbe Licht der Kerzen hin und wider flutete, und schlüpfte hinein. – Diese Häkchen, sagte sie irritiert, ich weiß gar nicht, wie ich die zumachen soll . . .

Er sprang auf, drängte sich an ihren Rücken, fuhr mit den Händen über ihre jetzt in Spitzen erstarrten Brüste, über den seidebespannten Bauch, atmete schwer. Es war, wie er es erhofft, erinnert hatte, mehr sogar und zugleich ganz anders. Sie fühlte die Kraft, mit der er gegen ihren Rücken pochte, Einlass begehrend, schämte sich in dem grünen Unding an ihrem Körper, schämte sich auch für ihn, war aber zugleich fasziniert und wie immer überredet von seiner unverstellten Geilheit und gab weich nach, als er sie zu sich drehte, Spitzen und Seide und Haken und Ösen öffnete, als habe er das schon öfter getan. Er setzte sie auf die Kommode vor den Spiegel, mitten zwischen die Kerzen, sodass er im unruhigen Licht den grün bedeckten Rücken sah und die aus den Durchbrechungen umso nackter schimmernde Haut. Als sie ihn nach kurzem, verwirrtem Zögern in sich aufnahm, ertrank das Misstrauen gegen die Herkunft seiner ihr unbekannten Phantasie in wellenartigen Stößen weicher Feuchtigkeit, die schnell das ganze Zimmer durchströmten und anfüllten, das schwankende Licht in ihr Bewusstsein sogen, von wo ihr Körper es wie Löschpapier aufnahm, und die schartigen Schatten der Fragen und zweifelnden Ahnungen wegschwemmten, bis sie aus der Reise durch den dunklen Schlund ihrer Lust geweckt wurde von ihren eigenen Schreien, die wie Signale aus der Tiefe eines dunkelroten Raums aufzuckten, aufkeimten und schließlich in einem tiefe Sattheit atmenden Stöhnen verebbten.

Auf dem Bett liegend fand sie sich wieder. Er saß neben ihr, rauchte eine Zigarette und trank Champagner, befriedigt und zugleich von dem nagenden Gedanken beunruhigt, warum seine Zufriedenheit jetzt so schlicht, so erfüllt war und nicht sofort wieder ins Offene, Heikle, Verbotene ausgriff wie vor drei Tagen bei dieser Frau, die da plötzlich aus den Nebeln seines halb betrunkenen Bewusstseins vor ihm aufgetaucht war oder vor ihn hingestellt worden war. Vielleicht, dachte er, ist es so einfach, weil dies hier meine Frau ist. Ja, so musste es sein. Und das verräterische Geschenk, das er ihr gemacht hatte, war zwar ein Reiz für ihn, für sie vielleicht eine Zumutung, aber kein Reiz, der an den des Geheimen und Käuflichen heranreichte. Auf dem Körper seiner langsam in die Wirklichkeit zurückfindenden Frau war es nur eine billige Verkleidung, nicht Teil ihres Wesens. Und dennoch, wie sie sich eben hatte gehen lassen, wie sie Bewegungen vollführt und Laute ausgestoßen hatte, die er an ihr nie zuvor wahrgenommen hatte ... Was war das? Der Reiz dieses verfehlten Geschenks doch nicht! So skeptisch, so mit Recht skeptisch und misstrauisch hatte sie es, ihm zuliebe höchstens, angenommen. Oder war es denkbar, dass die Phantasien, die er seit einiger Zeit mit sich herumtrug und die seit drei Tagen zu einer recht konkreten Erinnerung geworden waren, sich von ihm auf sie übertragen hatten? Dass seine Hitze in ihr etwas Ähnliches entzündet hatte? Nein, nein, das war unmöglich. Eher war anzunehmen, und die Annahme verschaffte ihm augenblicklich Erleichterung, dass sie ihn betrogen hatte in der vergangenen Woche. Ja, so musste es gewesen sein, und die Nacht, in die er selbst geraten oder geschoben worden war, erhielt im Licht dieser Annahme eine Art Absolution.

Sie räkelte sich, sah wie erwachend an sich herunter, verwundert, dass das Geschenk noch an ihrem Körper war. – Na ja, seufzte sie und lächelte ihm zu, – wenn es so ist ...

– Wie meinst du das?, fragte er, verschluckte sich, hustete.

–Jetzt zieh ich es aber aus, sagte sie. – Es ist unbequem. Und ziemlich feucht da unten.

– Ja, natürlich, sagte er hektisch. – Es war nur so eine Idee. Tut mir Leid. Weiß gar nicht, wie ich auf so was kommen konnte. Geschmacklos irgendwie.

Sie ging wieder ins Bad. Ja, wie war er darauf gekommen? Merkwürdig. Und albern. Vielleicht brauchten Männer mit den Jahren solche Hilfen. Er schien Erfahrung zu haben mit diesen lächerlichen Verschlüssen und Öffnungen. Woher? Hatte er sie betrogen? Warum schenkte er ihr so ein nuttiges Dessous? War sie ihm, so wie sie war, nicht mehr attraktiv genug?

Er lauschte auf das Rauschen des Bidets. Sie hatte wahrscheinlich einen Liebhaber, mit dem sie sich einmal jährlich traf, wenn er auf der Messe arbeitete. Warum hätte sie sonst damals den Vorschlag gemacht, nicht mehr mitkommen zu wollen? Natürlich, so musste es sein, so war es. Sie betrog ihn seit Jahren.

– Ich hab dir auch was mitgebracht, sagte sie, als sie ins Schlafzimmer zurückkam. – Nicht ganz so ... so exotisch wie das ...

– Was heißt denn exotisch?, schnappte er.

Sie schlüpfte in ihren Kimono. Ganz die Alte, dachte er und sah zu, wie sie den Koffer öffnete, Pullover herauskramte, Röcke, Schuhe. Zwischen Unterwäsche und Parfümfläschchen lag etwas, das sie erst wie nachdenklich zur Seite schob, sodass er schon meinte, es sei das Geschenk, aber dann legte sie es mit einer hastigen Bewegung auf die Kommode.

– Was ist das?

– Das? Ach nichts. Sie wühlte weiter im Koffer.

– Nichts? Was heißt nichts?

Sie blickte verstört auf. Die Aggressivität seiner Stimme.

– Was hast du denn? Das ist, das ist doch nur ein Buch.

– Ein Buch? Ach so ... Er zuckte mit den Schultern. Sie las manchmal, las Romane, Geschichten, Gedichte gar. Er las nicht. So etwas las er nicht. Es lenkte nur ab vom Eigentlichen, von der Realität, war erfundenes Zeug, Hirngespinste, sentimentale Lügen. Ein Buch, ha ha ...

– Hier! Sie hatte endlich gefunden, was sie gesucht hatte, hielt es ihm hin. Eine Flasche, hübsch verpackt.

– Danke, sagte er, streckte die Hand aus, riss das Papier gelangweilt ab. – Schnaps? Ich bin doch kein Alkoholiker.

– Na hör mal, sagte sie enttäuscht. – Bis jetzt hast du dich immer gefreut, wenn ich dir ...

– Bis jetzt, bis jetzt, äffte er ihren Tonfall nach.

Sie drehte sich kopfschüttelnd von ihm weg, räumte die Sachen beiseite, nahm das Buch von der Kommode, sah sich suchend um, als ob sie nicht wüsste, wohin damit, und legte es schließlich wieder in den Koffer. Verrückt, dachte er, was hat sie denn bloß mit diesem Buch?

– Wir wollen uns nicht streiten, sagte sie. – Nicht heute.

Dann also morgen, dachte er.

– Ich bin müde, gähnte sie. – Du musst doch auch müde sein.

– Nein, sagte er, – das heißt, ja, ja. Schlaf nur. Ich trink noch eben die Flasche aus.

Dann schlief sie in einem weißen, langen Nachthemd. Unschuld lässt grüßen, dachte er grimmig. Tief schlief sie, wälzte sich manchmal im Schlaf. Er horchte auf ihre gleichmäßigen Atemzüge, lauschte schärfer, wenn kurze Phasen der Unruhe aufzuckten, fürchtete oder hoffte, dass sie dann reden würde, wie sie es manchmal im Schlaf tat, einen Namen preisgeben oder ein anderes nacktes Wort, das alles ans Licht bringen und auch ihn erlösen würde. Aber sie sprach nicht. Das törichte, entlarvende Geschenk, die Anerkenntnis seines eigenen Vergehens, lag neben ihrem Bett auf dem Boden, zerknüllt, befleckt, eine grüne Handvoll obszöner Erinnerung. Aber sie hatte es nicht anders verdient. Wer wusste denn schon, was sie ihrem Liebhaber alles zu Gefallen tat, ihrem Urlaubsschatten, ihrem Papagallo? Auch sie war nichts als eine Nutte und machte es sogar umsonst; einen Moment lang beruhigte ihn dieser Gedanke, aber dann beunruhigte er ihn umso mehr, und plötzlich wollte er alles wissen, Name, Aussehen, Alter, wie gut er im Bett war, wie viel er verdiente, ob er auch verheiratet war, welcher Beruf. Aber ihr Schlaf verriet nichts. Er trank. Rauchte. Trank. Wie hatte sie sich verraten? Die Bereitschaft, die überraschende Behändigkeit, mit der sie sich auf der Kommode sitzend ficken ließ. Sie musste alles erzählen, auspacken. Dann würde er ihr auch alles erzählen. Und ab dann würde es keine Geheimnisse mehr geben, und alles wäre wie am Anfang, als er ihr die Hand aufs Knie gelegt hatte. Die Geheimnistuerei mit diesem Buch. Vielleicht wollte sie ihn damit provozieren, weil sie wusste, dass er ihre Liebe zu Büchern verachtete. Was war das überhaupt für ein Buch, das sie da in ihrem Koffer versteckt hielt?

Er stand auf, schlich auf Zehenspitzen durchs Zimmer, öffnete den Koffer. Da lag es, dünn, bescheiden, etwas verloren, lag zwischen einem Büstenhalter und hochhackigen Schuhen, als ob es fröre. Oder spreizte es sich? Fühlte es sich zwischen diesen Dingen nicht sogar besonders wohl? Er zog es heraus, gierig fast. Das Buch würde verraten, was sie verschwieg. Es konnte nicht anders sein. Er nahm es mit ins Bett.

Das Flackern der herunterbrennenden, tropfenden Kerzen huschte vieldeutig über den Einband. Ein Name, der ihm nichts sagte. Gedichte, ach Gott, Gedichte, wie rührend. Der Titel: *Inselliebe*, sieh an, sieh an. Er drehte das Buch unschlüssig in der Hand. Auf der Vorderseite die Schwarzweißfotografie einer Brandungswelle, auf der Rückseite ein kurzer Text, der aber offenbar kein Gedicht war. Oder doch. Bei diesen so genannten Dichtern konnte man ja nie wissen. Gedichte, las er kopfschüttelnd, seien die Gischt über den Wellen der Wirklichkeit; seien, wie die Liebe, Sprache der Sprachlosigkeit; aber Gedichte seien nicht Silber gegenüber dem Gold des Schweigens, sondern der Schein dieses Goldes. Ja Blödsinn, dachte er und bohrte in der Nase. Und so was liest sie? Er klappte das Buch auf. Ja, was haben wir denn da? Das ist doch ungeheuerlich! Dass sie sich überhaupt wagt, es mit nach Haus zu bringen ... Oder sie will, dass ich es entdecke, weil sie es nicht über die Lippen bringt. Handschriftlich nämlich stand auf dem Vorsatzpapier:

Zur Erinnerung an einen heißen Abend

Darunter eine fast unleserliche, wohl genialisch gemeinte Unterschrift, die jedoch eindeutig mit dem Namen des Autors identisch war. Das also wäre ihr Liebhaber? Ein Gedichteschreiber? Es würde zu ihr passen. Im vergangenen Jahr war sie auf der Insel; da muss es passiert sein. Was hat sie vorhin gesungen? «O Island in the Sun.» Und jetzt haben sie sich wieder getroffen in der Schweiz. Ein Lyriker. Ein Verseschmied vögelt meine Frau. Liebe, Sprache der Sprachlosigkeit, oho! Säuselt ihr seinen Kitsch ins Ohr, während sie es ihm besorgt. Er blickte zu ihr hinüber. Sie schlief. Sprachlos. Er blätterte mit spitzen Fingern in dem Büchlein. Merkwürdig verschrobene Sprache, unverständlich. Warum sagt er nicht klar, was er zu sagen hat? Hat wahrscheinlich nichts zu sagen. Papierverschwendung. Und warum gehen die Zeilen nicht bis an den Rand? Gedichte? Da reimt sich ja nicht ein einziges Wort. Doch, hier, *Inselliebe*, das Gedicht also wohl, das für den Titel verantwortlich ist. *Der Strand*, stand da, *im Mittag leer gebrannt*, wie kann denn etwas leer brennen? *das große Blau verblich.* Ähä. *Ich hatte ein Gesicht gesucht*, Gesicht? Muss wohl Möse heißen, *um das der Seewind strich.* Winde wehn, Schiffe gehn, so was kenn ich noch aus dem Kindergarten. *Du kamst im Rhythmus*, du kamst im Rhythmus? Jetzt geht's also zur Sache, du alter Wortwichser, *dieses Meers*, Quatsch, *wir tauschten einen Blick*, lies: Fick, *du gingst vorbei, ich sah mich um, doch du sahst nicht zurück.* Wieso denn nicht? Ich denke, die hatten was miteinander? *Die Sonne fiel*, Kinderglauben. Sie dreht sich um die Erde, *der Wind schlief ein*, wenn schon, dann «legte sich», *der nächste Blick*, siehe oben, *war lang*, sonst wird wohl noch was anderes lang gewesen sein, du Schelm, *doch zwischen uns stand immer der*, wer? Ich? *der eigene Lieder sang.* Lieder ist ulkig. Software nennt man das heutzutage, du Romantiker. *Ich wollte dessen Schwester sein*, meine Schwester? Ja, tickt der Kerl denn noch richtig? *und wünschte, du wärst er*, ich kapier gar nichts mehr, *ich wollte, du wärst dieser Strand*, und also leer gebrannt wie dein Hirn, und *ich wär dieses Meer.* Punkt. Aus. Schwachsinn. Schwüler Schwachsinn. Und so was verfängt ausgerechnet bei meiner Frau?

Er legte das Buch auf den Nachttisch, geschüttelt von einem krampfartigen, lautlosen Lachen. Nun gut, sie hatte es ihm auf ihre Weise gebeichtet. Sehr indirekt, sehr romantisch, aber immerhin. Im Grunde hatte er ihr auch schon alles gesagt, gezeigt sogar, indem er ihr das grüne Ding mitbrachte, was ihn an der Hure so fasziniert hatte. Also, dachte er, als die Kerzen mit leisem Zischen verlöschten, könnten wir jetzt alles auf sich beruhen lassen. Nein, ruckte es in ihm, als er schon in den Schlaf sank, wir müssen darüber reden. So kann es nicht weitergehen. Irgendwie liebe ich sie noch. Und dieser Lyriker muss aus ihrem Leben verschwinden. Im nächsten Jahr fahren wir wieder gemeinsam zur Messe. Er schlief ein, träumte von einem grünen Strand, auf dem der Wind bedruckte Fetzen aus Seide vor sich hertrieb.

Er erwachte, als Kaffeeduft seine Nase kitzelte. Sie hantierte in der Küche, vertraute Geräusche. Das Prasseln der Butter in der Pfanne mit den Spiegeleiern, der Geruch des Specks. Die Sonne stand im Fenster. Er wusch sich die Träume aus dem Gesicht.

Mit dem Buch in der Hand kam er in die Küche. Sie küssten sich flüchtig. Er ließ das Buch auf den Tisch fallen, als wäre es zentnerschwer. Sie sagte nichts, schenkte Kaffee ein, setzte ihm Eier vor. Er aß und trank, sah zu ihr hinüber. Sie aß und trank, lächelte ihm zu. Dann schob er den leeren Teller von sich und tippte mit dem Zeigefinger auf das Buch.

– Was ist damit?, fragte sie. – Hast du es heut Nacht gelesen?

– Allerdings, nickte er ernst. – Ich verstehe jetzt.

– Wie? Was verstehst du?

– Also gut, sagte er entschlossen. – Ich mach den Anfang. Die Sache muss jetzt vom Tisch. Und dann machte er den Anfang, erzählte, Einzelheiten ändernd, Details weglassend, Erklärendes hinzufügend, dass ihn während der Messe zwei Kollegen in ein, äh, Bordell gelockt hätten, jawohl, gelockt, als er schon ziemlich

beziehungsweise völlig betrunken gewesen wäre, willenlos sozusagen, und da habe er dann wohl irgendwie mit einer, also
mit einer Prostituierten, nun ja, Verkehr gehabt. Das täte ihm
aber jetzt sehr, sehr Leid, wenn sie wisse, was er meine, und natürlich werde es nie wieder vorkommen.

Sie hörte mit versteinertem Gesicht zu, rang sich aber schließlich zu einem Lächeln durch und sagte, dadurch fühle sie sich
missbraucht, was den gestrigen Abend betreffe. Aber eigentlich
sei sie ihm dankbar, dass er wenigstens ehrlich gewesen sei.

– Nun tu mal nicht so, sagte er. – Spiel hier nicht die Unschuld. Jetzt bist du dran.

– Ich versteh dich nicht.

Er tippte wieder auf das Buch. – Ich weiß ja schon alles, sagte
er, – aber du solltest es aussprechen.

Sie verstand ihn nicht. Er schlug die Seite mit der Widmung
auf und schob ihr das Buch hin.

– Hier, sagte er. Erklär mir das mal. Und das hier bitte auch,
und er blätterte weiter bis zum Gedicht *Inselliebe*.

Sie lachte. Lachte erst zögernd, wie verstockt, dann freier,
schließlich lauthals. Ihm schoss Röte ins Gesicht, Zorn, Scham.

– Was soll das, schrie er, – was gibt's denn da zu lachen?

Weil es komisch sei, sagte sie, schrecklich komisch. Das Buch
habe sie vorgestern gekauft. In dem Kurort habe eine so ge-
nannte Dichterlesung stattgefunden, und da sei sie hingegan-
gen. Es habe ihr übrigens nicht sehr gut gefallen. Das Buch
habe sie nur gekauft, weil der Dichter ihr Leid getan habe, vor
nur elf Leuten zu lesen. Und es sei so wahnsinnig stickig gewesen in dem Saal.

– Und die Widmung?, fragte er heiser.

Die Widmung, ja eben. Es sei halt sehr heiß gewesen in dem
Vortragssaal, stickig, schwül. Sie habe um die Widmung nicht
gebeten; der Dichter habe sich das selbst ausgedacht. Sie fände
es übrigens recht albern.

– Und diese, diese *Inselliebe*? Er schlug mit der flachen Hand auf das Buch, sodass es noch dünner zu werden schien. Das ist doch ein Gedicht über dein Verhältnis zu diesem Kerl!

Sie nahm das Buch zur Hand, blätterte in den vorderen Seiten, lachte, und jetzt tat er ihr fast Leid. Sie zog ihn an sich und legte ihr Gesicht an seine Wange.

– Das ist nicht möglich, flüsterte sie. Auf der Insel war ich im vergangenen Jahr. Aber dies Buch, hier, lies doch, ist vor sechs Jahren erschienen.

Anhang

Alle Texte sind Erstveröffentlichungen mit Ausnahme des von Klaus Modick. Der Abdruck erfolgt mit freundlicher Genehmigung der Autorinnen und Autoren, bei denen ich mich herzlich bedanken möchte.

Raphael Benning, geb. 1962, Schriftsteller und Blumenhändler, lebt in Wien.

Jörg Berger, geb. 1952, lebt als Bildhauer in Wetter, schreibt Lyrik, Prosa und Liedtexte und ist Sänger im Quartett *Venus & Co.*

Martina Bölck, geb. 1963, lebt in Hamburg, hat gearbeitet über «Die Funktion der Erotik bei Franziska zu Reventlow», als Drehbuchautorin und Journalistin.

Ulrike Draesner, geb. 1962, lebt als Autorin und Übersetzerin in Berlin. Zuletzt erschienen *Lichtpause*, Roman, Berlin 1998, *Reisen unter den Augenlidern*, Erzählungen (1999) und *für die nacht geheuerte zellen*, Gedichte (2001) im Luchterhand Literatur Verlag.

Sabine Göttel, geboren 1961 in Homburg / Saar. Literarische, journalistische und wissenschaftliche Veröffentlichungen. Dozenten- und Herausgebertätigkeit, Regiearbeiten, Bühnenauftritte. 1992–1996 Leiterin des Theaters der Universität des Saarlandes. 1997–2001 Leitende Dramaturgin am Stadttheater Hildesheim. Ab 2001 Leitende Dramaturgin am Jungen Theater Göttingen.

Nele Grün, geb. 1960, Studium der Germanistik, Kunst, Ev. Theologie, Veröffentlichungen von Erzählungen in Anthologien und Zeitschriften. Ihr erster Roman *Fast nur ein Spiel* erscheint im Herbst im Goldmann Verlag.

René Hamann, geb. 1971 in Solingen, lebt seit 1992 als freier Autor in Köln.

Winni Heil, lebt in Köln und arbeitet als Sprachtherapeut. Schreibt und inszeniert Texte.

Marascha Heisig, geb. 1967, Diplompsychologin, arbeitet als Managementberaterin, Coach und Fachbuchautorin. Seit Oktober 2000 studiert sie am Deutschen Literaturinstitut in Leipzig.

Bettina Hesse, geb. 1952, lebt als Autorin, Lektorin und Herausgeberin in Köln.

Gaby Hift, geb. 1958 in Wien, studierte Schauspiel, Medizin, beides 1983 abgeschlossen, und Psychologie. Seitdem Schauspielerin und Theaterregisseurin, zz. am Mecklenburgischen Staatstheater Schwerin. 1998/99 Stipendiatin der Bertelsmannstiftung, 2000 erhielt sie den Gratwanderpreis (1. Preis) für die hier abgedruckte Geschichte. Sie arbeitet an einem Roman.

Isabelle Hipper, geb. 1968 in Tübingen. Studium Romanistik und Germanistik in Freiburg. Auslandsaufenthalte in Chile und Bolivien. Seit 1993 in Köln.

Marcus Jensen, geb. 1967 in Hamburg. Zahlreiche Prosaveröffentlichungen. Zuletzt erschien der Roman *Red Rain*, Frankfurt 1999. Zz. ist er Stipendiat am Literarischen Colloquium in Berlin und arbeitet an seinem zweiten Roman.

Friedhelm Karges, geb. 1959 in Köln. Kaufmann im Einzelhandel. Ausbildung zum Schauspieler in Köln. Theater und Fernseharbeit. Drei Jahre Aufenthalt in Frankreich. Seit 1994 freier Schriftsteller. Erster Roman ist in Arbeit. Lebt in Köln.

Roland Koch, geb. 1959, lebt mit Frau und Tochter als freier Schriftsteller in Köln. 1992 Rolf-Dieter-Brinkmann-Stipendium der Stadt Köln und Förderpreis des Landes NRW. 1995 Bettina-von-Arnim-Preis, 2000 erhielt er den Gratwanderpreis (3. Preis) für die hier abgedruckte Geschichte. Zuletzt erschienen *Das braune Mädchen* (1998) und sein neuer Roman *Paare* (2000) bei Kiepenheuer & Witsch.

Jochen Langer, geb. 1953 in Hameln, lebt als freier Schriftsteller in Köln. 1989 Rolf-Dieter-Brinkmann-Stipendium. Zuletzt erschien bei Kiepenheuer & Witsch der Erzählungsband *Die Liebe am Nachmittag* (1996). Derzeit arbeitet er an der Endfassung seines Romans *Reichstage oder die Frage nach dem Glück*.

Isa Lux, lebt als freie Schriftstellerin in Düsseldorf. Bei Kiepenheuer & Witsch erschienen *Das Schweigen der Männer* (1997) und *Luna pennt* (1999).

Klaus Modick, geb. 1951, lebt bei Oldenburg. Schriftsteller, Übersetzer, Kritiker. Zu seinen bekanntesten Werken zählen die Romane *Ins Blaue* (1985), *Das Grau der Karolinen* (1986), *Weg war weg* (1988), *Der Flügel* (1994) und *Der Mann im Mast* (1997). Zuletzt erschien *24 Türen* (2000) im Eichborn Verlag. Die Geschichte *Inselliebe* stammt mit freundlicher Genehmigung des Autors aus dem Band *Das Buch der geheimen Leidenschaften*, Frankfurter Verlagsanstalt, 1991.

Heike Prassel, geb. 1967 in Siegburg, ist freie Webdesignerin, führt eigene Internetprojekte und betätigt sich als Vorstandssprecherin für den Bundesverband junger Autoren e.V.

Christian Ruzicska, geb. 1970, Verleger vom Tropen Verlag Köln, arbeitet als literarischer Übersetzer und freier Theaterdramaturg.

Leander Scholz, geb. 1969 in Aachen. Lebt in Bonn. 1998 erhielt er das Rolf-Dieter-Brinkmann-Stipendium und 1999 war er Stipendiat am Literarischen Colloquium in Berlin. Zuletzt erschien sein Roman *Rosenfest* (2001) im Carl Hanser Verlag.

Silke Andrea Schuemmer, geb. 1973 in Aachen, 1994 Aufenthaltsstipendium des L.C.B., 1995 Arbeitsstipendium des Kultusministeriums NRW, 1997 Christine-Lavant-Förderpreis für Lyrik, 1998 Stadtschreiberin von Ottendorf, 1999 Georg-Christoph-Lichtenberg-Preis für Literatur. 2000 erhielt sie den Gratwanderpreis (2. Preis) für die hier abgedruckte Geschichte.

Hermann-Josef Schüren, geb. 1954 in Kerken, seit 1988 freier Schriftsteller mit Lehrauftrag an der RWTH Aachen. Schreibt Lyrik, Kurzgeschichten und Krimis. Förder-Preis für Literatur der Stadt Aachen, Literaturstipendiat des Landes NRW. Zuletzt erschienen *Auf dem Heimweg* 1995 und *Tod eines Sofamelkers* 1999, im Emons Verlag. Zz. Arbeit an einem historischen Roman.

Lutz Walther, geb. 1961, promovierter Amerikanist und Hispanist, lebt als Herausgeber, Übersetzer und Autor in Köln. Zuletzt erschienen die Anthologien *Melancholie* (1999) und *Lob der Dummheit* (2000) im Reclam Verlag Leipzig.

Caroline Weller, 29, ist als Art-Directorin Konzept / Text in einer Werbeagentur tätig und schreibt seit einiger Zeit erotische Kurzgeschichten, die sie bisher vornehmlich unter den Synonymen ‹Evita› und ‹LakotaMoon› in Online-Literaturforen veröffentlichte.

Julie Zeh, geb. 1974 in Bonn, Jurastudium, 1998 abgeschlossen. 2000 Diplom des Deutschen Literaturinstituts und Caroline-Schlegel-Preis für Essay. 2001 erscheint ihr erster Roman *Adler und Engel* bei Schöffling & Co.

Henry Miller

Henry Miller wuchs in Brooklyn, New York, auf. Mit dem wenigen Geld, das er durch illegalen Alkoholverkauf verdient hatte, reiste er 1928 zum erstenmal nach Paris, arbeitete als Englischlehrer und führte ein freizügiges Leben, ausgefüllt mit Diskussionen, Literatur, nächtlichen Parties – und Sex. In Clichy, wo Miller damals wohnte, schrieb er sein erstes großes Buch «Wendekreis des Krebses». Als er 1939 Frankreich verließ und in die USA zurückkehrte, kannten nur ein paar Freunde seine Bücher. Wenig später war Henry Miller der neue große Name der amerikanischen Literatur. Immer aber bewahrte er sich etwas von dem jugendlichen Anarchismus der Pariser Zeit. Henry Miller starb fast neunzigjährig 1980 in Kalifornien.

Eine Auswahl:

Insomnia oder Die schönen Torheiten des Alters
(rororo 14087)

Frühling in Paris *Briefe an einen Freund*
Herausgegeben von George Wickes
(rororo 12954)

Joey *Ein Porträt von Alfred Perlès sowie einige Episoden im Zusammenhang mit dem anderen Geschlecht*
(rororo 13296)

Jugendfreunde *Eine Huldigung an Freunde aus lang vergangenen Zeiten*
(rororo 12587)

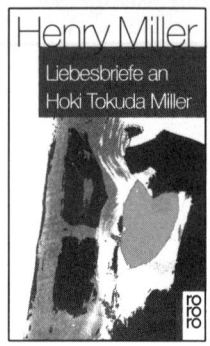

Liebesbriefe an Hoki Tokuda Miller
Herausgegeben von Joyce Howard
(rororo 13780)
Die japanische Jazz-Sängerin Hoki Tokuda war Henry Millers letzte große Liebe. Seine leidenschaftlichen Briefe bezeugen die poetische Kraft und Sensibilität eines der großen Schriftsteller des 20. Jahrhunderts.

Mein Fahrrad und andere Freunde *Erinnerungsblätter*
(rororo 13297)

Wendekreis des Krebses
Roman
(rororo 14361)

Wendekreise des Steinbocks
Roman
(rororo 14510)

Ein Gesamtverzeichnis aller lieferbaren Titel von **Henry Miller** finden Sie in der *Rowohlt Revue*. Vierteljährlich neu. Kostenlos in Ihrer Buchhandlung.
Rowohlt im Internet:
www.rowohlt.de

Henry Miller

rororo Literatur

Mit kalter Schärfe analysiert **Elfriede Jelinek** die alltägliche Gewalt an Frauen. «Es gibt Dinge, die werden mir als Frau von den Kritikern nicht verziehen. Es gilt als einer Frau angemessen, hübsch, intelligent, sparsam und sensibel zu schreiben. Aber ein Extremismus in der Schilderung wird mir als Frau nicht zugestanden.» Elfriede Jelinek wurde mehrfach für ihr Werk ausgezeichnet, unter anderem mit dem Heinrich-Böll-Preis (1986) und dem Georg Büchner Preis (1998).

Gier *Ein Unterhaltungsroman*
400 Seiten. Gebunden
Parodie, Porno, Kriminalstück und Abrechnung mit dem Österreich der Anständigen, Fleißigen und Feschen.

Die Ausgesperrten *Roman*
(rororo 15519)
«Es ist bemerkenswert, mit welchem Detailreichtum Elfriede Jelinek die Spielarten kleinbürgerlichen Verhaltens aufzeigt, präzise eingeschrieben in die Zeitgeschichte des österreichischen Wirtschaftswunders.» *FAZ*

Die Klavierspielerin *Roman*
(rororo 15812)
«Eine literarische Glanzleistung.» *Süddeutsche Zeitung*

R. Friedrich / U. Nyssen (Hg.)
Theaterstücke *Was geschah, nachdem Nora ihren Mann verlassen hat oder Stützen der Gesellschaft. Clara S. musikalische Tragödie. Burgtheater. Krankheit oder Moderne Frauen*
(rororo 12996)

Die Liebhaberinnen *Roman*
(rororo 12467)

Die Kinder der Toten *Roman*
672 Seiten. Gebunden und als rororo 22161

Stecken, Stab und Stangl. Raststätte. Wolken. Heim. *Neue Theaterstücke*
(rororo 22276)

Ein Sportstück
192 Seiten. Pappband und als rororo 22593

wir sind lockvögel baby! *Roman*
(rororo 12341)

Lust
(rororo 13042)

Michael *Ein Jugendbuch für die Infantilgesellschaft*
(rororo 15880)

Totenauberg *Ein Stück*
96 Seiten. Pappband.

Oh Wildnis, oh Schutz vor ihr *Prosa*
288 Seiten. Kartoniert und als rororo 13407

Liza Dalby
Geisha
(rororo 22732)
Der Erlebnisbericht einer
Amerikanerin, die sich in
Japan zur Geisha ausbilden
ließ, beschert uns einen Ein-
blick in eine faszinierende
fremde Welt.

Janice Deaner
Als der Blues begann Roman
(rororo 13707)
«Janice Deaner ist mit ihrem
ersten Roman etwas ganz
besonderes gelungen: eine
spannende, zärtliche Ge-
schichte aus der Sicht eines
zehnjährigen Mädchens zu
erzählen.»
Münchner Merkur

Joolz Denby
Im Herzen der Dunkelheit
Roman
(rororo 22870)
Ein faszinierender Psycho-
thriller der vom furiosen
Anfang bis zum erschüttern-
den Ende niemanden loslässt.

Jane Hamilton
**Die kurze Geschichte eines
Prinzen** *Roman*
(rororo 22903)

Susan Minot
Ein neues Leben *Roman*
(rororo 22905)

Ruth Picardie
Es wird mir fehlen, das Leben
(rororo 22777)
«Ein aufrichtiges, oft ko-
misches und ungeheuer an-
rührendes Abschiedsbuch,
geschrieben mit herzbewe-
gender Leidenschaft und
wacher Selbstwahrnehmung,
ohne einen falschen Ton.»
Der Spiegel

Asta Scheib
Eine Zierde in ihrem Hause *Die
Geschichte der Ottilie von
Faber-Castell*
(rororo 22744)
Asta Scheibs Romanbiogra-
phie erzählt die Geschichte
einer ungewöhnlichen Frau,
die gegen alle gesellschaftli-
chen Zwänge schließlich die
Freiheit gewinnt, ihr eigenes
Leben zu leben.

Grit Poppe
Andere Umstände *Roman*
(rororo 22554)
«*Andere Umstände* ist ein
erstaunliches Debüt und
taugt zum Bestseller.» *Stern*

Weitere Informationen in der
Rowohlt Revue, kostenlos im
Buchhandel, oder im **Internet:
www.rororo.de**

rororo